"GENE WOLFE'S BOOK OF DAYS" GENE WOLFE

ジーン・ウルフの記念日の本

ジーン・ウルフ

酒井昭伸・宮脇孝雄・柳下毅一郎 訳

未来の文学
FUTURE/LITERATURE
国書刊行会

ジーン・ウルフの記念日の本　目次

装幀　下田法晴（s.f.d.）

ジーン・ウルフの記念日の本

まえがき

出版社がいうには、まえがきなど誰も読まないらしい。にわかには信じがたい。というのも、私は読むからだ。しかし、そういった神話の背景に、いくらかの真実があることを認めるのはやぶさかではない――つまり、そこのあなた、ここまで何行か読んできたあなたは、選ばれた少数者の一人なのである。

そんなあなたにどうやって報いればいいか、私は迷っている。今あなたが手にしている本は短篇集である、などといっても、とっくにご存じだろう。また、そうであってもらいたい。表紙を見れば、私が書いた本であることはすぐにわかる（そう、書いたのは私だ。私は本当にジーン・ウルフという名前で、実在している）。巻末にはたぶん私のほかの本のことが書いてあり、収録作品の初出なども載っているだろう。私に残されているのは、それぞれの作品について、何かお役に立ちそうな話をすることだけである。

まず、収録作品はいわゆるサイエンス・フィクションだが、その多くは、そうは思ってもらえないタイプのサイエンス・フィクションである。異議を申し立てるのはあまりＳＦを読んだことがない人たちで、だからこそ、そうかそうでないかの基準が厳しい。明らかに地球外の場所を舞台にしているのは、「ラ・べファーナ」と「住処《すみか》多し」だけ。中には未来の話でさえないものもある。少なくとも一篇は、どう見てもファンタジーだ。何篇かはユーモアものであるとはいえ、人からよく指摘されるように、私のユーモアのセンスは屈強な男を失神させ、女性に凶器を取らせるような代物である。そんな作品を収録するとは、我ながら馬鹿なことをしたものだと思うが、もう遅い。

どうやってこうした作品を書くに至ったかという説明も退屈だろう。小説作法全般について何かいうつもりもない——良作はめったにないとはいえ、それについては図書館がひとつ埋まるほどの指南書が出ている。そこで、物語をどう読むか、少なくともここに集めた作品をどう読むか、という話をちょっとして、おしまいにしたい。

まず、私がポテトチップを食べるときのように、次から次へと読みつづけるようなことはおやめになったほうがいいかもしれない。本を閉じて、次の日までそのまま放置する。単純ながらそれがコツで、読み終えたばかりの短篇も、さらには次に読む短篇も、これによって計り知れない恩恵をこうむるだろう。もしもあなたが純粋主義者なら、さらに踏み込んで、それぞれの作品を指定された日に読もうとするかもしれない——「狩猟に関する記事」なら鹿狩りの解禁日に、「ツリー会戦」ならクリスマスの前の日に。

たとえあなたが純粋主義者でなくても、とにかく作品に関連づけられた日のことを読む前にちらっと考えてみることをお勧めする。「ラファイエット飛行中隊《エスカドリーユ》よ、きょうは休戦だ」を読む前には、脚絆をつけてパイ焼き皿のような帽子をかぶった少年兵士たちに思いを馳せてもらいたい。「フォーレセン」の前には、弁当箱《ランチ・ボックス》（あるいはサンドイッチの入った書類カバン）を持っている中年男のことを考えてもらいたい。
予断はなるべく捨てていただきたい。いずれわかるはずだが、私はハーラン・エリスンやアイザック・アシモフではない。それがわかっても、がっかりしないように。とはいえ――向こうだって真っ先に思うだろうが――ハーランやアシモフも私ではない。

最後に、この本にかぎらず、書物全般を大切に扱っていただきたい。そうしてもらえたら、私たちみんなの得になる。今、あなたはこの本の善し悪しを判断できない。最後の短篇を読み終えたあとでさえ、正しい判断を下せないかもしれない。今から十年後（あるいは二十年後）、これから読もうとしている物語のどれかをあなたが憶えていたら、そのときこそ、この本はいい本だったということができる。

そのあいだ、著者としては、物理的にも本書を保管しておいていただきたいと思う。そうすれば、しかるべきときに他者と共有することができるだろう。もしもあなたがこの本を買ったのであれば、いまだ相見ぬ友だちや、まだ夢想の対象でしかないあなたの子供がその他者になる。図書館から借りてきたのなら、その他者は地域社会の仲間で、この本に対してあなたと同じ権利を有している。そこで、ひとつ話がある。

学生だった私の知人は、あるとき、大学図書館に秘密の出入口があるのを発見した。もともとは非常口だったのが、五十年ばかり前に出版されたらしい外国語の本――彼によれば、セルビア語がほとんどだったらしい――が詰まった巨大な本棚にふさがれていて、今の職員にはそんなものがあることさえわからなくなっていた。ひいらぎの枝に隠されて、外からも見えなかった。

外側にドアノブがないので、図書館に入るときに使うことはできない。だが、気に入った本をたずさえて図書館から出るときに使うことはできるし、事実、彼はそうした。そして、気に入った本が、ほぼ毎日、三、四冊あった。

彼が住んでいるのはキャンパスのそばに借りたアパートメントで、ほかに住む家はなかった。学期が過ぎ、学年が上がるにつれて、その部屋は盗んだ本で一杯になっていった。机やテーブル、部屋の隅に本が積み上げられ、ちっぽけなホーム・バーも本置き場になった。泥棒のようにベッドの下に隠れている本もあった。水泳や、ボート漕ぎ、熱帯魚などについて書かれた、水に濡れても大丈夫な本は、浴槽の端にずらりと並んだ。トイレの水槽は百数十冊のユーモア物の本の重みに悲鳴を上げ、水を漏らしていた。便座に腰をかけて、この数千冊の盗んだ本から自由になる方法を考えようとしても、崩れた本に押しつぶされるのではないかという恐怖に怯える始末だった。

ただ図書館に返せばいいとも思ったが、そもそも貸し出しされていない本を返却することはできない。しかも、図書館長——極端に冷酷な目で人をにらみつける女性——は、すでに彼を疑っているようでもある。匿名で郵送しようとも考えたが、郵便料金はとんでもない額になるだろう。自分の住んでいる建物に火をつける手もあったが、本の下には値打ちのある所持品が埋もれたまま忘れ去られていて、それまで一緒に失うことになるはずだった。卒業の日が迫っていた。

ついに彼は、これなら成功間違いなしと思える、ある計画を思いついた。大企業から高給が保証された内定が出ても、それを蹴って、ゴム印をひとつ作らせる。「大学図書館廃棄書籍」というゴム印だ。卒業したらただちに数か月かけて全部の本に紫のインクでこのゴム印を押す。そして、十月には、自動車とジョギング・シューズを売り払い、あちらこちらから借金をして、小さな古本屋を開くのだ。

どこか入口の近くにバースデー・カードのラックを置こう。そう考えると愉快になった。
五月のある晴れた日、店に万引きをおびき寄せる方法を考えながらアパートメントに帰った彼は、ドアを開けた瞬間、溜めこんだ本の海に溺れ、鬱勃たる日々を過ごしながら、ずっと恐れてきた光景を目にした。居間、食堂、台所兼用の部屋で、彼の椅子にすわり（本がないのはそこだけだった）、図書館長が待っていたのである。可能なら、彼は失神していただろう。だが、彼は反応が早いほうではなかった。そして、決して反応の遅いほうではない図書館長は、この決定的な瞬間にも氷のように冷静だった。「残念ですが」と、館長はいった。「この分館はあと五分で閉館します」
それが土曜日の正午のこと。以後、彼は家なき放浪者となって、月曜日の朝九時三十分までこの地上をさまよった。

これが「返却期限日」という作品になったはずの話。まえがきに目を通さない人は読みのがした。

（宮脇孝雄訳）

リンカーン誕生日

鞭はいかにして復活したか

宮脇孝雄訳

How the Whip Came Back

みめうるわしいミス・ブッシュナンのスイート・ルームには、赤いアクリル樹脂と緑に染めたレザーがふんだんに使われていた。レザーは天然のもの。いかにも現代的だ――赤いアクリル樹脂と緑の天然皮革が、その年の最新流行だった。しかし、ミス・ブッシュナンが使っているルイ十四世様式の書物机《セクレタリー》、サルは、そのせいでひどく場違いに見えた。

移ってきたその日から、ミス・ブッシュナンはこの部屋を毛嫌いしていた――だが、ジュネーブの市当局やスイス国の機嫌をそこねるかもしれないので、苦情を申し立てるわけにはいかない。夕刻を迎え、ミス・ブッシュナンは赤や緑を好きになろうと精一杯努力した。やがて彼女の目はその原色を離れ、ほっと息がつける涼しげな噴水に向けられた。チェッリーニの黄金の塩容れを模したもので、ほれぼれするような出来だったが、地上百二十五階の屋内にそんなものがあるのは場違いで間が抜けているような気もする。いつもの癖で、気分ががらりと変わり、気がつくと彼女はまったく別のことを考えていた。この観光シーズンの真っただ中、予約もなしに自分一人で部屋を探したらどうなっていたことか。そのときは、郊外の薄汚れた下宿屋《ペンション》の、階段を三つのぼった部屋に放り込まれていたに違いない。

物惜しみしないスイス共和国、気前のいいジュネーブ市当局に、神の祝福あれ。このホテルにはありがとうを。国連人間価値会議にも感謝。その会議はスイス共和国等々に栄光をもたらし、観光シーズンの真っ盛りだというのに、この自由な山国の民は、会議の趣旨に感動して、票決に参加しない彼女のようなオブザーバーにもホテルのスイート・ルームを無料で提供してくれたのだ。何分か前にサルがギブソンを持ってきてくれたので、ミス・ブッシュナンは噴水の端に置かれたグラスを手に取り、もう一口呑もうとした。すると、ちょっと意外なことに、四分の三が早くも空になっていた。赤と緑のせいだ。

筋骨たくましい裸のトリトン像が、斜めに傾いて、髪やあごひげから水をしたたらせている。口から水が垂れ、耳からも滴がこぼれていた。無表情で卵のようにのっぺりした目は、彼女のために涙を流していた。空になったグラスをそっと噴水の縁に置いてから、彼女は身を乗り出し、滑らかな濡れた石の肉体を愛撫した。にっこり笑いながら、あなたハンサムよ、と——頭の中で——つぶやくと、トリトン像はピンク・レモネードの色に頬を染めた。服を脱いで、一緒に噴水を浴びようかしら、と彼女は思った。紅潮して火照った顔に、冷たい水は気持ちがいいはずだ。だがしかし、と急に我に返って、彼女は思った。もしもありえないことが起こって、このトリトン像が人間になっても、本当の意味で欲望などいっさい感じることはないだろう。ベッドのお供に男が欲しければ、どんな夜でも十人は見つけることができる。あとでサルのメモリ・バンクをいじって、情事の記憶は消しておけばいい。彼女は男が欲しかった。だが、目当てはたった一人、ブラッドしかいない（彼女の頭の奥には辛辣な、恐るべき女が住んでいて、ギブソンにも溺れることなく記憶をほじくり返してくれたが、それによると、裁判のときわかったように、ブラッドの本名はアーロンというのだった）。トリトン像は消えて、代わりにブラッドがそこにいた。笑い声を上げ、大西洋の水を砂浜にぽたぽた落としながら、両手を上げて、彼女が投げたタオルを受け取ろうとする。浜辺を駆けてくるブラッド……。

サルがその夢想を破り、音もなく脚輪《キャスター》を転がして部屋に入ってきた。「男性のお客さまがおみえです、ミス・ブッシュナン」サルの引き出しは形だけのものだが、取っ手は本物だった。メッセージを伝えるためにサルが動きを止めると、安い模造品の装身具のように、その取っ手がじゃらじゃらと小さな音をたてた。

「誰がきたの？」ミス・ブッシュナンは背筋を伸ばし、顔にかかった茶色のほつれ毛を撫でつけた。

サルは無表情に答えた。「わかりません」ギブソンのおかげで頭は心地よく麻痺していたものの、そのしらっとした言い方に、ミス・ブッシュナンはどこか胡散臭いものを感じた。

「その人、名前はいわなかったのかしら。名刺は？」

「いただきましたが、読めないのです。ご存じのように、わたくしに組み込めばイタリア語対応が可能になるパッケージ・ソフトが発売されていまして、なんと、わずか二百ドルでお買い求めいただけます。イタリア語のリーディング、ライティング、スピーキングを可能にして、偉大なるイタリア美術の基礎知識もインストールできる優れたパッケージでございます」

「お試し版にしておけば」と、ミス・ブッシュナンは、通じないと知りつつ皮肉をいった。「お金はかからないでしょ。だいいち、リース屋さんからあなたを借りてきた段階で、そのお試し版が組み込まれてるんじゃなかった？」

「そうです」サルはいった。「お得だと思いませんか？」

緑のレザー・チェアにすわって噴水を見ていたミス・ブッシュナンは、椅子を回して向きを変えた。

「とにかく、名刺はもらったのね。整理棚に入ってるのが見えるわ。取り出して、よく見てごらんなさい」

ルイ十四世様式の秘書《セクレタリー》は、銀の蛇を隠し持っていたように、一本の腕をするすると伸ばした。そして、鉤爪に似た鋼鉄の指で名刺をつかむと、スキャナーが隠されている渦巻き形の装飾の前にあてがった。

「そしたらね」と、ミス・ブッシュナンは噛んで含めるように続けた。「今度はこう考えて。あなたが見ているのはイタリア語じゃない、翻訳のあとデータ変換処理にエラーがあった英語なんだ、と。さあ、もとの意味を推測してみて」

「……教皇ホノリウス五世聖下」

「あらまあ」ミス・ブッシュナンは椅子にすわりなおした。「すぐにお通しして」

サーボモーターの音をかすかに響かせながら、脚輪を転がしてサルは去っていった。まだ少し時間があったので、ミス・ブッシュナンは白日夢の最後の一齣を目にすることができた。穏やかな目をしたブラッドが、彼女と二人きりでケープ・コッドの浜辺にいる。話しているのは、過去のこと、離婚のこと。本当に、本当に申し訳ないとブラッドはいう……。

教皇は無地のダーク・スーツを着て、金の糸で三重冠を刺繍した白い繻子のネクタイを締めていた。かなりの年配で、長身と呼ばれたことは一度もなさそうだったし、今では猫背ぎみになっている。ミス・ブッシュナンは立ち上がった。この教皇とは、会議で毎日隣にすわり、休憩時間になると世間話を交わす程度の関係だったが（たいがい教皇は赤ワインを口にし、彼女はおいしい英国紅茶か、まずいスイスのコーヒーにブランディを垂らして飲む）、一対一で話したいことがあるようなそぶりはこれまで一度も見せたことがなかった。

「聖下」ギブソンの酔いが許す範囲で、馴れない言葉をどうにか口にすることができた。「思いがけないことで、光栄に存じます」

サルが割って入り「何かお飲みになりますか」といったので、横目遣いにそちらを見ると、展開式の書き物台にスコッチとソーダの瓶と氷の入ったグラス二つが並んでいた。

教皇は手を振ってそれを断り、椅子に落着くと、率直に切り出した。「心遣いはありがたいが、できれば二人きりでお話がしたいのです」

ミス・ブッシュナンは、「ええ、それでしたら」と返事をして、サルがキッチンのほうに姿を消すのを待った。「私の秘書、お気に障りましたか、聖下」

上着の下から葉巻を一本取りだし、教皇はうなずいた。「どうもいけません。しゃべる家具には好感が持てなくて――よろしいか、葉巻を吸っても」その話し方には、ほんの少しイタリア訛りがあるだけだった。

「それでお楽になるのでしたら、どうかご遠慮なく」

その言い方が気に入ったのか、教皇はにっこり笑い、噴水の模造大理石で台所用の古風なマッチを擦った。跡は残らなかった。すぐあとに教皇が放り投げたマッチは、澄みきった水の中で浮き沈みを二度だけ繰り返し、流れ去った。「私は古い人間なんでしょうな」と、教皇は続けた。「私が若かったころ、ああいったものが本当にできるかどうか、さまざまな意見が飛び交っていたものだが、外見については、誰もがわれわれと似たような形になると思い込んでいた。たとえば、鎧人形のような形に」

「どうしてでしょう、さっぱりわかりません」ミス・ブッシュナンはいった。「それでしたら、ラジオは人間の口の形をしていないとおかしいでしょう？　テレビの画面は鍵穴の形とか」

教皇は笑った。「さっきいったような考え方を弁護するつもりはありませんよ。以前はみんなそう思っていた、というだけのことです」

「それはそうでしょうが、実際は――」

「よほど手間をかけないかぎり、人間には似せられませんからね」ミス・ブッシュナンの言葉を引き取って、教皇はいった。「それに、収納家具の形にすれば、金属の手脚に関節をつけるより安上がりだし、電源を切ったあとのロボットが死んだように見えることもない」

ミス・ブッシュナンは怪訝な顔をしたに違いない。それを見て、教皇はほほ笑みながら続けた。

「あれを造っているのは、あなたたちアメリカ人だけではありませんよ。たまたま私の友人に、オリヴェッティ社の社長がいましてね。今どきの人はたいがいそうだが、彼もまた信仰に対して疑いを抱きがちで……」

教皇は肩をすくめ、黒い巻き葉《ラッパー》に包まれた葉巻の煙を口から吐いて、言葉を濁した。ミス・ブッシュナンは、フランス代表から教皇の話を聞いたときのことを思い出した。フランス代表は、フランスでたまに見かけるような、こざっぱりした清潔なタイプの美男子だった。自分の国の代表である下腹の突き出た実業家よりよほど気に入っていた。

「あなたのそばにいる男、どういう人物かご存じないでしょう、マドモアゼル」フランス代表はからかうようにいった。「そこがおもしろいところなんです。彼が何者なのか、私は知っている。ところが、あなたのことは何も知らない。わかっているのは、毎日あなたを見かけること、ロシア代表やナイジェリア代表よりずっと美しいこと、あなたにはあなたなりのシックな魅力があること、〈フィガロ〉で会議の記事を書いているあのおてんば娘にも、たぶん負けないでしょう――あなたがあんな策略家ではないことを望みますがね。さあ、今度はあなたが情報を提供する番です」

そんなわけで仕方なく話すことになったのだが、代表の秘書や、その秘書の秘書や、参加各国のスイス駐在大使館からきた名前もわからない人たちが右往左往してごった返すなか、なんだか馬鹿みたいな気分になってきた。ミス・ブッシュナンが話し終えると、フランス代表はいった。「ああ、慈善活動とは殊勝な心がけだ。なおかつ無償の奉仕とは。でも、必要ですか？　もう二十世紀ではないんだし、政府はけっこう手厚く面倒を見てくれますよ」

「そう考える人が多いみたいで、だから寄付が集まらないんだと思います。でも、うちの団体は援助する相手に人の温かさを感じてもらおうと努力しているんです。その過程で、私自身知り合いになりたいと思うような上流階級の人たちとも会えるようになりました。もちろん、同じ活動をする仲間として、ですよ。こういうことはかぎられた層の人間にしかできないんです」

彼はいった。「いやあ、あなたは実に高潔な人だ」そういいながら、口の端が吊り上がったので、ミス・ブッシュナンは大人と話をしている子供のような気分になった。「それはそうと、あの老紳士の正体やいかに、という話に戻りますが、彼は教皇ですよ」

「誰？」そういってから、言葉の意味がわかり、彼女は続けた。「知りませんでした、まだそんな人がいたなんて」

「いやいや」と、フランス代表は片目をつむった。「それがいるのです。ずいぶん権限は小さくなりましたが、まだいることはいる……。ここは人が多くて落ち着かないし、あなたも立ちっぱなしでお疲れでしょう。一杯おごりますよ。詳しい話は場所を替えて」

ミス・ブッシュナンが連れていかれた店は、湖を望む立派な建物の最上階にあった。ウェイターたちがフランス代表を指さして、観光客にひそひそと耳打ちをするのがとても愉快だった。もっとも、観光客の大半はドイツ人で、誰のことをいっているのかほとんどの者がわからなかっただろう。案内された席はもちろん窓ぎわで、一緒にちびちびと酒を呑み、煙草をふかし、湖の眺めを楽しみながら、フランス代表は何度も横道にそれ、彼のいう「信じる人」だった大叔母の話や、そうではなかった元妻二人の話をした。（ラドクリフ女子大で歴史の講義を受けたかぎりでは、神聖ローマ帝国がもう必要とされなくなってお行儀よく歴史から退場していったのと同じで、何もかもがヨハネス二十三世で終わったような印象があった。ティーチング・マシーンのプログラム学習では、神聖ローマ帝国の皇帝や教皇やトルコ皇帝などの一覧が表示されて、多項選択式のボタンで空欄を埋めることになっていた。埋め終わると、スクリーンが一分ほど薔薇色に光ってから——学習強化作用というものらしい——成績が示される。そのあと運がよければ次の一覧が出てくるが、もう教皇の欄はなく、代わりにスウェーデン国王の名前が並ぶ）

ミス・ブッシュナンはフランス代表にこう尋ねたのを憶えていた。「たった十万人？　全世界で？」

「私の推測ですが、本当の信者はそれくらいでしょう。もちろん、名前だけの信者はもっとたくさんいるでしょうし、その中から思いつきで子供に洗礼を受けさせる者も出てくるかもしれない。とはいえ少なすぎる——せいぜい二十五万ですね。それでも長いあいだ減りつづけています。先は、わかりませんよ。一転して増えはじめるかもしれない。そんな前例もないわけではないんです」

それに対して、彼女はこういった。「私の感想をいわせていただければ、そもそもあんなものは何年も前に潰しておくべきだったんです」……

教皇は少し背筋を伸ばすと、葉巻をはたいて噴水に灰を落とした。「いずれにしても、あれがいると落ち着かないのです」と、彼はいった。「いつも反感を持たれているような気がしましてね。まあ、あしからず」

ミス・ブッシュナンはにっこり笑って利便性全般について論じ、サルを運ぶにあたっては、木箱に入れてニューヨークからの貨物便を使ったと説明した。

「私の前任者が、バチカン宮殿の管理を政府に任せるようにしたのは、賢明なことだったと思いますね」と、教皇はいった。「とても人手が足りません。そこで、もうじき、ああいったものを導入することになるでしょう。うちのには、ステンドグラスがついているはずです」

笑わなければ悪いと思い、ミス・ブッシュナンは笑ったが、本当は咳き込みたいくらいだった。教皇がふかしているのは、いがらっぽいにおいのする安物の葉巻で、イタリアのカフェでも低級な部類に属する店で客が吸っているようなものだった。もしかしたら教皇自身、下層階級の生まれなのではないか。彼女はほんの一瞬、そう思った。老いた庭師のように手は節くれ立ち、関節が曲がっている。まるで生まれてから草むしりばかりしてきたようだった。

教皇が何かいおうとしたとき、脚輪の音もさせないでサルがふたたび部屋に入ってきて、言葉をさえぎった。「ミス・ブッシュナンにお電話です」彼女の肘のそばまで来て、サルはいった。

回転椅子にすわったまま体の向きを変えると、ミス・ブッシュナンは通信卓の〈オン〉ボタンと〈記録〉ボタンを押した。教皇に手で合図して、そのまま同席してもらうことにする。スクリーンが明るくなると、通話を申し込んできたオフィス・ロボットに「こんばんは」と声をかけた。

ロボットは通話相手の名前を告げた。「ソビエト社会主義共和国連邦派遣全権委員ナターシャ・ニコラエワ同志です」ロボットの画像が揺れて、はっとするようなブロンドの女性、歳は四十前後で、恰幅がよく身なりも派手なのに、肌は驚くほどつやつやしていて、目の大きな女性がスクリーンに現れた。このロシア代表の前歴は女優で、今はさる将軍と結婚している。噂によれば、党書記の想いをかなえることで会議における今の地位を手に入れたという。

「こんばんは」ミス・ブッシュナンは繰り返し、「ニコラエワ同志」と付け加えた。

ロシア代表はまぶしいほどの笑みを浮かべた。「連絡したのはね、今日の私の演説、気に入ってもらえたかどうか知りたかったからなの。長すぎなかった？　通訳を通したのをヘッドホーンで聞いて、わかりづらくなかったかしら」

「とっても感動的でしたよ」ミス・ブッシュナンは当たり障りのない返事をした。ありていにいえば、ヒトラーのガス室の話が出たり、〈今一度、人間の命に経済価値を〉といった決まり文句を聞かされたりして、ぞっとしたというのが本音だった。生きている価値のない人間は石鹼にしてしまえ、といっているのと同じではないか。しかし、ロシア代表にそのことをいうつもりはなかった。

「私の意見に賛成してもらえたかしら」

石鹼にされるブラッド。笑っていいはずだったが、笑えなかった。石鹼で体をこすっているうちに、ブラッドの指の一本がじわじわとその表面に浮かび上がってくる。ロシア代表は彼女から目をそらさず、返事を待っていた。

「賛成するか反対するかは関係ないと思いますよ」ミス・ブッシュナンはほほ笑み、即答を避けた。

「私はただのオブザーバーですから」

「私には関係があるの」と、ロシア代表はいった。「魂の問題だから」そして、いくつものダイヤモンドがきらめく片手を、豊満な胸に当てた。「感じるのよ、深いところで」

「ええ、そうでしょうね。素晴らしい演説でしたから。まるでお芝居みたいな」

「じゃあ、わかってもらえたのね」ロシア代表は一転してざっくばらんな感じになった。「よかったわ、ほんとに。あのね、私、今、ソビエト大使館に泊まってるの——ご一緒に夕食でもどう？　火曜日にパーティがあるの。みなさんいらっしゃると思うわ」

ミス・ブッシュナンは返事に困り、ロシア代表の視界から外れたところにすわっている教皇に目をやって、助けを求めた。教皇は無表情だった。

「じゃあ、あなたに秘密を教えてあげる。しゃべらないって誓いを立てたんだけど、あなたが相手なら誓いを破ってもいいわ。フランス代表がね、あなたを誘ってくれっていったの。もちろん、いわれなくてもそうするつもりだったんだけど、彼がじきじきに頼みにきたのよ。彼って、とっても恥ずかしがり屋ね。それで、あなたが来たら、隣の席にすわってもらうって約束したの。私がこんな話したこと内緒にしておいてね」

「では、伺います」

「よかった、うまくまとまって」ロシア代表の笑みは、女は女同士、仲よくやりましょう、とでもいっているようだった。

「火曜日というと、最終投票の次の日？」

「ええ。火曜日。会えるの楽しみにしてるわ」

スクリーンが暗くなると、ミス・ブッシュナンは教皇にいった。「きっと何かあったんです」

教皇はただ彼女を見つめるだけだった。魅力はあるが印象に残らないその顔や、褐色の目の奥にあるものを推し測るように。

一拍置いて、彼女は続けた。「フランス代表がどこかのレストランで夕食をご馳走してくれるというのならわかりますが、公式行事でディナーのパートナーに私を選ぶなんて考えられません。あのロシア代表にしたって、会議が始まったときから、私たち二人のことは無視してきたじゃありませんか。何が起こってるんでしょう?」

「おっしゃるとおり」と、教皇はゆっくりいった。「何かが起こっています。あなた、まだ聞いていないのですね」

「ええ」

「私のほうは運がよかった。ポルトガル代表がときどき私に情報を耳打ちしてくれるのです」

「何があったか教えていただけます?」

「そのためにここに来たのです。今日の午後、公開会議が終わってから、代表団の幹事会が開かれましてね。その席で、最終日にわれわれの投票を求めることが決議されたのです」

「投票?」ミス・ブッシュナンは戸惑っていた。「オブザーバーなのに?」

「そうです。当然、法的な効力はありません。票数としては認められない。早い話が、満場一致を狙っているのです——われわれの票も記録に残しておきたいのです」

「そういうことですか」ミス・ブッシュナンはいった。

「教会も慈善団体も賛成した、と。人は教会への信仰を捨てて政府を信じることを選んだ。ところが、その政府への信仰も揺らぎかけていて、代表団はそれを感じ取っているのでしょう。おそらく、われわれわれ教会に信仰が戻ることはないでしょうが、まだ一縷の望みはある」

「そのご褒美に私はワインと食事をふるまわれるわけですね」

教皇はうなずいた。「そう、男性の誘惑つきでね。フランスは今回のことにとても熱心なのです。五十数年前にアフリカの植民地を失って以来、あの国の刑法制度は混乱を極めている」

ミス・ブッシュナンは視線を落とし、膝のあたりでスカートにしわが寄っているのをぼんやりと伸ばしていたが、不意に顔を上げると、教皇の目を見た。「教会はどうです？　どんなご褒美をもらうんです？」

「東ヨーロッパの失われた司教管区、といいたいところだが、それはないでしょう。お世辞、ご機嫌取り。せいぜいそんなところだと思います」

「もし私たちが反対票を投じたら――」

「反対票を投じたら、この案を忌み嫌っている数千万の人たちと、この案が施行されるのを自分の目で見て忌み嫌うようになるはずの、さらなる数千万の人たちとが、ともに手を組んで闘いやすくなるでしょう」

「私の夫は――書類上は別れた夫ですが――今、刑務所に入っています。ご存じでしたか？」

「いや、むろん初耳です。知っていたら――」

「彼が釈放されたら、私たち、再婚するつもりです。面会に行った経験がありますから、今の議案以外にどんな選択肢があるかも知っています。現状はわかっているつもりです。だから、受刑者を無理やり理想郷から連れ出そうとしている、とてもいいたげな反対論には納得できないんです」

思いがけず、またサルが肘のそばにきていた。「お電話です、ミス・ブッシュナン」

アメリカ代表の太った顔がスクリーンを占領した。「ミス……ええと、ブッシュナンでしたかな?」

彼女はうなずいた。

「遅ればせながら、その、お話しできることを嬉しく思います」

相手が無駄な時間を費やさなくてもいいように、ミス・ブッシュナンはいった。「オブザーバーに投票を求めるという話なら、伺っております」

「ああ、それはよかった」アメリカ代表は指の先で机を叩き、彼女の視線を避けようとしているようだった。「ミス・ブッシュナン、あなたはお気づきですか、わが国が――ええと、その――経済危機に瀕していることを」

「私は経済の専門家ではありません」

「しかし、一般人として、あなたはさまざまな情報に接していらっしゃる。今、どうなっているか、ご存じでしょう。現在、連邦および州刑務所には、二十五万人近い男女が収容されています。その受刑者を養うためには、一人当たり年間五千ドルの費用がかかる――いいですか、ミス・ブッシュナン、われわれの税金が使われてるんですよ。合計すると、年に十億ドルだ」

「三回目の会合で、その数字、お出しになりましたよね」

「出したかもしれません。とにかく、かつて国際関係で合衆国が占めていた主導的な立場をぜひ取り戻したい、というのが国民みんなの願いじゃありませんか。そうするために、ミス・ブッシュナン、われわれは少しばかりソビエトに学ばなければならなかった。結局、それが国益にかなったんです。こういってよければ、われわれは謙虚になることを学んだのです」

彼女はうなずいた。

「かつてわれわれは雇用の安定を信じ、能力別の格づけと勤務年数とに基づく給与体系を信じていた。それが自由競争というもので、われわれの誇りだった。ところが、共産主義者は別の考え方を押し進めた。奨励賃金制度や、目標を達成できなかった者には罰を与えるというやり方です。それによってわが国は壁ぎわまで追い詰められ、貴重な教訓を得た。そして、今は――まあ、いろいろいいたいことはあるでしょうが、前よりもずっとよくなってきている」

「私もそう理解しています」ミス・ブッシュナンはいった。さあ、いよいよ本題に入るはずだ。

「ソビエトはまた新しいことを考えました」と、アメリカ代表は続けた。「ご存じのように、以前、あの国は集団で――その――労働者をですね、シベリアに送っていた。ある日、頭のいい人民委員が、ふとこんなことを思った。そうだ、小作農に畑の私有を許したとたんに野菜の収穫量が増えたというのなら、同じ理屈で囚人たちも有効に利用できないものだろうか？」

「代表は演説で」と、ミス・ブッシュナンはいった。「たしか、こうおっしゃってましたよね。連邦および州刑務所の受刑者のうち半分を個人の所有者に年五千ドルで貸し出すことができたら、その収入で残りの半分を養うことができる、と」

「所有者ではなく、借り主」と、アメリカ代表はいった。「優先的に契約更改ができる借り主です。これが実現したら、わが国の首にぶら下がった重荷が、十億ドル分軽くなります」

「ですけどね」と、ミス・ブッシュナンは何食わぬ顔で応じた。「ここで議論されているような国際合意に従わなくても、独自のやり方で同じことができるんじゃありません？」

「いやいや、それは違う」アメリカ代表は手を振って否定した。「この件では国際社会に同調することが大事なんです。いいですか、ミス・ブッシュナン、国際貿易というものは、強力な求心力を生む数少ないシステムの一つなんです。なんとしてでも、われわれは超国家的な市場機構を確立しなければならない」

　アメリカ代表の視野の外にいる教皇は、小さな声で提案した。「今でもまだ奴隷という言葉を使うつもりでいるか訊いてください」

　ミス・ブッシュナンはいわれたとおりにした。「まだ奴隷という呼び名にこだわっているんですか。最終決議案でも」

「ええ、そうです」アメリカ代表はスキャナーに身を乗り出し、声を落とした。「英語圏の用語をそのまま使うつもりです。これはしゃべってもいいと思いますが、われわれは――というのは、英国、カナダ、わが国ですが――ソビエトの抵抗にあって実に苦労しました。奴隷（slave）の語根はスラブ（slav）、すなわちスラブ人ですからね。それが気に入らなかったのです。しかし、受けますよ、この言葉は。人は奴隷を使うのが好きだ。ロボットが普及したおかげで抵抗がないし、今は鎮静剤や抗攻撃性薬があって、実際にシステムを運営する目処も立った。おまけに、古い時代とのつながりを実感することもできる。古いものがどんどん消えているこの時代に、ですよ。現代人は自分が誰かに操られているような気がしているのです、ミス・ブッシュナン。だから誰かを支配する側になりたいと思うわけです」

「わかります。それに、これが通ったら、囚人は刑務所から出られますね。きちんとした環境で暮らすことができます」

「ええ、そうですとも。しかも――ああ、それから、国際合意や国際市場の話がさっき出ましたね。あなたもお忘れではないでしょうが、現在、わが国は、貿易通貨の備蓄を早急に迫られている。不幸にも――というか、幸いにもというか、前向きに考えれば幸いにもですが、主要国の中でわが国は最も高い犯罪発生率を誇っている。合衆国は、この分野における輸出国になれるのですよ、ミス・ブッシュナン」

「わかります」と、ミス・ブッシュナンは繰り返した。

「お聞き及びかもしれませんが、ソビエトにはとかくの噂があって、需要を満たすために、結構な数の――地方人というかなんというか、まあ、そういった人々を市場に投入しているといわれています。もちろん、いわれのない中傷に過ぎませんが、合衆国ではまずそんなことは絶対に考えられません。あなたは裕福なご婦人ですね、ミス・ブッシュナン。たしか、お父さまは政府の役人だとか」

「今は違います」ミス・ブッシュナンはいった。「もう亡くなりました。農務省に勤めていましたが」

「そういう公務員のご家庭に育ったのなら理解していただけると思いますが、民主主義国家であればこそ国民の声に耳を傾けなければなりません。国民はこれを望んでいるのです。一番新しい世論調査では、七十九パーセントが賛成です。はっきりいいますがね、あなたが反対票を投じたら、わが政府はおおいに困ります。あなたが代表をつとめる団体の得にもなりません――それどころか、甚大な不利益をこうむるでしょう」

「脅迫なさるおつもり？」

「いやいや、もちろんそんなつもりはありません。ただね、ちょっと考えてみてください。非課税措置が廃止されたら、あなたの団体はどうなります？　議案に反対するということは、つまり、その――政府から見れば、政治活動に当たると、そう判断されても仕方ないと思いますよ。そうなると、当然、法人税の免除は取り消されるでしょう」

「議案に賛成するのは政治活動じゃないんですか？」

「これは人道上の問題ですから、あなたの団体なら、当然、支持するものだと政府は考えている。政治活動とはみなされないでしょうな。わかってください、ミス・ブッシュナン、これほど革命的な議案ですから、全世界が一致協力して賛成しなければならないのです。たとえ形だけの反対であっても、その結果、とんでもない事態を招きかねない」


先ほどの教皇の言葉を借りて、ミス・ブッシュナンはいった。「この案を忌み嫌っている数千万の人たちが、手を組んで闘いやすくなるわけですね」

「数千万というのは大袈裟ですな。数十万でしょう。しかし、おっしゃりたいことはわかる。そういうことが起こってはならないのです。ミス・ブッシュナン、政府が送ってきたあなたの身上調書が私の手もとにある。ご存じでしたか？」

「知ってるわけないでしょう」

「離婚したあなたの旦那さんは、ニューヨーク州オシニングの連邦刑務所に収容されている。あなたたち二人は手紙のやり取りをしていて、その中で、彼が釈放されたときには再婚したいという意思を表明している。その手紙の内容に嘘偽りはありませんか、ミス・ブッシュナン」

「私個人の話は今度の件と関係ないと思いますけど」

「一つの例としてあなたのケースを考えてみたかっただけですよ——自分のことなら問題を身近に感じることができるでしょう。現在のシステムでは、あなたの別れた旦那さんが釈放されるのは早くても五年後になる。しかし、今回の動議が通れば、前の旦那さんの——ええ、その——」アメリカ代表は言葉に詰まり、机の上の書類に目をやった。

「ブラッドです」ミス・ブッシュナンはいった。

「そう、ブラッド。そのブラッドさんを、あなたが五年のあいだ借り受けることができるのです。あなたは彼と一緒、彼はあなたと一緒。二人が幸せになった直接の結果として、国庫の負担が二万五千ドル少なくなる。そのどこが問題なのです？　しかも、これはお約束できると思いますが、法令発効後の最初の対象者にあなたの旦那さんが含まれることは確実です。いわば予約済みで、ほかの誰かがブラッドさんを借り受ける恐れはありません。それを案じていらっしゃったのなら、心配はご無用。もちろん、ブラッドさんを管理するのはあなたの責任ですが」

ミス・ブッシュナンはゆっくりうなずいた。「わかりました」

「では、支持していただけますね」

「それはお答えしかねます。私のことを誤解なさるかもしれませんから」

「誤解？」アメリカ代表は、スクリーン全体に顔が広がるまで身を乗り出した。「どういうことです？」

「これはブラッドと私のためになるから、不要になったアメリカ人を売り飛ばす議案に賛成する。売られた人がどこかの鉱山で死んでもかまわない――私がそう考えているとお思いじゃありません？　それは違うんです。ブラッドと私のあいだに何か絆が残っていたとしても、これでだいなしになってしまうでしょう。私にはわかります。自分の妻が自分の管理者でもあるような情況に置かれて、ブラッドがどう思うか。男としての誇りがまだ残っていたとしても、いずれそんなものはずたずたになる。五年という期間が終わらないうちに、彼は私を憎むようになります――私が彼を買える立場にありながら買わなかった場合も、同じように憎むでしょう。私の団体が賛成しようが反対しようが、あなたたちはこれを通すつもりですね。だったら、団体を守るために――今でも人の役に立つ事業を行なっていて、将来、奴隷が誕生したときにもその手助けができる団体を守るために、私は賛成票を投じるつもりです」

「では、議案を支持していただけるんですね？」アメリカ代表は、食い入るようにミス・ブッシュナンの目を見つめた。

「ええ。支持します」

「感謝します」

アメリカ代表の手が通信卓の〈オフ〉ボタンに伸びたとき、ミス・ブッシュナンは声をかけた。

「ちょっと待ってください。ほかのオブザーバーはどうなんです？　たとえば、教皇は？」

「間違いなく、それなりに始末がつくと思いますよ。今、教会は、ほぼ全面的にイタリア政府の善意に頼っておりますので」

「教皇の同意はまだ取れていないんですね？」

「ご心配なく」と、アメリカ代表はいった。「イタリアの人たちがちゃんとコンタクトを取っています」手がスイッチに触れ、画像が消えた。

「ついに折れたのですね」教皇がいった。

「教会は折れないんですか？」ミス・ブッシュナンはいった。「反対票を投じたら、次の日から兵糧攻めにあうのがわかっているのに」

「棄権という手もありますが」と、教皇は慎重に答えた。「どうしても賛成票を投じる気にはなれないのです」

「投票するしかないとしたら、いっそ嘘をおつきになったら？」

教皇は驚いたように彼女を見たが、やがて目もとに微笑が浮かんだ。

ミス・ブッシュナンは続けた。「賛成するといっておいて、実際には反対のほうに票を入れることはできませんの？」

「まあ、無理でしょうね。私の立場もあるし、おわかりいただけるかどうか、良心の問題もある」

「幸いにも」と、ミス・ブッシュナンはいった。「私はそんなふうには感じておりません。お気づきではありません？　オブザーバーを票決に参加させるのは、私たちが賛同することを前提にした勝手な話です。この決定、まだ公表されてませんよね？」

教皇はうなずいた。「なるほど、わかります。公表されたら、もうやめることはできない。しかし、公表する前に、われわれの意見を聞いて、思わしい感触が得られなければ――」

「でも、どんなかたちの投票になっても、代表団は議場に世界中のメディアを集めて投票結果を宣伝するでしょう」

「あなたは賢い子だ」教皇は感心したように首を振った。「貴重な教訓を得ましたよ。私はずいぶんあなたを見くびっていました。毎日、オブザーバー席で隣にすわっていたときも、今夜、ここに来てからも。しかし、これでよかったのです。神は私に謙虚になることを学べとおっしゃっている。その教え役に、一人の子をお選びになった。しばしば神はこういうことをなさるのです。どうか安心してください。会議のあと、あなたにはできるかぎりの援助をします。なんでしたら回勅を送って――」

「もし嘘をつくのがお嫌なら」ミス・ブッシュナンは、現実的な立場から教皇の言葉をさえぎった。

「評決に加わらない口実が必要ですわね」

「それなら、ひとつあります」教皇はいった。「たぶんご存じないでしょうが」――と、間を置いて――「メアリ・キャサリン・ブライアンという女性がいましてね」

「あいにく存じ上げません。どういう人です?」

「修道女です――少なくとも、ついさっきまではそうでした。メアリ・キャサリンは、三年前から世界でただ一人の修道女だったのです。その前にはシスター・カーメラ・ローズもいましたが、もういません。今朝、私のもとに電話があって、ゆうべメアリ・キャサリンが亡くなったことを知りました。葬儀は今度の火曜日。こういう場合には、今でも政府がサンピエトロ寺院を使わせてくれることがありましてね」

「じゃあ、会議にはいらっしゃらないんですね」ミス・ブッシュナンはにっこりした。「でも、修道女ってなんかおもしろそう。その人のこと、話していただけます?」

「話すことはあまりありませんが、メアリ・キャサリンは私の母と同世代で、四年前からフォーリ通りのアパートメントで暮らしていました。シスター・カーメラ・ローズが亡くなってからは、一人暮らしでした。出身の修道会が別々でしたから、二人はあまり気が合わなかったようですが、シスター・カーメラ・ローズがいなくなったあと、メアリ・キャサリンが何週間も嘆き悲しんでいたことは私も憶えています」

「絵にあるような、裾がひらひらする素敵なローブをまとっていたんですの?」

「いやいや」と、教皇はいった。「今はどの修道女も――」そこまでいいかけて、言葉を切った。教皇の顔から生気が消え、たちまち老人めいた顔になった。「失礼、つい現実を忘れてしまって……。正しい言い方をすれば、過去七十数年のあいだ修道女と呼ばれていた女性は、もうそんなものはまとっていなかった、ということになりますか。実際には、自分たちで捨てることを選んだのです。その数年後、私たちも聖職者用の襟をつけなくなりました。わかっていただきたいのですが、私も適当な候補者を捜しては、説得を試みてきたのです。ぜひベールを……」

「ベールを？」

「いや、昔からの言い回しに、〈ベールをまとう〉というのがありましてね。修道女になることをそういったのです。それがうまくいけば、伝統が死に絶えることもなかったでしょうし、メアリ・キャサリンやシスター・カーメラ・ローズが寂しい思いをすることもなかったでしょう。候補の少女たちには、修道女になってもできることを挙げて、すべてを捨てる必要はないのだといってきかせたのですが、誰一人として残ってくれませんでした」

「お友だちが亡くなったのはお気の毒に思います」ミス・ブッシュナンは言葉少なにいった。意外なことに、本当に気の毒に思っていた。

「教会の歴史と同じくらい長く生きてきたものが、これで終わったのです――ただ、五十年か百年たって、世の中の風潮が変わったら、必ず復活すると思います。ですが、復活したものが昔のものと同じであったためしはありません。たとえば、今さらミサに求憐唱を復活させようとしても詮ないことですし」

理解できない言葉が続いたが、ミス・ブッシュナンはいった。「ええ、そうですわね。でも――」

「それが今の問題とどんな関係があるのか、というのですね。まあ、たいして関係はありません。でも、評決のとき、私はミサを捧げているでしょう。やるべきことがあれば、あとになって何かできるかもしれません」教皇は立ち上がり、衣服を整えた。すると、部屋の奥のどこからか脚輪を転がしながらサルが出てきて、書物台に載せた帽子を差し出した。赤い帽子だ、とミス・ブッシュナンは気がついた。しかし、ハットバンドに挿した羽根は、緑ではなく黒だった。その帽子をかぶりながら、教皇はいった。「ご存じのように、いわば私たちは奴隷から出発したのです。ユダヤ人以外の初期キリスト教徒は、ほぼ全員が奴隷か解放奴隷でした。これから私は、最後の修道女のために葬儀のミサを捧げます。そのあと、まだ生きているうちに、最初の修道女のための宣誓式を執りおこなうことができるかもしれません」

サルがいった。「聖バシレイオスの姉、聖マクリナが、三五八年に最初の女子修道会をはじめました」教皇がにっこり笑い、「よく知っているね」と褒めると、ミス・ブッシュナンはうわの空でいった。「一年ほど前に〈世界の大宗教〉という追加パッケージを買ってやったんです。だから教皇さまのことも知っていたんだと思います」彼女はまたブラッドのことを考えていた。もし教皇が何か返事をしたとしても、彼女には聞こえなかった。ブラッドが奴隷……。

ドアが閉まり、「わたくし、あの老人は信用できません。なんだかぞっとするんです」とサルがつぶやいたので、ミス・ブッシュナンは教皇が帰ったことを知った。

彼女はサルにいった。「教皇は毒にも薬にもならない人よ。それに、どうせこれからローマへ行くんですから」彼女は、緊張が一気に解けたそのときになって初めて、自分がひどく緊張していたことを悟った。「毒にも薬にもならない人」彼女はそう繰り返した。「ねえ、サル、お酒のお代わりを持ってきてちょうだい」

火曜日が勝負だった。全世界が見守るなか、会議に参加している全員が赤と緑の服をまとう。だが、彼女だけは何か青いもの《サムシング・ブルー》を身につけて人目を引くだろう。何か青いものと真珠。彼女の夢想の中では、すぐうしろにブラッドが控えていた。上半身裸で、両手首には手かせがはめられている。「ティファニーであつらえようかしら」と、彼女はいった。声は小さかったので、キッチンでシェイカーを振っているサルには聞こえない。「ティファニー特製の手かせ。でも、宝石やトルコ石のようながらくたは、いっさいつけないようにしよう」

ずっしりと重く、硬い青銅。少しシルバーが入っていてもいいかもしれない。サルの命令で、ブラッドはいつもそれをきれいに磨くのだ。

彼女の耳には、友だちにこんな話をしている自分の声が聞こえるようだった。「ぴかぴかになるまで彼が磨くのを、サルが見張ってる。私は、ちゃんとやらないと元の場所に返しちゃうわよって彼にいうのよ——ええ、もちろん、冗談だけど」

バレンタイン・デー

継電器と薔薇

宮脇孝雄訳

Of Relays and Roses

「幸運を」と、誰もがいった。「幸運を、幸運を」彼は運を信じない。これまでに信じたこともなかった。信じているのは勤勉と確率だ。それも、勤勉が一番、確率が二番の順で。「幸運を——幸運を、エド」

外の通路は大混乱だった。だが、議事堂は静まりかえり、粛然としている。中央の席にすわった上院議員は、出身州で選挙運動をしているときには嚙み煙草をくちゃくちゃ嚙み、田舎踊りの余興でもあれば率先して踊り出すのだろうが、こういう公聴会では品位と礼儀を重んじていた。テレビ中継のスタッフでさえ無言のまま、めいめいが古い納屋のひさしにせっせと巣を張る蜘蛛のように、ケーブルを繋いでまわっている。傍聴席は葬儀のようだった。

〈みんなつまみ出されるのを恐れているのだ。今日は公聴会のクライマックス。おれが証言台に立つ日だ……〉

彼は、会社の弁護士が両わきに控える席にすわった。

弁護士の一人が、彼の腕に軽く手を置いていった。「大丈夫、うまくいくよ、エド」

何も考えずに彼はいった。「幸運を祈っていてくれ」

弁護士二人は、「幸運を――」と、真剣な顔でいった。

静寂がさらに深まった。テレビ・カメラの一台に赤いランプが灯り、中央の上院議員が小槌を叩いて注目を求めた。

「それでは公聴会を始めます」と、上院議員は切り出した。

特色のない乾いた声――年老いた弁護士助手のような声だった。

「開会のたびに申し上げていることですが、今一度確認しておきたいと思います。ここでのやり取りは司法手続きを構成するものではありません。これは単に上院が情報を集める手段であります。証言者が希望するのであれば弁護士の同席も認めますが、不規則発言は私や同僚がただちに取り消しの措置をとります。

この公聴会の目的はみなさんすでにご存じでしょう。われわれが調べているのは、わが国におけるデジタル・コンピュータ製造会社の大手が始めたある事業についてであります。その企業はコンピューター・サービスのプロバイダーとしても急成長を遂げています。これまでにたくさんのかたが公聴会の席で、その企業が行っている事業によってわが国の経済活動が大打撃を受けていると証言してきました。これは秘密でもなんでもありませんが、報道に携わる多くの人々もそれに同意しております」

右側の上院議員が話をさえぎって発言した。「大半の国民は、その事業が道徳に反すると考えている」

中央の上院議員が訳知り顔でうなずいた。

「前回は、アメリカの法曹界の代表者、および、ラスベガス、リノ、両都市の商工会議所会頭にきていただきました。本日は――」

議員は言葉を切り、委員会の主任顧問に耳打ちした。

主任顧問はいった。「マダム・フェリス・デュボア、どうぞ」

頭のてっぺんから足の爪先まで、ファッショナブルに決めた細身の女性が立ち上がり、滑るような足取りで証言台に向かった。

主任顧問が尋ねた。「あなたはフェリス・デュボアさんですね。高名なファッション・デザイナーで、ワシントンとニューヨーク、ロサンゼルス、ロンドン、パリに店をお持ちになっている——間違いありませんか？」

彼女はほとんどわからない程度にうなずいた。「そのとおりです」

「この委員会で証言をする意思はおありですか？」

彼女の笑い声は、プラチナの鈴を素早く次々に鳴らしたようだった。

「ええ、いいたいことはたくさんあります。そうしないと、実状がおわかりにならないと思いますからね」

「証言はひとつで充分です」中央の上院議員がいった。

「では、一番わかりやすい話をしましょう——ウェディング・ドレスについてです。わたくしどもは、最近、さまざまなタイプのドレスを開発しました——裾の丈が長いタイプ、ショートあるいはミニ、俗にいうヘソ出しルックやシースルー・タイプもあります。特に知恵を絞ってきたのは、いわゆる複数回婚姻の際に身につける衣裳です。わたくしどもの業界が潤うには、二回以上結婚する人に頼らざるを得ないのが現状ですからね。そこで、色を変えることを提案してきました——初婚のときは、もちろん純白。二度目はブルー系——次はピーチ・カラーかピンク、そのあとはパステル・グリーン。

五回目については、まだ業界の意見はまとまっていませんが、たいした問題ではありません。そこまで行けば、各デザイナーの競い合いになるでしょう。でも、プロモーションに注ぎこんだ金額は大変なものですし――」

「この公聴会で審査している事業の影響はどれくらいあったのでしょう?」

「それはもう大打撃です! ほんの二年前までは、結婚式を挙げたカップルの三組に一組は離婚していました。もちろん、知識層の場合は、もっと多いわけですけれど。離婚した人のうち――」

上院議員は小槌を叩いた。「統計上の数字は、昨日の審議で、それなりに詳しくうかがいました」どうやら証言は、上院議員の期待とは違う方向に逸れはじめているようだった。「では、あなたの事業の、ほかの分野における影響について語ってください」

マダム・デュボアは気勢をそがれたようだった。

「わたくしどもの業界に女性が落とすお金はどんどん減ってきています。離婚して独りになった女性は、全体的に見て――以前は一流デザイナーの最新ファッションにとても興味を持っていたものですが――」

「では、これでけっこうです」中央の上院議員がいった。「同僚から追加の質問がなければ、席にお戻りください」

女は少しだけ待ってから、証言台を離れ、優雅な身のこなしで席に戻っていった。拡声器のマイクのひとつが、中央の上院議員が主席顧問に尋ねる声を拾った。「次は心理学者でしたかな」

「では、クロード・ホニッカー博士、どうぞ」

ダーク・スーツを着た長身の貧弱な男だった。ごく普通の黒縁メガネをかけているが、かけ方に癖があって、まるで鼻メガネを当てているように見える。

主任顧問の人定尋問によって、この人物が産業心理学の専門家であり、企業の重役クラスや科学者を顧客にする人材派遣所の経営にもたずさわっていることがわかった。マダム・デュボアのときと同じようなやり方で、証言が求められた。

「お言葉を返すようですが」はきはきした口調でホニッカー博士はいった。「直接、質問をいただいたほうが、私としてはやりやすい。総論的な証言は誤解を招く恐れがあります」

「では個別にうかがいましょう。あなたが扱う転職希望者の数に、減少傾向はありますか?」

「間違いなくあります。昨年の同期と比べて、十七パーセント減っています。二年前と比較すれば、二十二パーセント減。この減り方は深刻で、原因の大半は、いわゆるこの――結婚サービスにあると、妥当な理由によって私は確信しております」

「われわれはそれが、コンピュータ化された――あなたの言葉を使えば、結婚サービスにすぎないと、信じ込まされてきたわけですが、なぜそれによってそういう減少傾向が生じたか、説明できるのであれば、ぜひ説明してください」

「やってみましょう。私にいわせれば、わが国および世界の先進諸国は、あるタイプの男性に大きく依存しています。その男性は、企業の経営幹部であったり、科学者であったり、将軍であったり、炭鉱夫であったりしますが――いずれにしても、よく働くのです。今すぐがんばらなければならない理由はないのに、です。勤労意欲を高めるために社会はさまざまなご褒美を鼻先にぶら下げますが、それ以上に働いてしまうのです。なぜそんなことをするかといえば、彼らの中では、自分に敵対する環境によって生み出された緊張の捌け口が労働であるからです。社会はそういうタイプの働き手を搾取して栄えているのです」

「アルコール依存症と似たメカニズムですな」右側の上院議員がいった。

「率直に申し上げますが」――ホニッカー博士は椅子にすわりなおした――「その種の男性は、しばしばアルコールに依存するようになります。営業職とか広告業といった外向きの仕事をしていると、その危険はさらに高まります。内向きの仕事をしている人、たとえば科学者などは、そのうち偏執症になる傾向があります」

「問題のコンピュータ・サービスは、そうした人々に恩恵を施しているとお考えですか？」

「社会全体には不利益を与えていますが――そのように考えています。問題は、社会がどこまで耐えうるか、です。もうぎりぎりのところまできているのではないか、という兆候が見えています」

「いいかえれば、生産的であるべき人材が生産することをやめているわけですね」

ホニッカー博士はうなずいた。「考えようによっては――まあ、そのとおりでしょう」

左側の上院議員が尋ねた。「あなたのお考えでは、労働者、いや、労働組合の幹部といったほうがいいかもしれませんが、そういった人たちも、企業の管理職階層と同じように、ある程度その影響を受けているということになりますか？」

「はっきりした根拠に基づいて断言はできませんが、そうではないかと感じています。おもな労働組合の幹部は、もっともダメージの大きい層と比べて、年齢がかなり上である場合が多いのです。この問題に直撃されているのは、キャリア優先で結婚を先延ばしにしてきた男性たちであって、私たち人材派遣業界があてにしているのは、比較的若いその世代です。付け加えるなら、それなりに成功した婚姻関係を結ぶことができた男性は、あまり転職を希望しない傾向にあります」

長い沈黙があった。

やがて、中央の上院議員がいった。「では、ありがとうございました」

主任顧問が呼びかけた。「では、エドワード・ティール・スマイズさん、どうぞ」


このときを待っていたのだ。前の机に両手をついて、彼は背を伸ばし、立ち上がった。

「証言台へどうぞ」

彼は体を横に滑らせて通路に出ると、証言台まで歩いていった。教会に行って、信徒席のあいだを歩いたときのことを思い出す——もう何年も忘れていた感覚だった。そのあと、自分が何か滑稽な存在と見なされていることを意識した。歩いているそばから、忍び笑いが聞こえてくる。振り返って、笑っている者を見てやろうと思ったが、我慢した。証言台の椅子は固いオーク材でできていて、学校の椅子に似ていた。

「あなたは副社長で、経営実務の担当ですね。その肩書きに間違いはありませんか」

ここに至るまでの形だけの質問は、まるで白日夢でも見ているように、あっというまに過ぎていった。彼は自分を奮い立たせ、これは闘いというより、重役会なのだ、と信じ込もうとした。

「はい。営業や研究開発とは違うという意味で、実務です」

「われわれが論じているサービスを提供しているのはあなたの部署ですか？」

「はい」

「しかし、あなたは報道機関向けに発言していますね、そういうサービスを始めようと最初に思いついたのは、自分ではなかった、と」

トム・ラーキンが彼のオフィスにやってきた。トムは背が高く、いつもぴりぴりしていて、研究所の作業着のままで、よく〈大将〉との昼食の席に出る——前代未聞の話だ。自由造形の椅子に体を投げ出し、トムはいった。「われながら、いやんなっちゃったよ」今、トムはカリブ海のどこかにいる。まったく、腹がたつ。

エドは、重役になって気苦労が増えたんだな、とはいわなかった。立場が逆なら、トムはきっとそういっただろう。今は皮肉をいいたい気分ではなかった。

代わりに、「どうした？」と、そっけなくいった。

「いやね、またすごいこと思いついたんだよ。会社は大儲けだぞ」

「そう願いたいもんだ。政府との契約をひとつ、取り損なったところだからな」

「そんなことだろうと思ったよ。うちの二〇型デジタル・コンピュータの最大の売り物はなんだ？」

エドはため息をついた。「データ記憶容量だよ。分子一個の変化を二進数として解釈する能力があるので、ほかのマシンならロング・アイランドくらい大きなメモリ・バンクがないと記録できない情報でも、アイスホッケーのパックくらいの記憶装置に収めることができる。開発者はきみだろう。ぼくが説明するまでもない」

中央の上院議員がいった。「ご返答をお願いします、スマイズさん」

「すみません。質問だとは思っていませんでした。ええ、たしかに私の考えたことではありませんし、過去にそう発言したのも事実です」

「委員会のメンバーに、そのサービスの内容を説明していただけますか」

「顧客の視点からですか？　一人の人間が別の人間と理想的な婚姻関係を結びたいと願う。以前にも同じ目的でコンピュータが利用されたことはありました。しかし、大学の学内に限られた実験だったり、マシンの能力や設備に不足がある、起業家の面白半分の思いつきだったりしたものです」

「あなたのプログラムは違うのですか？」

「わが社は膨大な情報を記録できるコンピュータと、なんでもデータとして取り込めるプログラムを開発しました。不適切な情報はプログラムが勝手に排除してくれるし、データ間の矛盾も指摘してくれます。これを顧客のために役立てているのです」

「そのごったまぜの中から、男性には理想の妻を、女性には理想の夫を、マシンが選ぶ。それも、間違うことなく。私には信じられませんな」

「私も最初は疑っていました。それから、エラーの割合ですが——私どもの会社が注目されるきっかけになったのは、絶対に選択を誤らない、という点にあったのではないかと思われます」


いつものように彼は、自分が住んでいる居住用ホテルのコーヒー・ショップで朝刊を読んだ。その記事は一面に載っていて、見逃しようがなかった。完全主義者なので、始めから終わりまでその記事を読んでから朝食をすませ、それに触発されたと思われる社説まで読んだ。そのあと、タクシーをつかまえて会社に行き、自分が使っている次の間つきのオフィスに寄って帽子をかけようともせず、トムの仕事部屋に直行した。

トムはいった。「見たんだな。どうだ、すごいだろう？」

「奇想天外、奇妙奇天烈といったところだな。新聞によると、きみは、どこかの若者に、恋人を見つけたければ、エチオピアの——と、書いてあったが——ある小さな村に行け、といった。若者は全財産を売り払い、ジェット機のチケットを買った。今、その若者は結婚して、天にも昇る心地で新婚生活を送っている」

「間違ってるんだよ、その記事は。全財産を売り払ったというのは嘘っぱちだ。プログラムの試用中にコンピュータ・タイムを無料《ただ》で使わせてやったんだから、ついでに航空運賃を負担してやってもいいだろうと思ってね——コンピュータの料金と比べたらそんな旅費なんか安いもんだ。あの青年にはエチオピアへの往復チケット、女の子には片道だ。おかげで彼の信用度も高まったがね」

「スマイズさん」と、右側の上院議員がいった。「あなたがたのやっていることは昔の神託と同じで、権威づけにコンピュータを利用しているだけじゃありませんか？」

「いいえ、違います。世間の人がよくそう思うことは私も認めます。私たちは、そんな印象を持たれないように、できるかぎりの努力をしてきました。エチオピアに行った若者のことを憶えていますか？　ニュースで取りあげられた最初の例でしたが、おかげでいろいろ誤解も生じました」

中央の上院議員がいった。「よく憶えていますよ。まるで奇跡のように見えましたが」

「あのときの若者は、知的水準の高い黒人の青年でした。いわばまだ卵から孵ったばかりの事業に、ボランティアで参加してくれたのです。徹底した心理テストを行い、結果をコンピュータに入力する。コンピュータの指示に従って、さらにテストを行う。膨大なマシン・タイムを使うことになりましたが、わが社の研究開発担当副社長で、この計画の生みの親、トム・ラーキンの信念に基づく行為でした」

「そのテストの結果を、コンピュータはどう判断したのです？」

「そうですね、たとえば、その青年は、コプト派のキリスト教に興味を持っていました。そこで二〇型は、同じ信仰の持ち主がパートナーとして最適であると判断しました。幼少期を田園地帯で過ごし、一家で都市部に引っ越して、都会の生活に順応できずにいたという事実から、同じく田園的な、むしろ辺鄙な場所で育った女性がいいのではないかということになりました。辺鄙な場所に住むコプト派のキリスト教徒は、わが国では皆無に近い。ところが、エチオピアではコプト派が国教ですから、信徒の数も多い。本当はもっと複雑な手続きが取られるわけですが、だいたいの方向性はわかっていただけたと思います。このような関係が何千何万も検討されたあげく、一人の若い女性が選ばれたのです」

「新聞を読むと、二〇型はまるで巫女のような印象でしたが、今、お話をうかがうと、誰かの年老いた賢いお祖母さんのように見えてきましたよ、スマイズさん」

「そのどちらでもありません。コンピュータはデータを処理する機械なのです。上院議員、私にはずっと前から考えてきたことがあるのですが、ここで述べてもよろしいでしょうか」

「どうぞ。そのための公聴会です」

「先ほども申し上げましたが、一般大衆はコンピュータを何か超自然的なものだと考える傾向があって、この業界に籍を置くわれわれは、なんとかしなければと思ってきました。しかし、その誤解にも、ひとつだけうまい利用法があるのです。今はこう動くのが論理的に正しいとわかっていても、その提案を人に受け入れてもらえるかどうかは、誰がいいだすかによって変わります。そんな場合、コンピュータが判断したといえば、人は動くのです。たとえば、休火山の斜面にできた町があるとします。その火山が轟音を上げ、煙を吐きはじめても、ほとんどの人は逃げようとしないでしょう。なんといっても、これまで噴火したことがないからです――少なくとも、その人々の知るかぎりは。しかし、ただちに避難せよとコンピュータが告げれば、みんな従うでしょう。たしかに庶民が畏《おそ》れるのも無理はありません。でも、それによって人が論理的に正しい行動を取るとしたら、その畏れにも使い途があったということになります。これは私の実感ですが、一般大衆が間違った行動を取っているように見えるときは、実は正しい行動を取っているときなのです」

「なかなか立派な演説でしたよ、スマイズさん」上院議員はそっけなくいった。「私の印象を申し上げますと、あなたのいう庶民は、この国の堕落を憂いているはずです。きのう出たいくつかの証言を聞くかぎり、あなたの会社は、結婚仲介サービス――という呼び方が妥当かと思われますが、そのサービスを何百万人ものアメリカ国民に無償で提供しようとしている――そう理解せざるを得ないわけですが、あなたはどのようにお考えです？」

最初の一言を聞いた瞬間から、胃が締めつけられるような圧迫感があった。上院議員の口調には、彼を裁き、弾劾するような響きがあった――だが、なんの罪で？　何か卑劣で、反アメリカ的な活動を非難されているのか？「つまりですね、上院議員」と、彼は切り出した。「ラーキン氏が社長を説得して、このサービスを売り出そうとしたとき――」

サービスは成功したとはいいがたかった。もちろん、顧客は満足している。その点では成功だったし、新たな顧客がやってくるたびに、内容は充実し、処理にかかる時間も短縮されていった。だが、その顧客の数が足りなかった。満足のゆく数に届かなかった。

その日、全員が〈大将〉の会議室に呼ばれたとき、経営実務担当の彼も、研究開発担当のラーキンも、営業や広告や製造担当の重役たちも、どんな話になるか、みんな予想がついていた。〈大将〉と呼ばれて親しまれている社長が激しく人を叱責することはない――それが人間的な魅力につながり、人心把握術にもつながっている。その話は常に論理的かつ公正で、人を呼び出して叱りつけるときでも、確固たる証拠がなければ、疑わしい点は相手に有利に解釈する。しかし、常に事実は大事にした。

「ラーキンくん」社長はおもむろに切り出した。「きみの実験的なプロジェクトを商業ベースに乗せることが決まった会議のことは、今でも憶えていると思う。『多数決で』といえればよかったのだが、これまたご記憶のとおり、賛成票を投じたのは私ときみだけだった。それで、とにかくやってみることにした」

トムは、決して忘れることはないでしょう、といった。

「ところが、次から次へと差損が発生しているのが現状だ。このプログラム――ええと、正式名はなんだったかな」

「〈プログラム・ローズ〉です」

「この〈プログラム・ローズ〉の売り上げカーブは、これまでずっと横ばいだったが、ここにきて下向きになりはじめた。薔薇《ローズ》は赤字《あか》だ。率直にいうが、わが社のほかの部門が好成績を上げていなければ、〈プログラム・ローズ〉をこれまで続けることはできなかっただろう。ここで打ち切るべきではない、と思っている者は、その理由を述べてくれないか」

上院議員がさえぎった。「これまでのあなたの発言内容を振り返ると、むしろあなたではなく、ラーキン氏をこの公聴会に寄こしていただいたほうがよかったように思われますな」

「われわれもそのつもりでしたが」と、エドはいった。「連絡が取れなかったのです」

「連絡が取れなかった?」

「そのうちにトム本人もプログラムに応募しましてね。今、花嫁を連れて、スループ型帆船で六か月の新婚旅行に出ているところです。もともと暇があればしょっちゅうヨットに乗っていた男でしたが、〈ローズ〉の選んだ女性もヨットが趣味でした」

「六か月とおっしゃいましたか?」上院議員は信じられないようだった。

「ええ、有給で。社長は三か月しか認めないといっていましたが、会社を辞めるとトムが脅したので折れました」

「私には——」と、上院議員は冷たい笑みを浮かべた——「あなたがたは、才に溺れて墓穴を掘っているように見えますよ」

「われわれはそうは思っていません。というのも——」

トムは、〈大将〉の話が終わるのを待ってから、爆弾発言をした。〈大将〉の話が終わると、意味深長な長い沈黙が続いた。トムは、社長に直接話すのは避けて、販売担当に話しかけた。「〈ローズ〉が終わるのは残念だな。あれはわれわれの最高傑作だ。むしろ、無料《ただ》でみんなに使ってもらおうと思う」

全員が無言だった。ついにトムも気が触れたかと思ったことを、エドは今でも憶えている。

「〈ローズ〉のおかげで」と、トムはいった。「契約や取引先が増えて、わが社はすでに三百万ドルの収益を上げている。広告を読んでくれる人に、代金を請求しちゃまずいだろう？　それでも払いたいという人がいるかもしれない——そこまで熱心な人もいるはずだ。でも、無料にしたら、二倍、三倍の金を生んでくれる」

販売担当はゆっくりいった。「そのとおりだ。トムと一緒に新しい取引先を一つひとつ調べてみたんだが、そのうちの九十パーセントは、〈ローズ〉の顧客本人か、その顧客から多大な影響を受けた人物が、わが社に事業を委託する決定を下していた」

中央の上院議員が咳払いした。「つまり、〈ローズ〉はほかの事業のための販売戦略だった——この証言台に立って、あなたはそうおっしゃるわけですね？」

「いや」と、エド・スマイズは答えた。「販売戦略とは、お風呂に浮かべるプラスチックのおもちゃに朝食用のシリアルをつけて売ることです。そういえば、トムのおかげで気がついたことが、もう一つあります。各種の決定権を持つ人物にわが社のマシンに馴染んでもらえるのが〈ローズ〉の利点ですが、二〇型は生涯の友にもなれるのです。いくらでもしゃべりつづけることができるし、会話の内容を消去することもありません」

「では、本当に無料サービスを始めたのですね」

「ええ、コンピュータそのものやコンピュータ・サービスが、将来、仕事の一部になるであろうと思われる人を選んで、無料で開放しています」

議事堂にざわめきが広がった。上院議員はうんざりしたようにいった。「あなたの会社は、ある種の副作用として、社会の基本構造を破壊しているように見えるのですが」

「それは事実に反します」エドは深呼吸した。「上院議員、トラクターに乗り込んで、壊れるまで仕事をやめない農夫と、トラクターの点検を怠らず、油をさしたり、手入れをしたり、エンジンがオーバーヒートを起こしたときには冷めるまで待ったりする農夫と、どちらが優れた農夫だと思います？長い目で見て、収穫が多いのはどちらでしょう？　人生の半分を孤独に過ごした男女は、ついに心が通う相手を見つけたとき、一時的に心身のバランスを崩すこともあるでしょう。それは認めます。ときには仕事なんか辞めようと思う――一日じゅう新しいパートナーと過ごすほうがいいからです。しかし、いずれ戻ってきます――そして、復帰したら、何かから逃げるために働くのではなく、何かのために働こうとするでしょう。われわれのサービスが進みすぎたせいで、今は谷間ができているのです。顧客の大半は、まだ新婚の段階にある。しかし、初期の顧客は以前より力をつけて、すでに戻りつつあります。私はそれを実証することができます」

彼は実証した。図表やスライドも役に立ったが、何よりも事実がものをいった。書かれた論文の数、認められた特許の数、初期の顧客が経営層にひしめいている企業の稼ぎ高。彼はセールスマンではなかったが、議事堂にいる全員が膝を乗り出すのを感じて、気分が高揚するのを覚えた。

話が終わったときには、へとへとになっていた。シャツは胸もとに貼りつき、脚の力が抜けてゆくのを感じた。だが、少なくとも相手を説得することはできた。

左側の上院議員がいった。「あなたがたがそのサービスを提供する相手は――」

「私企業、国家機関、非営利団体、所属はどこでもかまいませんが、いずれわが社にビジネスの機会を与えてくれそうだと判断された人物が対象です。それ以外の人からは、最低限の使用料をいただきます。ありがたいことに、そういうお客さんも増えています」

中央の上院議員が不意に笑みを浮かべた。何千枚もの選挙ポスターで見せてきた魅力的な笑顔、左右がちょっと不均衡な笑顔だった。

「失礼かもしれませんが、スマイズさん」と、彼はいった。「あなたの結婚歴を教えていただけませんか?」

「二十年前に妻に先立たれて、それ以来、独身です」

「〈ローズ〉のサービスは利用していらっしゃらないわけですね」

ほとんど聞き取れないほど小さな声で、彼はいった。「実をいうと、上院議員、私はイギリスに行く予定でしたが、この公聴会のせいで仕方なく延期することになりました。ぜひ意見を述べてくるようにと社長にいわれましてね。マーシア――というのが相手の女性の名前です。リヴァプールの図書館で司書をしています。マーシアとは文通をしたり、長距離電話で話をしたりしてきましたが、まだ一度も会えないでいます」

「一刻も早く会えることを祈っています」と、中央の上院議員がいった。「では、退席していただいてもけっこうです、スマイズさん」

彼はかなり離れた席まで歩いて戻りはじめた。詳しい事情を聞かれなかったことに、内心ほっとしていた。実はマーシアのほうが、エドの会社のイギリス支店から〈ローズ〉を利用したのだ。つまり、彼女のほうが彼を選んだ。打ち明けたら、ずいぶん間抜けな話だと思われたに違いない。

植樹の日

ポールの樹上の家

宮脇孝雄訳

Paul's Treehouse

その日は知事が州兵の出動を要請した翌日だったが、モリスはそんなふうには考えなかった。それはポールが木の上で二晩を過ごした朝のことだった。モリスはポールの寝室を覗き、ベッドに寝た跡がないことを知ると、スコッチで口を漱《すす》いだ。それにしても暑かった。ただし、家の中は暑くない。エアコンが利いているからだ。

シーラはまだ眠っていた。間隔を置いてふたつ並べたシングル・ベッドの、彼のではないほうに、まるで男のように体を伸ばして転がっている。起こさないことにして、グラスにまたスコッチを満たすと、家の横のパティオに持って出た。太陽はまだ顔を出しはじめたばかりなのに、金属の椅子やテーブルはすでに熱を持ちはじめている。今日は暑い一日、炎天下の一日になるだろう。そのとき、生け垣の向こう側から、ラッセルの植木ばさみがぱちんぱちんと音をたてるのが聞こえてきて、さあ、いつもの台詞がくるぞ、と身がまえた。

「今日も暑くなりそうだなあ」生け垣の上から、顔が出る。モリスはうなずいた。何もしゃべらなければ、相手は今いる場所から動かないでいてくれるかもしれない、と思った。その願いは虚しかった。

ラッセルが木戸の掛け金を外す音が聞こえたが、モリスはわざと目をそらしていた。

「地獄の一丁目より暑いな」ラッセルはいって、腰をおろした。「庭仕事は朝一番にかぎる。自分にそういいきかせてるんだ。涼しいうちに片づけろ、とな。ところが、見てみろ。もう汗だくだ。ゆうべの話、聞いたか。警官が一人、殴り殺されたんだってな。店のウィンドを破ってかっぱらったゴルフ・クラブや、ポロのマレットで」

モリスは何もいわず、ポールの樹上の家を見上げた。庭の反対側にあるが、高いので、家の屋根越しに見ることができる。

「道路の真ん中で殴り殺したんだってよ」

「そんな目にあわされても仕方ないやつだっていると思うぞ」モリスは不機嫌にいった。

「そりゃそうだが、あの連中がそこまでやるか。だからびっくりしたんだよ……こんな時間から、もう酒かい？」ラッセルは背が高く、ひょろりとしていた。長い首に、喉仏が目立っている。そのすっきりした体の線を、短身で太鼓腹のモリスは羨ましく思った。

「まあ、そんなところだ」彼はいった。「あんたもどうだ」

「そうだな、土曜日だし……」

家の中は涼しかった。パティオよりもずっと涼しかった。だが、空気は澱んでいた。モリスは「客用の」安いウィスキーをグラスに注ぎ、炭酸水をしゅっと入れた。

「あれ、おまえんとこのポールのかい？」外に出ると、さっきのモリスと同じように、ラッセルが樹上の家を見上げていた。モリスはうなずいた。

「自分で造ったんだよな。そういや、見たぞ。板切れか何かを持って、木に登ってたっけ。退屈しのぎに、ちっちゃなラジオを持ってな」ラッセルはウィスキーを受け取った。「向こうまで歩いていって、ちょっと見てきてもいいかね」

モリスは仕方なく彼に従い、シーラが丹精している、炎のような色合いの、匂いのないフロリバンダの花床をまたいだ。

家の向こう側にある木は広い陰をつくるので、薔薇の生育には向いていない。木の下にはまばらに草が生え、ポールの落とした石が何個か転がっているだけだった。

ラッセルは口笛を吹いた。「こりゃかなりの高さだな。五十フィートはある。なんでまたあんなところに建てさせたんだ」

「シーラがいうには、持って生まれた個性が育つのを邪魔しちゃいけないんだそうだ」モリスが口にすると、いかにも間が抜けて聞こえた。取りつくろうために、もう一口ウィスキーを呑んだ。

ラッセルは首を振った。「落っこちたら、死ぬぞ」

「ポールは木登りがうまいんだ」モリスはいった。

「あんなものを建てたくらいだから、そりゃそうだろう」ラッセルは目を離そうとしなかった。体をうしろにそらして見上げている。早くパティオに戻ったらどうだ、とモリスは思った。

「二週間くらいかかったよ」モリスはいった。

「公営団地から材木をかっぱらってきたんだろう」

「おれが買ってやった分もあるよ」そのとき、ほんの一瞬だけ、窓のひとつに、ポールの小さな茶色の頭が見えた。ラッセルは気がついただろうか、とモリスは思った。

「ほとんどはかっぱらったもんだろう。二×《かける》四インチとか、四×四インチの角材だな。頑丈そうじゃないか」

「おれもそう思う」そして、まずいと思ったときには、もう言葉が出ていた。「ポールは石をバケツで木の上に運んでいる」

「石？」ラッセルは驚いたように視線をおろした。

「テニスボールくらいの大きさの石だ。昇降機みたいなものをこしらえて、運び上げた。バケツで八杯分、いや十杯分くらいあっただろう」

「そんなもの、なんに使う？」

「知らんよ」

「訊いてみろよ」ラッセルは好奇心の出鼻を挫かれ、腹がたってきたようだった。「自分の息子だろうが」モリスは二杯目のウィスキーの残りを呑み干し、そのまま黙っていた。

「あそこまでどうやって登るんだ」ラッセルはまた木を見ていた。「どう見ても無理だろう」

「上に家を建てたあと、枝を間引いたんだ。結び目つきのロープがあって、それを垂らしている」

「どこに？」ラッセルは、どこかの枝に絡まったロープを探すようにあたりを見まわした。

これでもう隠しきれなくなった。「中に入ったあとで、引き上げるんだよ」モリスはいった。空っぽの胃袋の中に、水銀が溜まるようにスコッチが澱んでいた。

「じゃあ、今、あそこにいるってことか？」

二人とも、シーラが出てくるときの物音は聞こえなかった。「木曜からずっとあそこよ」無関心そうな声だった。

モリスがシーラのほうに向き直ると、彼女はキルティングのピンクの部屋着を着ていた。髪にはまだカーラーが巻かれている。彼はいった。「こんなに早く起きなくてもよかったのに」

「駄目よ」シーラはあくびをした。「クロック・ラジオの目覚ましを六時にセットしてあったの。町は暑くなるでしょうから、お店が開くのに合わせて、ぴったりの時間に行くつもり」

「おれだったら今日は家にいるよ」ラッセルがいった。

「あっちには近づかないわ──高級なお店があるほうに行くだけ」シーラはまたあくびをした。化粧をしていないシーラは、ポールのような若い息子がいる年齢より老けて見える、とモリスは思った。自分もそうだということはわかっているが、シーラはいつも若く見えていた。呑んだときに見ると、特にそうだった。「でも、州兵のことは聞いた？」あくびがすむと、彼女はそう付け加えた。

ラッセルは首を振った。

「誰かがいってたけど、州兵は手当たり次第に発砲して、暴徒がおとなしく見えるくらいの、ひどい被害を出してるんですってね。みんなそれに抗議するんだそうよ。ラジオで聞いたわ。今日、自分たちもデモをするって」

ラッセルはもう聞いていなかった。体をうしろにそらし、またポールの樹屋《じゅおく》を見上げている。

「木曜からずっとよ」シーラはいった。「笑っちゃうわね」

モリスは自分でも予想していなかったことを口走っていた。「笑い事じゃない。今日、おれがポールをあそこから降ろす」シーラは冷ややかにモリスを見た。

「あんなところでどうやって暮らしてるんだ？」ラッセルが尋ねた。

「毛布やなんか持ち込んでるから大丈夫よ」シーラはいった。

モリスはゆっくりいった。「おれがな、木曜日、事務所にいるあいだに、ポールがやってきて、シーツやらタオルやらを置いてある戸棚から毛布を、食品庫からはジュースや缶詰を何個も取って、木の上に運んでいったんだ」

「ポールのためにはそれでいいのよ」シーラはいった。「あそこにはラジオもあるし、ボーイスカウトのナイフもあるし。ポールは一人になって、自立したいの。そうさせてあげましょうよ。お腹がすいたら降りてくるわ。モリスにもそういったの。どのみち居場所ははっきりしてるんだし」

「今日、おれがポールをあそこから降ろす」モリスは繰り返したが、あとの二人は聞いていなかった。

三人が別れたとき――シーラは朝食の支度、ラッセルは、多分、自宅側の生け垣の手入れを終えるために――モリスだけはその場に残り、樹屋を見上げていた。二、三分後、彼は歩いて幹に近づき、ざらざらした樹皮に片手を置いた。三日のあいだこの木を観察してきたモリスは、ポールが枝を切り落とすまでもなく、もともと登りにくい木だということを知っていた。自信満々とはいえないが、それでもかなりしっかりした足取りでガレージに向かい、彼は脚立を取ってきた。

その上に立つと、一番低い枝に手が届いたが、そのためには爪先立って、木の幹に寄りかかりながら背中を伸ばしていなければならず、かなり苦痛だった。この十五年でおれの掌はこんなにもやわになり、図体はこんなにも重くなってしまった。不意にそんなことを意識しながら、両手で枝をつかみ、体を持ち上げようとした。両脚で木の幹をはさもうとしたとき、つい脚立に触った。脚立は倒れた。

どこか下のほうからラッセルの声が聞こえた。「首の骨を折っちまうぞ、モリス」かすかに音楽も聞こえてくる。顔を下に向けて、ラッセルを見ると、トランジスタ・ラジオをベルトに留め、脚立を起こしてくれていた。

モリスはいった。「すまんな」本当にありがたかった。脚立に立って、しばらく呼吸を整えてから、下に降りた。

「おれだったら、あんなことはしないぞ」ラッセルがいった。

「ちょっと、話が、ある」モリスの息はまだ荒かった。「代わりにあんたが木に登って、息子を連れてきてくれないか」認めるのは屈辱だったが、口にした。「あんたのほうが、おれよりずっとうまく木に登れるはずだ」

「悪いな」ラッセルは胸に手を当てた。「医者にいわれてるんだ」

「そうか。それは知らなかった」

「まあ、たいしたことじゃないが、足場の悪いところには近づかないほうがいいらしい。ときどきめまいがするんだよ」

「そうだったのか」

「そういうことだ。偽の警官の話は聞いたかい？　さっきラジオでいってたんだが」

モリスは首を振った。まだ呼吸が落着かず、脚立にもたれて体を支えていた。

「なんでも、死んだ警官の制服をはぎとって、自分で着ている連中がいるらしい。いろいろ悪さをしているそうだ」

モリスはうなずいた。「そうだろうな」

ラッセルは木を蹴った。「自分の息子だろう。なぜ降りてくるようにいわないんだ」

「きのう、声をかけたんだが、降りてこなかったんだ」

「じゃあ、今日、もう一回やってみろよ。もっときつく叱るんだ」

「ポール！」モリスはできるだけ自分の声に威厳を込めようとした。「ポール、顔を出して、こっちを見ろ！」樹上の家に動きはなかった。

「もっと強くいうんだ。はっきり、降りてこいといってやれ」

「ポール、すぐ木から降りてこい！」

二人は待った。なんの音も聞こえなかった。調子外れの音楽がラジオから流れ、縁がぎざぎざになった木の葉が風にそよいでいるだけだった。

「降りてくる気はなさそうだ」モリスはいった。

「上にいるのは間違いないのか？」

さっきちらっとポールの頭が見えたのだ、とモリスは思った。「いるよ。返事をしないだけだ」彼は、母からもらった写真、小さいころの自分が写っている写真を、机の引き出しから取ってきて、ポールと似たところを探したときのことを思い出した。「あの子は、人といいあらそうのが嫌いなんだ」最後は気弱な調子になった。

「なあ」ラッセルはまた木を見ていた。「いっそ切り倒したらどうだ」声をひそめて、ラッセルはいった。

モリスはぎょっとした。「あの子が死ぬじゃないか」

きんきんしたラジオの短いコマーシャルが途切れた。「番組の途中ですが、臨時ニュースをお知らせします」モリスもラッセルも凍りついた。

「報道室に入った情報によりますと、〈平和を願う市民の会〉の組織したデモが、アメリカ・ナチ党の突撃隊員約五百名によって襲撃されました。どこかのオートバイ・クラブのメンバーもその争乱に参加したようですが、どちらの側についたかは不明です」

ラッセルはラジオを切った。モリスはため息をついた。「臨時ニュースが入るたびに、大事件じゃないかと思ってびくっとするよ」

同情するように、隣人はうなずいた。「どっちにしてもだ、木が倒れるまで切ることはない。直径三フィートはあるから、どのみち二日はかかるだろう。ほんのちょっと斧を入れるだけでいいんだよ。自分が上にいるのに、このまま切り倒されちゃたまらんと思って、降りてくるさ。斧、あるか？」

モリスは首を振った。

「うちにある。取ってくるよ」

モリスはラッセルがいなくなるまで木の下で待ってから、小さな声で何度かポールの名前を呼んだ。返事はなかった。声を上げて、彼はいった。「父さんたちはおまえに怪我をさせたくないんだ」買収という言葉が頭に浮かんだ。ポールはもう自転車は持っている。「ポール、うちにプールを作ろう。おまえの母さんが花を育てている裏庭に作ろう。ブルドーザーが使える人を呼んできて、庭を掘り返して、みんなで泳げるプールを作るんだ」返事はなかった。本当に木を切り倒すつもりはないということを伝えたかったが、なぜか躊躇した。そのとき、家の向こう側で、ラッセルが木戸を開ける音が聞こえた。

古い斧だった。なまくらで、錆びていた。先がぐらぐらしていて、二、三度、打ち込むと、木の幹で頭を叩いて嵌め直さなければならなかった。斧を振るうたびに、すでに擦り剝けているモリスの手はひりひりした。細い刻み目が入ったとき――斧の刃は、モリスの手にかかると、目指す場所のどちらかの側に逸れて、なかなか能率が上がらない――腕や手首は痛くなっていた。ポールは降りてこなかったし、窓から顔も出さなかった。

「また登ってみるか」斧を置いて、モリスはラッセルを見た。「もっと高い梯子、持ってるか?」

ラッセルはうなずいた。「一緒にきて、運ぶのを手伝ってくれ」

ラッセルの家のパティオまで行ったとき、ラッセルの妻が二人を呼び止めて、レモネードでもどうかと中に誘った。「まあ、モリス、どうしたの、まるで熱射病みたい。外はそんなに暑いの?」ラッセルの家にもエアコンが利いていた。

三人はファミリー・ルームの椅子にすわり、モスコミュール用の銅製のマグカップにレモネードを注いで飲んだ。テレビでは短い場面が次々に切り替わっていたが、ラッセルの妻が音量のつまみを絞っていたので、モリスにはかすかな低い音しか聞こえなかった。背が低く横に広い建物が煙に包まれている場面。消防士と兵士がまわりに集まっている。そのあとカメラは素早く切り替わって町なかの街路を映した。彼の家やラッセルの家とよく似た二軒の家が見えた。その壁の向こうを透視すると、まさに自分たちがすわっていて、自分たちの家をテレビで見ているような気がした——その画面は消え、今度は丈の高い安アパートの窓めがけて発砲する警官隊の姿が映し出された。ラッセルは片目をつむり、内緒だよ、というふうに手を上げて制してから、自分のマグにジンを注ぎ、レモネードと混ぜた。妻がキッチンに入った隙のことだった。

立ち上がると、モリスは胃がむかむかするのを感じた。シーラはおれを探しているのではないか、朝食が冷めて、腹を立てているのではないか、とぼんやり思った。ラッセルに続いて外に出ながら、よろける体を戸口で支えた。顔が火照っているのがわかった。外は猛烈に暑くなっていた。

ペンキの缶や壊れた雨戸をわきにどけると、連結式の梯子が出てきた。斧と同じように古く、白や黄色のペンキが飛び散って汚れていた。運びだそうとして肩に担ぐと、まるで金物のように重かった。

「これなら、地上二十フィートまで届く」ラッセルがいった。「あとは自力で登れるか？」

モリスはうなずいた。だが、できないのはわかっていた。

二人は二つに分かれた梯子をフックで繋ぎ、木に立てかけた。ラッセルは、これから登ろうとする物体と、梯子を置く場所との距離についての知識を披露していた。ラッセルは以前エンジニアをやっていたことがある。なぜ辞めたのか、モリスにはよく理解できなかった。

梯子が揺れた。木の葉を見上げるのではなく、木の葉の中に自分がいて、地上のラッセルを見おろしているのが不思議だった。梯子をのぼりきったところでは、何年か前に大きな枝が折れてなくなっていて、自分の家や近所の家の屋根越しに、遠くを見通すことができた。「煙が見えるぞ」彼は下に声をかけた。「あっちのほうだ。何か大きなものが燃えている」

「息子のところまで行けるか？」ラッセルの声が返ってきた。

モリスは梯子から木に移ろうとして、折れた枝の株に、こわごわと片脚を上げた。すると、めまいに襲われた。彼はまた降りていった。

「どうしたんだ」

「ロープが欲しい」モリスは手振りを交えて説明した。「まず、ロープで輪を作って、腹にまわす。木の幹に、余ったロープを渡す。ほら、電柱を登る作業員がよくやってるだろう」遠くで複数のサイレンが聞こえた。

「うちにある」ラッセルは指を鳴らした。「ちょっと待っててくれ」

モリスは待った。サイレンは聞こえなくなり、木の葉のささやきだけが残ったが、ラッセルは戻ってこなかった。モリスが家に入ろうとしたとき、縁石にトラックが一台停まった。荷台に柵を巡らした大型トラックで、ほとんど隙間がないほど人が乗っていた。肌の色は、白、褐色、黒と、まちまちだった。ほとんどがカーキ色のシャツを着て、カーキ色のズボンをはき、幅の広い黒革のベルトを締めていたが、バッジはなく、武器は棍棒や空き瓶や鉄棒だった。トラックが止まりきる前に、最初の一団がモリスの家の芝生に入ってきていた。長身の男が野球のバットで嵌め殺しの大きな窓を壊しはじめた。

「なんだ、なんだ」モリスはいった。「どうしたんだ」

リーダーはモリスの胸ぐらをつかみ、仲間たちが取り囲むなか、モリスの体を揺さぶった。石がひとつ、続いてもう一つ、地面に落ちてきて、モリスは気がついた。ポールが樹上の家から石を投げて、彼を守ろうとしている。だが、距離がありすぎた。うしろから誰かにチェーンで殴られた。

聖パトリックの日

聖ブランドン

宮脇孝雄訳

St. Brandon

私たちは魚料理とロースト・ビーフを食べ終えた。マッシュルームを使った莢隠元《さやいんげん》の料理も出たように憶えている。デザートのパイのあと、私はまた外に出されたが、ドアティはもうレディの鞍を外していて、どうせあたりは暗いから乗馬は無理だよ、といった。それを聞いて、私は泣きべそをかいたのだと思う。子供はみんなそうしたものだ。すると、ドアティはまた子犬たちを私に見せて、そのあとお話を聞かせてくれた。自分が祖母の「ケイト婆さん」から聞いた話だという。

「アイルランドに何人か王さまがいた時代の話だ。そのころ、フィン・マックールという男がいた。アイルランドで一番の力持ちだ。そのフィンは、タラの大王に仕え、一匹の犬と、一匹の雌猫を飼っていた。犬の名はストロングハート、猫の名はにゃんにゃんにゃんといった」

それを聞いて私が笑ったので、ドアティは首を振った。まだ幼い世代の、歳に似つかわしくない面白がり方だと思ったのだろう。中身の入っていないりんご樽の上で、ドアティはあぐらをかいていた。

「そんな変な名前がなぜついたのか、どこからきた名前か、不思議がってるんだね」彼はいった。「きみは知らなかったのかな。どんな猫にも、必ずそういう名前の姉妹がいるんだよ。

それはともかく、その日、フィン・マックールが雌牛の群れを運び込んでいると、タラの大王がいった。『フィン、おまえにやってもらいたいことがある』すると、フィンは答えた。『はい、陛下、何をおいても真っ先に片づけます。何をすればよろしいのでしょう』『ねずみどもの王のことじゃ。ねずみの王が聖ブランドンの船に棲みついて、船をがりがり囓っては、ありとあらゆる面倒を起こしておる』『あの船は石造りだと聞き囓っております』と、フィンはいった。『ですから、囓っても囓ってもどうにもならないと思います』『船は柳の枝を編んで造ったものだ』と、王はいった。『まっとうな船はみんなそんな造りになっておる。さあ、その怠け者の脚を動かして、さっさと出発するのじゃ。そうしないと、聖ブランドンの船は地上の楽園に行きつけん』『楽園はどこにあるんです？』『それはおまえの訊くべきことではない』と、タラの大王はいった。『とにかく、西の方角じゃ。逆はイングランドではないか。馬鹿でなければわかるはずだぞ』

というわけで、フィンがてくてく歩いてバントリー湾に行くと、ブランドンの船があった。船はとても大きくて、潮の香りが鼻の先に漂ってくる五日も前から、その姿は目に入っていた。舳先から船尾まで、とてつもなく長いので、アイルランドのほうが船を離れて旅立ちそうに見えた。帆柱はいやが上にも高く、その先っぽはどこにもなくて、ただいつまでも上に伸びているだけ。噂によると、ブランドンの船がそこに泊まっているあいだに、一羽のあほう鳥が嵐にあって帆柱のてっぺんにぶつかり、首の骨を折ったという。心配はご無用、骨を折らなくても、どうせ落っこちたときに死んでいた。というのも、鳥は三日のあいだ落ちつづけたあげく、ようやく甲板に落下したからだ。その甲板も、海の上のえらく高いところにあって、ブランドンに船から蹴落とされ、鳥はもう三日かかって下に落ちた。

その巨大なもののまわりに海があることに気がついて、フィンはいった。『あれこそ聖者の船に違いない。しかも、これから船出するところだ。ほら見てみろ、雌牛ほどもある大きなねずみが、錨の太索《ふとづな》を囓っている』犬はその言葉に同意した。犬というのはいつだって調子を合わせてくれる気のいい動物で、きみが猫のことを笑わなかったら、犬がこの話の主人公になっていただろう。犬は剣を抜き（その剣もまた大きかったし、故郷へ帰る道のようにきらきら輝いていた）、パイプに火をつけると、頭にかぶった帽子のひさしをぐいと押し上げて、こういった。『あのねずみ、今すぐ退治しましょうか、フィン』フィンは答えた。『ああ、そうしてくれ』犬とねずみは月が昇るまで戦いつづけ、やがて犬は、これっくらいの長さの棒の先にねずみの首を突き刺して、フィンのところに持ってきた。しかし、猫がうしろから飛びかかって、ねずみの足を払ってくれたことは話さなかった。昔も今も犬は正直な動物だが、それより強いのは手柄を独り占めしたいという気持ちだ。だが、フィンはとっくに気がついていたんだよ。そして、猫に目配せをしたが、猫は短剣の手入れをしていて、彼のほうは見なかった。その次の日、一行はまた船を見にいった。すると、甲板に老人が二人いた。揃って白鳥の翼のように白いあごひげを蓄え、自分の背丈よりも長い杖に寄りかかっているところは、二粒の豆《ピース》がよく似ているのと同じで、たがいにそっくりだった。フィンは頭をぽりぽり掻いて、猫にいった。『アイルランドに雨が降るように確かなことだが、頭がくらくらするまでじっくり見比べても、あの二人には髪の毛一筋ほどの違いさえない。どうすればブランドンを見分けられるのだろう』すると、猫はいった。『ブランドンに会ったことはありませんが、片方はねずみの王です』『どっちだ』と、念のためにフィンは訊いた。『右にいるほう』と、猫は答えた。『あの醜いやつです』『よし、これで決まった』と、フィンはいった。『じゃあ、あとは頼んだぞ』フィンは猫を抱き上げると、船に放り込んだ。そして、タラの大王のところに戻り、仕事は片づきました、と報告した。

猫は甲板にひょいと降り立った。猫だったらみんなそんなことができるからね。しかし、体を起こすと、そこにねずみの王はいなかった。ブランドンがいった。『やあ、いらっしゃい。ようやく船長と、猫と、ねずみの三つが揃ったな。これで旅立てるぞ』そんなわけで、猫は船員を雇う書類に署名をしたが、そのとき、ねずみの王が水夫《かこ》として登録されていることを知った。『これはどういうことでしょう』と、猫はいった。『こいつにも食糧の割り当てがあるのでしょうか』『きみは知らないのかね』と、ブランドンはいった。『善人、神の御心に従う。悪人もまたしかり。ただ当人がそれを好まないだけだ。私のような、病に冒された者が、なぜ重い錨を上げられると思う？　ねずみが綱を齧ってくれるからだよ。まあ、案ずることはない。私はきみを寝子《ねこ》に任命しよう。船長を除く全乗組員の上に立つ職務だ』『いつ船を出すのです？』と、猫はいった。『もう出てるよ』と、ブランドンは答えた。『錨の綱が切れたのはきのうだ。この船はとてつもなく長いから、船首はもうボストン湾に着いている。しかし、行く手にはアイルランドの強風が吹き荒れていて、しかも逆風だ――どの方角にも吹くが、たいがいは前後に吹く。果たして船尾がうまく到着するかどうか、私にはなんともいえん』『では、船首に向かって進め、ですね』と、猫はいった。

二人はそうした。そのときに、カンテラを持っていった（ほら、ちょうどここにあるようなやつだ）。なかなか先見の明があったことになる。というのも、たどり着いた地上の楽園は、雌牛の腹の中のように真っ暗だったからだ。『これはどういうことでしょう』猫はそういうと、カンテラを掲げたが、それでも何も見えなかった。『これが地上の楽園なら、美味しい乳脂《クリーム》はどこにあるんです？　だって、見えるのは、貼り紙のついた松の木だけではありませんか』すると、船首へ向かって進め、のあいだに二人に合流していたねずみの王がいった。『その貼り紙、なんて書いてある？』猫には字が読めないと踏んで、恥を掻かせてやろうと思ったのだ。『〈本日の求人なし〉』と、猫はいった。『じゃあクリームもないぞ』と、ねずみがいうと、ブランドンが続けた。『地上の楽園の時刻は朝の二時だ。二時に牛の乳搾りをするわけがない。そうだろう？』

そのとき、猫は船から飛び降りて、石に腰をおろし、牛の乳搾りをするのは何時だろう、と考えた。そして、こういった。『じゃあ、あとどれくらいで朝の五時になります？』ねずみは笑ったが、ブランドンはいった。『あと二万年先だ』『では、わたし、アイルランドに帰ります。向こうはお昼なんですから』と、猫はいった。『よろしい』と、ブランドン。『だが、ちょっと待ちたまえ』そういうと、ブランドンも船から飛び降り、浜辺に十字架を立てた。船は沈み、ねずみの王は岸まで泳いできた。『やっぱり石造りでしたね』ねずみはいった。『そうだよ』と、ブランドンは答えた。『全部ではなくて、一部だがね』『この猫、今すぐ殺《や》っちゃいましょうか』と、ねずみの王がいうと、猫はいった。『ちょっと待ってよ、それどういうこと？』『おまえは死ぬということだ』と、ねずみはいった。『猫ってやつはみんな異教徒の妖術使いだからな。それが世の中の常識だ。キリスト教徒のねずみには、おまえを始末する義務がある。まあ、そういうことだ。何を隠そう、おれはその目的のためにタラの大王の命を受けてここにいるのだ』浜辺のあちらこちらに移動しながら、二人は闘いはじめた。そのとき、一人の天使が――あるいは誰かが――森から出てきて、これは何事かとブランドンに尋ねた。『なかなかおもしろい喧嘩じゃないかね』と、聖者はいった。『そのようですな。でも、あの者たちはなんです？』『一人は邪悪な者』と、ブランドンはいった。『もう一人は妖精の猫。二人とも私がアイルランドから連れてきた者で、どちらが勝つか見物しているところだよ』すると、天使はいった。『では、よく見ておくんですね。しかし、私には、たがいに相手をずたずたに引き裂いているように見えます。そして、引き裂かれた断片《ピース》が森に逃げ込んでいる』」

長篇『ピース（Peace）』より

地球の日

ビューティランド

宮脇孝雄訳

Beautyland

初めて見かけたとき、ダイヴィーズは歩道に倒れこんで肺が裂けるほど咳き込んでいた。老婆が一人、彼のマスクをこうもり傘の先にぶら下げている。マスクを取り返そうと彼が手を伸ばすと、一人の男の子――ニキビだらけで背が高く、もじゃもじゃの髪をして、分厚いメガネをかけたガキが、そのたびに脚を払って転がしていた。おれはそこに近づいて、声をかけた。「この人に返してやれ。死んじまうぞ」すると、老婆はマスクを返そうとしたが、男の子がそれを奪い取り、溝に投げ捨てた。あの汚れがべっとりついてしまったのでは、マスクが返ってきても、もうつけることはできない。おれは悪ガキに蹴りを入れ、捕まえにくい高気密エアタクシーをどうにか呼び止めた。車内に入ると、もう大丈夫だった。おれは自分のマスクを取り、適当に流してくれと運転手にいった。どのエアタクシーも同じだが、車窓からは、再建後はこうあるべしという街の姿が見える仕掛けになっている。そいつを信じたなら、何がなんでも百年後に生まれたい、と思うようになるだろう。

ダイヴィーズは（というのは、やつのおふくろさんが呼んでいた名前ではなく、こっちが勝手につけた仮の名だが）、おれに礼をいうと、金を渡そうとした。おれは受け取らなかった――というのも、それはかなりの金額で、そんな大金を平気で差し出せるような相手なら、百ドル札の二、三枚に目がくらむより、じっくりお近づきになったほうがいいと思ったからだ。

最初に気がついたのは、やつの鼻が潰れていることだった。まるで年季の入ったボクサーのようだ。顔にもちっこい傷がいっぱいついていた。あとでわかったことだが、その傷はもっと大きな傷を消すための手術の痕で、目の片方は作り物だった。しばらくして、彼はいった。「どこへ行くんだ？」おれは、お好きなところへ、と答えた。まだちょっと具合が悪いようだから、どこかへ下ろそうか、ともいった。家に帰りたいというだろう、と踏んだのだ。困っているところを助けてやって、礼金も断ったんだから、ちょっと寄っていかないか、一杯どうだね、なんていわれて、友だち付き合いができるようになるかもしれない。

「じゃあ、私のアパートメントにきなさい。一杯やろう」と彼はいって、自動運転装置に住所を伝えた（百万ドルの響きがあるパーク・アヴェニューの住所だ）。変な話だが、やつはおれの頭の中を見透かしていて、それでもいいと思っているような気がした。きっとこんなふうに考えているのだ。この男は私が金持ちだと気がついて、親しくなろうとしている――まあ、いいだろう、そんなことでもないと私には友だちなんかできないんだし、もしかしたらカードをひろげてピノクルの相手をしてくれるかもしれない。こっちは気に入らなかったが、この際、調子を合わせることにした。

彼は運転手から新しいマスクを買ったが、結局、そんなものは必要なかった。思ったとおり、そこは本当に百万ドルの住所で、密閉されたエアタクシーから飛び降りると、マスクも何もつけずに、もっと広い、同じような環境に移るだけでよかった。「すごいな」おれはいって、専用のロビーを見まわした。本当にすごかった。どこを向いても実物そっくりの景色が広がるホログラムの壁がある。どこかの山の中の、大きな谷間の光景だ。道路も家もまったく見当たらない。木も、茂みも、雑草も、みんな青々としていて、植物を枯らすものなんか何ひとつないようだ。

「これは、昔、私が持っていた土地だ」と、彼はいった。

おれはいった。「今はもうこんな景色はないでしょうね」

すると、彼はいった。「ああ、もうない……これを売り出そうとしたとき、〈ビューティランド〉という名前をつけたんだが――聞き覚えはないかね？」おれが首を振ったとき、これまでお目にかかったことがないほどでかいアンドロイドが壁紙の中から現れて――ほんとにそんなふうに見えたのだ――おれがまずいものを持っていないかどうか身体検査を始めた。新品のアンドロイドで、プラチナの付け札に書いてある文字を見ると、どうやらフル装備らしい。余裕綽々で動きまわっているのは、全身が厚さ二センチの装甲板に覆われているからだろう。

おれはぴくりともしないでじっとしていた。そして、身体検査がすむと、こういった。「それ、ひょっとして秘密の合い言葉かなんかですか？　だとしたら、聞いたことある、といっておきましょう」

ダイヴィーズはいった。「本当かね？」

「いや、さっきいったとおり、ないんですが、嘘も方便といいましてね」そのとき、おれが何をしたか思い出させてやるのもうまいやり方だと思い、こう続けた。「それはそうと、外出するとき、なぜこの大男を連れていかないんです。そしたら、おれの出番なんかなかったのに」アンドロイドはうなずいて、〈そのとおりです、また怪我をさせられたではありませんか、ご主人さま〉といった。一種独特な深い声だったが、アンドロイドはどれもそんな声でしゃべる。

金持ちの男（どう見ても、着ているのは二千ドルのスーツだった）は、肩をすくめただけだった。「あの連中には借りがあるような気がしてね。ときどき襲われても文句はいえん。さあ、入ってくれ、一杯やろう」

これぞ上流という感じだった。アンドロイドはおれたちが声で指示したのを解釈すると、バーマスターにそれを伝え、注文の飲み物をトレイに載せて運んでくる。ダイヴィーズはブランディ、おれはウオツカのオンザロックだった。おれが酒を取ると、彼はいった。「きみは刑務所に入っていたことがあるね。違うか？」おれはうなずき、今では〈社会再教育施設〉というのだ、と説明して、なぜわかったか尋ねた。自分も入っていたことがあるからだ、と彼は答えた。当然の成り行きで、おれは、どこの施設からいつ出てきたか尋ねた。

「一年前になる。六週間入っていただけだ――自殺未遂でね。あっというまに過ぎたよ」

それは運がよかった、とおれはいった――こっちは大儲けしようとして、八年ちょっとぶち込まれた。

やつはあまり身を入れて聞いていないようだった。「あそこで人がそういうものを呑んでいるのを見たよ。洗濯場の裏で麦芽汁を発酵させてね。だが、氷はめったに手に入らなかった。手に入ったときには、今のきみと同じ呑み方をした――一番大きなかたまりを口の中に入れたままにしておいて、酒を流し込むんだ。きみがビューティランドのことを知らなかったのは、そのせいだね。刑務所にいたからだ」

もう二度と詐欺行為はしない、とおれはいった。あそこでしごかれて、もうそんな気はすっかりなくなった、と。

「私も二度と自殺は考えないつもりだ。少なくとも、自分でじかに手を下すことはないだろう」アンドロイドのリモコンを取り出すと、彼は〈オフ〉ボタンを押した。見ると、たしかにアンドロイドの電源は切れていた。しばらくすると、彼はリモコンを部屋の隅に投げ捨てた。「防衛手段はあれだけじゃない」と、彼はいった。「ただし、一番役に立ちそうなのはあれで、ほかのを使うつもりもないがね」

それはそれでかまわないが、誰かがここに押し入ってきたら、リモコンに飛びついて、すぐにまたスイッチを入れますよ、とおれはいった。本当にそうするつもりだった——これほど強そうな味方がそばにいてくれたことはなかったから、一度、試してみたいという気持ちもあった。

彼はいった。「私の話を聞いたら、またスイッチを入れようなんて気はしなくなるよ。あの谷の話を聞いてくれ」

おれはいった。「おれが何かすることを期待しているのかもしれませんが、その話を聞いたら、あなたの首の骨を折ってやろうなんて気はなくなるかもしれませんよ」

「そのときはチェスでもしよう。とにかく、きみのやりたいことをやろう。あの谷は私のものだった。私はそこを偏愛していた。きみも見ただろう」

おれはいった。「見ましたよ」

「だが、暮らすことはできなかった——あそこに住めば、環境は駄目になる。破壊される。きみも見ただろう。政府に売ることも考えたが、そんなことをしたら、きみも知ってのとおり、国立公園と同じ末路をたどることになる。開発業者は大金を積んだよ——そのころの私には、あの程度で大金だったんだがね。しかし、業者に売ってしまえば、私の土地がどうなるか、目に見えていた。そのかん、私は、生活のために工場で働かなければならなかった」

おれはアパートメントを見まわした。「きっと、それから素晴らしいアイデアを思いついたわけですね」

「ああ、そういうことだろうな。谷を破壊しないで金を生み出す方法を考えついたんだ。まず、土地を担保にして、金を借りた。その金で環境調査を行った。私が打った広告を、ひとつ見せてあげよう」

すでに準備は終わっていて、あとは始めるだけになっていた。壁テレビのスイッチが入り、ロビーで見たのと同じような景色が映し出された――たぶん、同じ場所だろう。そして、合成されたような声が聞こえた。「人はここをビューティランドと呼びます。ここを救えるのはあなただけ」画面が燃え上がった。

ダイヴィーズはいった。「木や植物のひとつひとつに番号をつけた。それを一本ずつ売ろうと考えたのだ。谷には十八羽の兎が住んでいて、それぞれに名前をつけ、写真を撮った。鹿は六頭いた――ひょっとしたらあれが合衆国最後の野生の鹿だったのかもしれん。その鹿にも名前をつけた。鹿は一頭三十万ドル、一番値の張る木は一本で十五万ドル――幹の直径が二メートルあるオークだ。買い手がつかなかったものはみんな破壊する。それが私の計画だった」

おれはいった。「どういうことです?」

「世界が――あるいは、世界の一員である誰かが――金を払う値打ちさえないと思ったものを燃やすつもりだったんだよ。みんな私のものだ。誰も私を止められない。まず、火炎放射器を作ってもらった。さっき見ただろう。あのスポット広告を制作するときに使ったんだ」彼が手を一振りすると、テレビは消えた。「わざわざ金を出して買ったものは永久に保存される。政府がやっている遊園地みたいな計画とは違う――谷を高い壁で囲んで、立ち入り禁止にするんだ。写真を撮りたければ、外の塔から撮影することができるが、誰でも近づけるのはそこまでだ。その前に、買い手がつかなかったものを燃やす。わかるだろう？　そういうことにすれば、すべてのものに、ほぼすべてのものに、誰かが金を払ってくれると思ったんだ」

おれは尋ねた。「で、どうなりました？」

「どうにもならんよ」彼はいった。「老婦人が何人か野生の花を買ってくれたが、それだけだった」

おれは話の続きを待った。しばらくしてから、彼はいった。「一番立派な兎に、ベニー・バニーという名前をつけたんだよ。そのキャンペーンの表看板に、〈ビューティランドのためにベニー・バニーを救え〉というスローガンを掲げた。ベニー・バニーには五万五千ドルの値をつけた。すると、ベニーちゃんを助けてという名目で、ニュージャージーのどこかの小学校から五百ドルが届いた。私がそれを送り返すと、あのお金ですずめを獲る仕掛けを買いました、という手紙が送られてきた」

「とすると、燃やしたんですか？」

「燃やしたよ」彼はいった。「そう、燃やした」

そこからどうやって立ち直ったかという話を聞くために、おれは待った。

「私は、借りていた事務所に戻った」と、彼はいった。「何もかもがうまくいかないとわかったあとの、ある朝のことだ。申込期限は過ぎていたし、一度延ばした期限も過ぎていた。銀行も厳しい取り立てを始めた。向こうだってわかっていただろうが、こっちに返済の手段など何一つなかった。前の夜、私はメディアに出て、自分で火を放つのは忍びないこと――誰かを雇って、火をつけてもらうつもりでいることを話した」

おれは待ちつづけた。

「行列ができていたよ。みんな私が出てくるのを待っていた。ブロックを二回りするくらい長い行列で――ありとあらゆる種類の人間が並んでいた」

「仕事にありつきたかったわけですか？」

「当人たちはそういっていたが、それだけではなかったようだ――何人かと話してみると、みんなぜひやりたいといった。その中の一人――五人目か六人目だったが――その男などは、どうしてもやりたくて、私に賄賂を渡したくらいだ。次にどうなったか、きみにも想像がつくだろう」

「新しいキャンペーンを始めたんですね」おれはいった。

「特別なことをする必要はなかったよ――私が一言いっただけで、もう始まっていた。すべての値段を二倍、三倍にした。だが、私も馬鹿だな――鹿や兎は、もっとふっかければよかったんだ。小鳥もだ。みんな喧嘩腰の奪い合いだったよ」

おれはいった。「オークションをすればよかったのに」

「そう、たしかにそうだが、もう遅い。炎がカメラによく写るように、夜を選んだ――テレビ放映権が売れて、三百万ドルもらったよ。ベニー・バニーは高速道路に追い詰められ、その役を十六万五千ドルで買った男に捕まった。通りかかったステーション・ワゴンにせっかくの獲物を轢き殺されそうになったりしたんだが、なんでもその男は大手石油会社の社長だそうで、ちょっと皮肉な話だと思ったよ」

そんな笑えないエピソードがたくさんあったんでしょうね、とおれはいった。

彼はうなずいて、「私がどうやって大金を稼いだか、きみも知りたいんじゃないかと思って話してみたんだが」といいだしたので、おれは答えた。そんなことはどうでもいい、肝心なのはここに金があることだ、と。

母の日

カー・シニスター

宮脇孝雄訳

Car Sinister

Q・アライグマとグレイハウンドの合いの子はどんな動物？
A・毛が生えていて、茶色で、木に登って、四十人乗り。

——小学生のジョーク

私たちの村には三軒のガソリン・スタンドがある。話を続ける前にいっておけば、ここは正真正銘の村で、いわゆる都市近郊の住宅地ではない。食料品店が二軒（どちらも個人営業の小さな店で、うちの妻などは両方に足を運ばないとケーキさえ焼けないという）、それに片隅が郵便局になった金物屋が一軒あり、ガソリン・スタンドが三軒ある。

そのうちの二軒は大手石油会社の系列だが、便宜上、いつも行く店とそうでない店と呼ぶことにしよう。いつも行く店ではクレジット・カードを使う。店は清潔で、ちょっとした修理なら信頼してまかせることができる。そうでない店も似たようなものだと思う。それどころか、看板の色づかいのほかはまったく同じに見えるし、小さなことならたがいに融通しあっているのは私も気がついていた。二つの店は向かいあわせにあり、それぞれ主要道路（一九三〇年代には幹線と呼ばれていた道）の上りと下りとに位置している。どちらの店主も、自分の取り分はしっかり守っていると思っているはずだ。

三軒目になると事情はがらりと変わる。外見もまったく違うし、ほかではお目にかかったことがないような銘柄のガソリンを売っている。この三軒目のガソリン・スタンドは村の外れにあり、経営者はボスコと呼ばれている。ぼんくらにしか見えない男だが、本当はそうではないと思う。いつも陸軍の野戦帽をかぶり、バスの運転手の制服として使われていたねずみ色の上着を身につけていた。店にはもう一人いて、こっちはまだほんの子供だが、ボスコの手伝いをしている。名前はバッバーという。ボスコに輪をかけて不潔な身なりをしていて、頭の形がいびつに歪んでいた。

私の車はランブラー・アメリカンで、さっきもいったように、給油や点検は大手系列店の片方にまかせていた。ちなみに、私の勤め先は行きも帰りも三十マイルの都会にあるので、車は必要不可欠だ。したがって、クレジット・カードのあの間抜けなトラブルがなければ、絶対にボスコの店に行こうとは思わなかっただろう。そう、カードをなくしたのだ。どこでかはわからない。当然、クレジット会社には電報を打ったが、新しいカードが届く前に車の整備点検をする必要があった。

もちろん、いつものガソリン・スタンドに行って、現金で払えばすむ話だ。だが、私は考えた。もしかしたら店主は不審に思い、金融事故を起こしたカードのリストを調べるかもしれない。そうしたリストは関連会社の努力で常に最新に保たれているはずだし、電報を打ってから二日たっているので、私の番号がそのリストに載っている可能性もないわけではない。その場合、店主は私の信用に問題があると考えるかもしれない。私たちの村にそうした噂が広まるのは早い。たしかにそれは心配のしすぎだったかもしれないが、もう時刻は遅く、私は疲れていた。大手のもう一軒の店に行くのはもっとまずい。向かいにあるいつもの店から、店主に見られてしまう。

ともかく翌日、出かけることになっていたので、村はずれの古い店に頼むことを考えた。グリスアップとオイル交換だけなのだ。日々その店を利用している客は、数百人、少なくとも数十人はいるだろう。たぶん大丈夫だ。

ボスコ――という名前はまだ知らなかったが、村で見かけたことがあるし、顔を見ればわかる――そのボスコはいなかった。いたのは若造のバッバーだけ。油まみれになって、とてつもなく変な車を修理しているところだった。私がその車をじっと見ていることに気がついたのだろう。バッバーはいった。「こんなの見たの初めてかい？」

私は初めてだと答え、用件を伝えようとした。バッバーは聞き流した。「ほんとに変わった車だよ」彼はいった。「ゼロヨンとかモーター・ショーでお呼びがかかる。後輪で立つんだ。仕事が終わるまで待ってろよ。やって見せるから」

私はいった。「時間がないんだ。車を預けるから、サービスを頼む」

相手は驚いたらしく、好奇の目で私のアメリカンを見た。「なかなかいい子だなあ」ほとんど喉を鳴らすようにしていった。

「いつも大事に手入れしてきたからね。家まで送ってもらえるか？　車は明日の八時までに届けてもらいたい」

「ボスコが留守のときは、店を空けちゃいけないんだよ。でも、乗れる車がないか当たってみよう」

何台もの自動車が店の駐車エリアにぎっしり並んでいた。中にはこれまで見たこともないような奇天烈な車もあった。米国在郷軍人会のパレード用の車を改造して〈フォーティ&エイト〈退役軍人の有志会〉〉のボックスカーに似せたものが、錆びて、朽ち果てている。りんご飴の色をした図体のでかい改造《ホット・》車《ロッド》があって、使えそうに見えたが、「ぴったり合うピストン・リングが見つからないんだ。シリンダーの穴《ボア》がでかすぎて」と、バッバーは見向きもしなかった。英国製の小型車《ミニ》があったが、佝僂《くる》病にかかったように背中が曲がっている。十年ぶりに目にしたクロズリー。車首が二つある車。ボンネットと、たぶんエンジンは、それぞれの車首に一組ずつついているはずだ。その他、説明のしようのない車がたくさんあった。敷地をもう一巡して探していたとき、私は奥のほうにこぎれいな黒塗りの車があるのを見つけ、バッバーの袖をつかんだ（おかげで指が汚れた）。「あれはどうだ？　すぐ走れそうじゃないか」

バッバーはきっぱり首を振って、壁に唾を吐いた。「あのアストン・マーティンかい？　あれ、めちゃくちゃ扱いにくいんだ」

そんなわけで、私が家まで乗って帰ることになったのは、車体が今にも地面をこすりそうになったスクール・バスをキャンピング・カーまがいに改造したもので、側面には〈ウォバシュ・ファミリーゴスペル歌います〉という文字がサーカスの看板のような書体で描かれていた。夜はその車のことを妻に説明するのに費やし、はたして朝の八時までに戻ってくるだろうか、バッバーの服がシートを汚していないだろうか、と真剣に悩みながら眠りについた。

結局、案ずるまでもなかった。三時ごろ（うっすらと明るいアラーム時計の文字盤による）、車回しに響くエンジン音で目が覚め、ベネチアン・ブラインドの隙間から覗いてみると、わが忠実な愛車ランブラーが停まっていた。不安はあらかた消え、ふたたび眠りに引き込まれながら、温まったエンジンが冷えていくときにたてる、かすかなうめき声のような不思議な音に耳を傾けていた。その夜はいつもより音が長続きして、私が見ていたいくつもの夢と混じり合った。

翌朝、油で汚れた黄色い請求書がフロント・シートに置いてあるのを見つけた。金額は二十五ドル。明細はない。サービス料と書いてあるだけだった（ひどい字で書かれていたので、解読に難儀した）。

前にもいったように、その日の朝、私は出かける予定があって、この馬鹿げた要求に文句をいいにいく余裕はなかった。請求書はダッシュボードの小物入れに突っ込み、一週間後に戻ってくるまで、そのことはなるべく考えないようにした。戻ってきて、スタンドに出向くと、さいわいボスコがいたので、何かの手違いではないかと事情を話した。ボスコは請求書を一瞥し、さっき私が説明したばかりなのに、どんなサービスを依頼したのか改めて訊いてきた。「オイル交換と車体のグリスアップだよ」私は繰り返した。「それから、ガソリンを満タン。特別なことは何も頼んでいない」

なぜかぴんとくるものがあったようだった。ボスコは一瞬凍りつき、そのあと破顔一笑すると、厳かな身振りで請求書をびりびり引き裂き、指のあいだから床に散らした。「バッバーが間違えたようですな、大将」いかにも温厚そうに認めたものの、私にはどこか無理をしているように見えた。「これはうちで負担します。走ってるとき、異常はありませんでしたか?」

大将と呼ばれた私は(あとでわかったことだが、ボスコはどの客もその敬称で呼ぶらしい)、虚を衝かれて、ただうなずくことしかできなかった。当然ながら、アメリカンの走りっぷりは完璧で、それどころか、その小さな車は、いつも以上に走りたがっているように見えた。

「それではですね」と、ボスコはいった。「もし車に何かあったら、うちに連絡してください。さっきもいったように、今回はうちで負担します。これからもご贔屓に」

新しいクレジット・カードが届いた。そんな請求書の一件など忘れかけた矢先、朝にかぎって車の調子が悪くなった。いつものようにエンジンをかけると、数秒間、正常に動いてから、咳き込むような音をたて、止まってしまう。そうなったら、十分から十五分待ってからでないと、絶対にエンジンはかからない。いつも行く店に持ち込んだら、私のいうままにあちこち診てくれた。だが、次の朝にはまた同じことが起こる。それが三週間ほど続いたとき、ボスコのことを思い出した。

ボスコは親身になってくれた。正直にいうと、ちょっと見直した。いつも行くスタンドの店主は、私が「朝の不具合」と名づけた車の不調を三度目に訴えたときから、応対がつっけんどんになった。ボスコに症状を説明すると、彼はいった。「そういうときに、ガソリンのにおいはしませんかね、大将」

「うん、いわれてみれば、たしかにそうだ。かなりきついガソリン臭がするよ」

ボスコはうなずいた。「それだったら、大将、つまりこういうことです。車のエンジンは、キャブレターからガソリンを吸い込んで、大将めがけて嘔吐《もど》している。吐き気がすると、そうなるでしょう？」

要するに私のアメリカンは、朝の胃のむかつきに悩んでいたのか。奇想天外な話だったが、自動車修理工の説明にしては珍しく納得がいった。当然ながら、どうすればいいのか、ボスコに尋ねた。

「二つ三つ打つ手はありますが、どっちにしてもあまり効き目はないでしょうな。ほっとくのが一番ですよ。しばらくしたら、自然に治ります。ただ、ちょっと大事な話がありましてね、大将。事務所に来てもらえますか？」

わけもわからず、私はボスコに続いて、ガレージ部分に隣接した散らかった狭い部屋に入り、底が抜けかけている椅子にすわった。正直にいうと、大事な話も何も、ボンネットさえ開けず、エンジンも見ていないではないか、と思っていた。だから、そんなにあわてることもなく、ボスコが話を切り出すのを待った。「ねえ、大将」と、彼はいった。「おめでたですぜ――わかります？　もちろん、車が、ですがね。大将の車、孕んでます」

私は笑った。当然のことだ。

「信じないんですか？　本当なんですよ。実はね」と、声を落とした。「うちは、種つけサービスをやってるんです。バッバーに、サービスを頼むっていったでしょ。初めてのお客さんがそういったもんだから、そっちのサービスだと思って」意味ありげに、ボスコは、ガレージにあるこぎれいな黒いアストン・マーティンのほうにあごをしゃくった。「あいつに種つけをさせたんです。空振りだといいと思ってたんですがね。種がつかないこともよくありますから」

「馬鹿ばかしい。自動車が繁殖するもんか」

ボスコは私に向かって首を振った。「デトロイトでは、あんたみたいな人にそう思わせたがってるようですがね。でも、デトロイトの近辺に住んでいて、労働組合員と付き合いがあったら、工場の門をくぐる工員の数がどんどん減らされてるのに、自動車の生産量は上がりっぱなしだという話を聞かされるはずですよ」

「そりゃオートメーションのせいだ」私はいった。「うまいやり方が開発されたんだよ」

「そのとおり！」ボスコは汚い指を私に突きつけた。「うまいやり方が見つかったんです。何が一番うまいやり方かわかりますか？　農場主のやり方だと思いませんか？　そりゃ、年度の最初のうちは、これまでと同じ方法で車を組み立てますよ。種馬ならぬ種車がないと始まりませんからね。そのあとは――はっきりいいますがね、大将、こういった会社の技術者は伊達や酔狂で雇われてるわけじゃない。生体工学というのがあるんです。それを使えば、機械が豚や馬と同じになる」

「それだったら、どこでも同じことを……」

ボスコは指を唇に当てて、私を黙らせた。「なぜかというと、そうなることをみんな嫌がってるんです。ものすごくややこしいライセンスを取らなきゃいけない仕組みになってましてね。大金を積んだからといって取れるもんじゃない。取れるのは数少ない大手だけです。だから私も、こんなところで、こっそり、ほそぼそと営業しているわけでしてね。お偉方はとっくに手を打っていて、普通はこういうことなんかできないようになってるんですが」

「どういうことだ？」

「馬のこと、ご存じですかい？　去勢馬ってのがいるんですが」

　馬鹿ばかしい話だったが、かなりの衝撃を受けたことは認めざるを得ない。私はいった。「ということ、つまり……」

「そうなんです」ボスコは、両腕を交錯させ、巨大な植木ばさみのように、ちょきんちょきんと動かした。「ひょっとして、心当たりありませんか。えらく男っぽい名前がついた自動車があるでしょう。ところが、乗ってみると、からっきし意気地がない。去勢車なんです」

「たとえば、だが……」私は（できるだけさりげなく）アメリカンのほうを見た。「修理はできるかね？　世間でいう違法手術というやつだが」

　ボスコは手を広げた。「なんでそんなことするんです？　だいいち、大将、大金がかかりますよ。あのちっちゃな車体に一生癒えない傷が残る可能性もある。考えてみてください。あとしばらく自然の成り行きに任せておけば、ただで新車が手に入るんですぜ」

　私はボスコの助言に従った。本当はそうすべきではなかったのだ。生まれて初めて私は違法行為を黙過した。しかし、二台目の車は妻にプレゼントすればいいのだし、私自身、なんだかわくわくしてきていた。ボスコは私を説き伏せたことをやがて後悔するようになったに違いない。私は彼につきまとい、質問攻めにした。一度などは、やんわりと脅迫をして、アストン・マーティンが種つけをしているところを見学させてもらったこともある。

　こぎれいで仕上がりもいい車だったが、あまり感じがよくないのは、どこか不自然なところがあったせいかもしれない。ボスコによれば、このアストン・マーティンは、今は終わったあるイギリスのテレビ番組のために特別に造られたものだという。番組制作者は強烈に男性的なイメージをこの車に持たせたかったようだ。そのためか、生殖能力は残され、やがてボスコの手に落ちることとなった。バッバーがエンジンをかけたとき、生まれてこのかた、どの車からも聞いたことがなかったような音、欲情した唸り声のような音が響いた。

　アストン・マーティンに用意されたその夜の花嫁は、小さくて、少し年をとっているスクエアバックのフォルクスワーゲンだった。その持ち主は、おそらく、正式のルートで新車を買う金がなかったのだろう。それとも、その繁殖力をわずかばかりの金に換えようとしたのか。アストン・マーティンのような野獣に蹂躙されるのだから、私は同情を禁じ得なかった。交配が始まってみると、アストン・マーティンの猫を思わせる優雅な外見は見かけだけのものだとわかった。扱いの厄介なことは品評会で優勝した大きな雄豚と同じで、とうとうボスコはスロープにジャッキで車体を上げ、その車をバッバーが必死で操るという事態にまで立ち至った。

　私のアメリカンは臨月に近づいていった。ガソリンの消費量はどんどん増えて、一ガロンで十一マイル走れるかどうかになった。車体も丸みを帯びて、持久力がなくなってきたのか、低い丘さえ登れなくなり、いつもオーバーヒートを起こしていた。八か月が過ぎたとき、タイヤのプライが剝がれて垂れ、サイドウォールには醜い線が入った。ボスコによれば、交換してもまた同じようになるから何もしないほうがいいということだった。

出産の夜、ボスコの計らいで立ち会うこともできたが、私は断った。臆病者と呼びたければ呼んでもいい。その夜遅く――かなり夜が更けてから、私はボスコの店を歩いて通りすぎたあたりで、非常用のライトが明るくともる下を走りまわるいくつかの影を歩道から目にしたが、私がそこにいることを二人に知らせたいとは思わなかった。翌朝、まだ朝食前の時刻にボスコから電話があり、車を取りに来るか、と訊かれた。「帰りに送り届けてもらえるんだったら、古い車は私が運転しますよ」そのとき私はアメリカンが試練を乗り越えたことを知り、いくらか呼吸が軽くなるのを感じた。

あの子の息子の第一印象は、正直な話、面妖なものだった。それは――彼はと呼ぶのは抵抗があった――いったいどんな遠い先祖から受け継いだのか、濃いジャングル・グリーンをしていて、シートは、イミテーションの兎の毛皮のような、けばの長い、ぺらぺらの織物で覆われていた。私が予想していたのは――なぜそう思ったのかは自分でもわからないが――ポンティアックやフォードといった、アメリカでもイギリスでも生産されている、もっとお馴染みの自動車だった。もちろん、彼は別物だ。私たちに馴染みの車種は、注意深く維持されてきた純粋種なのだと気がついた。ブランド名のようなものが書かれていないか、車体を隈なく調べてみた。名前があれば、将来の買い手に説明がしやすくなる。だが、何か所かに商標めいたもの（楯の形をしていて、帯か縞のようなものが左上から右下にかかっている）があっただけで、何も見つからなかった。部品番号や製造番号があっても、でたらめか、読めないか、整合しないか、そのどれかだった。

もちろん、新規登録手続きも必要だった。そのためには車の権利証書がいる。ボスコを通じて、私は、いかがわしい中古車ディーラーからその証書を三十ドルで買った。書類上は五十四年型シボレーということになったが、本当にそうだったらいいのにと私は思った。

どのディーラーもその車に値段をつけてくれなかったので、この八か月、日曜になると、私の会社がある都会で一番大きな新聞に、自動車売りますの広告を出した。全国に出回っているカー・コレクター向けの小雑誌でも広告を扱ってもらった。問い合わせは二件しかなかった。一人は男性で、車を見た瞬間に帰っていった。もう一人は十七歳くらいの少年で、すぐにでも買いたいといったが、その前に誰か金を貸してくれる人を探さなければならないという。私がもう少し気の利いた男なら、少年がそのときに持っていただけの金で、もとから怪しい証書の名義を書き換え、残金はあるとき払いでもらうことにしていただろう。だが、そのときはまだ普通の買い手を探そうとしていた。

新しい車は運転したくないと妻がいうので、私のアメリカンを使ってもらうことにした。機械的な故障も何度か起こり、不便なことこの上なかった。パーツ自体、とてもパーツと呼べるような形はしていない。一般の車種で使われている同等品が使えるように車のほうを改造するか、同じものを特注で造らせるかだ。早い話が、ほかにはどこにもない——と、そのときは思った——自動車を異種混交で造ったおかげで、こんなしっぺ返しを食らうことになったのだ。しかし、数週間前、すっかり追い詰められて、ついに車を棄ててきたとき、同じ異種交配をした人がほかにもいたことを知った。警察に叱られて車を引き取りにいったら、ラジエーターやジェネレーターやバッテリーがなくなっていたのである。

軍隊記念日

ブルー・マウス

宮脇孝雄訳

The Blue Mouse

「とっても恐ろしいことよ、あなたがやってるのは」と、老婆はいった。「恐ろしくて、ひどいことよ。それはそうと、あなた、おいくつ？　もう一枚クッキーおあがりなさいな」その声は、冬枯れの丘を背景にして老婆の灰色の髪をなびかせる風の音と同じように甲高かった。

「十八です」ロニーはクッキーを受け取った。すでに一枚が口の中にあり、もう一枚が喉に入っていた。大きなクッキーで、老婆がサワー・ミルクと赤砂糖を使ったせいで、いつまでもむずむずと粘膜にこびりつく、細かいかけらが残った。真ん中にはそれぞれ大粒のレーズンがあった。

「まだほんの子供だから、責任はないわね」老婆はいった。「でも、これまでわたしが目にしてきたことの半分でも見ていたら、あなたはここにきてわたしたちの子供を殺したりしなかったと思うわ」

二メートルを超す長身で、老婆の前にそびえ立ったたまま、ロニーはうなずいた。平和軍を擁護しようとしても、老婆が聞き入れないことはわかっていた。ふるまってもらった生ぬるく薄いお茶を一口飲むと、クッキーその一とその二が柔らかくなり、その三を呑み込めそうになった。

「それで、あなた、どちらからいらっしゃったの？」

彼は出身地の名前を教えた。相手の表情が消えたのを見て、聞いたことがないのだ、と思った。老婆はいった。「お国はどちら、という意味で訊いたのよ」

青い作業服にクッキーの屑がへばりついている。彼はそれを払い落とそうとした。「第十セクターです」彼はいった。

老婆はうわの空で彼を手伝い、年を経てねじ曲がった指で、しわくちゃになった綾織りをはたいた。

「それはどこにあるの？」

「第九セクターの南、五大湖のそば。ぼくたちは混乱を鎮めるためにここにきたんですが――」（新入隊者向けの教習ではいつも「混乱」という言葉が使われるので、この崩れかけた石造りの小屋に老婆と二人だけでいる今、公式見解を広めるのが自分の義務であると感じた）「――それがいやなら、なぜぼくにクッキーとお茶をふるまってくれたんです？」

「TV《テル》でそうするようにいってたのよね。ここの無料チャンネルで。こんなところにきて殺すのはよくない、あなたたちにそう告げるのがみんなの役目だって。簡単にできることだわ――あなたたち、みんないい子だし。これまで話した相手はみんないい子ばっかりだったわ」風が強くなり、老婆は自由なほうの手、縁が青くなったクッキーの皿を持っていないほうの手を彼の服から放し、自分のスカートの裾を直した。

ロニーはいった。「ぼくは誰も殺しません。技術兵なんです。攻撃兵じゃなくて」

「おんなじでしょ。あなたは弾薬《たま》を運んでる。それがここの男の子たちの命を奪う」

「あれは弾薬じゃありませんよ」彼は道路のほうを視線で示した。そこには荷を積んだ彼のトラックが駐まり、備え付けの擲弾筒が斜めに空を狙っていた。「ほとんどは冬物の衣類です」

「おんなじでしょ」老婆は頑固に繰り返した。（空では雁の群れが、灰色の雲に隠れ、呼び交わしていた。雨の気配があった）「まあ、いいわ。でもね、よおく考えなさい。ここの青年たちは、異国の支配から自由になりたいだけ。あなたたちの青い服を追いかけて、世界の反対側から、わたしたちの血を吸いにやってくる、脂ぎった、肌の浅黒い外国人たちから自由になりたいだけなのよ。よおく考えなさい。もしあなたに良心というものがあるのなら」

あとになって、ロニーがトラックでがたごと揺れながら進んでいると、雨が降ってきた。風防ガラスのそばにあるセンサーがそれを検知し、洗浄剤を噴霧した。雨の粒は、ポリカーボネートの風防ガラスと比べても視覚的に歪みがない、透きとおった膜に変化した。ロニーは自動操縦を〈ぬかるみ〉に切り替え、スイッチを入れた。ところどころで暴徒が誘導ケーブルを切断したり、弛んだ部分を沼地に沈めたりしていたが、低速で進んでいるので、いざというときにはコントロールを回復することもできる。それに、手紙も出せる。彼は愛用のホールマーク口述機《ヴォイスリート》を取り出した。

「母さんへ」と、彼はいった。フィードバック・スクリーンに現れた映像は、母親のビューアーで見ると、彼の声も一緒に再生される。そこにはまわりで砲弾が炸裂するのも知らん顔の戯画化された兵士が映し出され、頭上の吹き出しには崩し口語体で「うんちゃーす」とあり、感嘆符が書かれていた。

「十月十五日。母さんへ。別に変わったことはないけど、今、ちょっと時間があるので、何もかも異状がなく、とっても静かなことをお知らせします。じめじめして寒いところだけど、ぼくたちのテントは暖かく、湿気もありません。自分の任務に今でも疑問を持っていないかどうか、母さんは尋ねましたね。ぼくは自分がやっていることを信じています。前よりもはっきりそう思うようになりました。

世界がナショナリズムと戦争に逆戻りするのを手をこまねいて見ているだけでいいのか、という問題もありますが、それとは別に――」

トラックが丘をひとつ越えると、大隊が駐屯する濡れた合成樹脂のテント群が見えてきた。これほど近くまできていたとは、気がつかなかった。彼はため息をつき、〈消去〉ボタンを押すと、レザーロイドのケースに口述機を戻し、操縦を手動に切り替えた。

道路は高々ともつれあった鉄条網のあいだを抜け、キャンプの光景が周囲に広がった。彼が目指している大隊の補給テントは道路の行き止まりにある。そのテントの向こうには、轍道《わだちみち》でつながった戦車置き場があり、背中が丸い重装甲の戦車三台と複数の戦闘車両が駐まっていた。大隊本部のテントと地対空ミサイルで守られたヘリポートが道路の左右に並び、その先は中隊広場で、攻撃兵の四個中隊へと通じる道が数本、適当な間隔を置いて本道から枝分かれしている。そこを過ぎた先に彼自身が属する司令中隊と待機車両置き場があった。

そのすべてを取り巻いているのが攻撃兵の塹壕と防衛拠点のネットワークだった。襲撃者を縦射するためのコンピュータ制御の砲列と擲弾筒。相手が塹壕を突破しても、側面から掃射すれば侵攻を食い止めることができる。最初にここに配属されたとき、この鉄条網や地雷原があれば難攻不落だろうと思ったことをロニーは憶えている。だが、もっと経験のある者からすぐにその間違いを指摘されることになった。どちらの陣営もあえて使おうとしない化学兵器、ウィルス兵器、核兵器を別にすれば、勝敗を決めるのは大昔と同じで、兵員の数なのだ。平和軍のこの小さな前哨基地を防衛しているのは、青い制服の技術兵や、緑のシャツの攻撃兵など、国連軍の兵士、合わせて千人にすぎない。基地を取り囲む丘や、武装蜂起命令を待っている村には、おそらく五万の暴徒がいる。

補給班が彼のトラックから荷を下ろすのを手伝ってくれた。食堂で夕食をとるにはまだ早いだろうか、と思ったとき、補給係の一人がさりげなく声をかけてきた。「コッペル大尉が呼んでるよ」コッペルは大隊の情報将校だった。

「なんの用だろう」

「聞いてない。あんたを呼んでこいっていわれただけだよ」

ロニーはうなずき、ポンチョをはおった。ただし、ポンチョなしで荷下ろしをしていたため、体はもうぐっしょり濡れている。斜めに降る雨が目に入るのを感じながら、彼はテントを離れた。

艶消し加工をした緑色の防具を身につけた攻撃兵が一人、洞穴《ほらあな》のような疲れた目をして、おそるおそる道を開けた。戦わない技術兵は、入隊の際に行われる心理テストによれば、実は戦いたくないとかたくなに思い込んでいるのであり、攻撃兵が歩いているのを見つけると、うしろから叩いたり、足を引っかけて転ばしたりする例があることも知られている。攻撃兵のほうはたいがい疲れ切っているので、そんなことにはかまっていられないし、大方の予想に反して、体も小さい。ロニー自身も、一度（と、自分にいいきかせた）――一度だけ……。

〈あのときは五人だった。キャンプの仲間五人。厳しいことで知られる訓練コースを終え、ビールをしこたま飲んで、勇気百倍だった。道路わきにある安酒場の砂利を敷いた駐車場で、攻撃兵二人の不意をつき、大きく腕を振りかざして、痛烈なパンチを何発も頭に叩き込んで、そのあげく――〉

彼はまばたきしてそのイメージを追い払うと、司令部のテントに入り、敬礼をした。「三等技術特技兵レナード・P・ドウズであります」

「肩の力を抜きたまえ、ドウズ」コッペル大尉はその階級にもかかわらず彼と同じ技術兵だった。年齢は四十がらみで、まるで聖職者のために誂えられたような、知的で超俗的な顔をしていた。「軍団から帰ってきたばかりだね？」

「はい、軍団の補給物資置き場に行ってきました」

「道路に障害物はなかったか？」

「はい」

「敵らしき者の姿は見なかったか？」

「はい。老婆が一人いただけです」

「その老婆と話をしたか？」

ロニーは躊躇した。「ほんの数分だけです。新入隊者向けの教習では、民間人には常に礼儀正しく友好的に接することと教わりましたので、よかろうと思いました」

大尉はうなずいた。「どちらが先に接触した。きみか、老婆か？」

「老婆だったと思います。ここから二十キロくらい離れた道ばたに小屋がありまして、私のトラックが近づく音を聞いて老婆が出てきたのです。クッキーの皿とお茶を持っておりましたので、停車しました」

「わかった。続けたまえ」

「お言葉を返すようですが、話はそれだけです」

「おい、しっかりしたまえ。きみは聡明な若者じゃないか、ドウズ——大学にも行ったという話を聞いたが」

「半年間だけです。そのあとすぐに入隊しました。専攻は生物学でした」

「それだったら、私がどんなことを知りたいか、見当がつくだろう。その老婆はわれわれと相手方と、どちらの味方をしているのか。きみから何か聞き出そうとしたか。きみに宗旨替えを迫らなかったか」

「相手方に共感していると思います。あれこれしつこく聞かれたわけではありませんが、トラックに弾薬を積んでいるのだろうといわれたので、積んでないと答えました。それから、どの国からきたのか、と聞かれましたので、第十セクターだと答えました」

大尉は口をすぼめた。「われわれが置かれた状況について、誤った印象を抱いてもらいたくないのだがね、ドウズ。これは決して深刻なことではないし、相手がどんな出方をしようとも、基地の境界線が突破されることはないが、実は誘導ケーブルが切断されたんだよ。知っていたかね?」

「知りませんでした。最後の五キロほどは誘導ケーブルを使いましたが、別に異状はないようでした」

「川の向こう側で切断された。橋を渡ってすぐのところだ。われわれは、そう考えている。きみはキャンプに戻ってどのくらいになる?」

「約一時間です。荷下ろしを手伝ってから、ここにきました」

「すぐにくるべきだったな」

ロニーは少し背筋を伸ばした。補給担当曹長とその部下は、彼が荷下ろしを終えるのを待ってから、コッペルの伝言を伝えた。それだけは間違いない。「緊急の呼び出しとは思いませんでした」と、彼はいった。

「修理班を送ったが、待ち伏せされた。何人かは降伏したが、そのあとで殺されてしまった。技術兵も、攻撃兵もだ。きみは何も見なかったか?」

「見ませんでした」

「いいかね、ドウズ」大尉は立ち上がった。そして、机の前に出てきて、ロニーの肩に片手を置いた。「きみのトラックは砲載車だったな」

「十八ミリの擲弾筒がついています。オートドライブにしたら、自動操縦装置が擲弾筒をコントロールします。もし何か見たら、攻撃していました」

「そうであってもらいたいものだ。きみにひとついっておきたいことがある。もしもこの戦争に勝てば、それはわれわれ技術兵が勝ったのだ。負ければ、われわれが負けたことになる」

返事を待っているようだったので、ロニーはいった。「おっしゃるとおりです」

「われわれの中には、次のように思っている者もいる。われわれは技術の専門家で、特殊技能を持っているゆえに戦闘で命を危険にさらすわけにはいかない。たとえ武器を作動させるべき事態に至っても、貴重な人員であるわれわれがそれをするべきではない、と。きみにはもっと利口になってもらいたい」

「大尉――」

「なんだ」

「それはちょっと違います」

コッペルは眉をひそめた。「何が違うんだ」

「特殊技能のくだりです。トラックを走らせるときでも、技能は関係ない。ほとんどは自動運転なんです。テストを受けて、われわれは戦闘の際に信頼できないと判断された。でも、そんな理由で戦闘行為を免除されていることがわかったら、世間の人の怒りを招くので、別の理由をでっち上げてるんです。誰だって、われわれの数より、攻撃兵の数が増えることを望んでますよ」

「ドウズ、きみは牧師と話をしたほうがよさそうだな」

「大尉もおわかりでしょう。いろいろいわれているのは、われわれがこれ以上、攻撃兵に悪感情を持たないようにするためです。それだけのプロパガンダ活動をしているのに、補給班は、攻撃兵が物資を欲しがっていても、なんとか回さなくてすむ口実はないかと考える。先月、待機車両置き場で作業中にジャッキが外れて、修理工が片足を潰したことがありましたね。そのとき医療班は、治療中の攻撃兵をほっといて、修理工の手当をしました。攻撃兵のほうは出血死しましたよ」

「もう一度いうが、きみは牧師と話をしたほうがいい。いや、これは命令だ。三日以内に牧師と話をすること。きみが牧師を訪ねたら、牧師のほうからこちらに連絡があるようにしておく」

「わかりました」

「きみが口にした不正行為はたしかに嘆かわしい。実際にそういうことがあったとしたら、の話だがね。私はなかったと思っている。しかし、そういう行為の裏にある動機は、きわめて自然な優越感ではないかと思う。人を殺すことは、まっとうな人間だったら躊躇するはずだ。心理学者に聞けばちゃんと説明してもらえるよ、ドウズ」

「それも違うと思います」ロニーの喉の中で、何かが話をやめるように警告を発していたが、白い砂利に手足をひろげて倒れている意識のない男たちの姿がその何かを粉砕した。「われわれにも殺せるんです。手出しのできない相手を蹴殺すことができるんです。こっちにできないことなんて――」

「もういい、充分だ！　ひょっとしてきみは、精神異常による除隊を狙っているのか、ドウズ？　どうだ、そうだろう？　残念ながら、私はそんなことは認めない。帰ってよし！」

ロニーは敬礼をして、少し待った。漠然と、コッペルのほうにまだ何かいいたいことが残っているような気がしたからだ。そのあと、回れ右してテントから出ていった。

雨は激しくなっていた。黒い人影がひとつ、普通より多めの食器をたずさえて、がちゃがちゃいわせながら、副官のテントの軒下に立っていた。そう、ブルーワーだ。ロニーが雨の中に足を踏み出すと、ブルーワーは前に進み出た。ポンチョが風にはためいている。「何か食うかい?」

ロニーは自分用の食器を受け取った。

「油を絞られたみたいだな」

「聞こえたか」

「顔に書いてあるよ、ロン。気にするな。こんな天気だから、みんな苛々してるんだ――息がつけないもんな」

ロニーは、馬鹿になったような気分でじっと相手を見つめた。

「ヘリは一機も攻撃に出ない。味方を撃つのが怖いんだ。薄汚い攻撃兵のやつらはびくついて、相撃ちでもはじめかねない有様だ」

食堂のテントに入って、ロニーは尋ねた。「何か起こるんだろうか? ひょっとしたら、相手方はこんなときを待っていたのかもしれない」

ブルーワーは首を振り、炊事勤務兵から七面鳥の骨つき腿肉を受け取った。最初に食事をするのは攻撃兵だが、炊事担当は技術兵なので、一番美味しいところや一番大きな肉は自分たちのために前もって取っておく。

「向こうのほうが、こっちよりずっと数が多いぞ」ロニーはいった。

ブルーワーは鼻の先で笑った。「六時間あれば兵団から援軍がくる。いや、もっと早い――四時間だろう」

心の中でロニーは、本当にそうだろうか、と思った。

それは真夜中の零時二分過ぎに始まった。その時刻はロニーの記憶に刻まれている。簡易寝台の横に飛び降りて地面に身を伏せたとき、腕時計が寝台の脚に当たって、内部に収められたレバー式脱進機の先にある叉状部分が永遠に沈黙してしまい、長針と短針とが上を向いたまま止まってしまったからだ。二本の針の様子は、太った男とやせた男が不安を和らげるためにしっかり抱き合っているのに似ていた。

最初はロケット砲と大口径の迫撃砲だった。どちらの砲弾も湿った地面を揺らし、雨天にもかかわらず閃光がテントを赤々と照らし出した。何個小隊もの攻撃兵が大声を出しながらぬかるみを蹴散らして司令中隊の広場を駆け抜け、彼のテントの外を走って、それぞれの持ち場へと散っていった。どこかで誰かが悲鳴を上げていた。

そのあと、こちら側に装備されているレーダーの目を持つコンピュータ制御の大砲が、次の砲撃を準備している相手方に照準を定め、反撃をはじめた。それとほぼ同時に、防衛線上に配備されたマルチローンチャーの作動する音が聞こえてきた。頭上で閃光が炸裂し、激烈な青色光がテントの切れ目という切れ目から中に飛びこんできた。ロニーは地面に身を投げ出し、横に転がりながらテント側面の垂れ幕をくぐると、近くにある土嚢を積んだ待避壕に駆け込んだ。そこは暗く、半分まで水が溜まって、どこもかしこも人で一杯だったが、なんとか体を押し込むことができた。

誰もしゃべらなかった。ロケット弾がひゅーと風を切って飛んでくるたびに、ロニーは目をつむり、馬鹿なことだと知りつつ全身に力をこめた。真っ暗闇、悲鳴を上げるミサイル、爆発音、腰まで溜まった水、体を押しつけてくる男たちの乱れた息遣い。それが何時間も続くように思われた。

不意に暗黒が薄れ、黄色い光が躍りはじめた。その明かりの中で緊張した男たちの顔が見えた。懐中電灯を手にした何者かが戸口に立っている。待避壕の奥から誰かが叫んだ。「明かりを消しやがれ」

それに従う代わりに、懐中電灯を持った男は鋭く声を返した。「みんな外に出ろ。戦車置き場でやってもらいたいことがある」

誰も動かなかった。

二人目が現れた。最初の男は電灯でそちらを照らし、その男が自動小銃を持っていることをわからせた。「出てくるんだ」最初の男はいった。「一分たっても動かないと、機銃掃射をはじめる」

一行が列をつくって外に出たとき、左のどこかにロケット弾が落ち、男たちは待避壕の前の泥に身を伏せた。ロニーを含む何人かは動かなかった。炸裂する炎が乱舞する中、無感覚に突っ立っていた。そのわきで、柔らかい地面は震え、砲弾の破片がテントを裂いていた。風は止み、雨はまっすぐに落ちて、男たちのヘルメットの縁からしずくが垂れた。じっと立っていると、長靴の先をそのしずくが洗い清めた。

全員が――少なくとも命令に従った全員が外に出たあと、自動小銃を持った男は待避壕の入口に向かって長いこと銃弾を打ち込んでいた。そのあと、懐中電灯の男が先頭に立ち、自動小銃の男がしんがりをつとめて、一行は動きだした。

戦車置き場はその立地ゆえに身動きが取れなくなっていた。ロケット弾や迫撃弾で不意撃ちされるのを避けるため、山峡の中央から分かれた谷間に造営された戦車置き場は、たった一つしかない出入口も、侵入者の奇襲に備えて、不規則に配置された鉄条網でさらに狭くなっていた。今、その出入口を、泥に半分埋まった一台の戦闘車両がふさいでいる。五、六人がかりでそれを動かそうとしているところに、一行は到着した。懐中電灯を持った男、改めて見ると、緑の制服を着た、ロニーとほとんど歳が変わらないくらいの中尉は、工具類が乱雑に積み上げられたところを明かりで示した。「あの車を動かしてくれ。戦車が使えないと、こっちに勝ち目はない。車をどかして、戦車が出られるようになったら、あの穴ぐらに戻ってもいい」

一行は必死で作業をした。うなりを上げて回転するファンで、超小型地ならし機が宙に浮かび、突き出た何本かのスクリューだけで地面を捉えて、泥を掻き回し、轍を均《なら》し、液化した厄介な軟泥を取り除いていた。それに合わせて一行はエンタルピー・ポンプの吸入探針を打ち込み、泥濘を凍らせて摩擦力の回復をはかった。空回りを続ける戦闘車両の三点式車輪アセンブリの下に、広げたアルミニウムのマットを敷き、さらには車両の重量を減らすため、発泡プラスチック・シートで裏打ちされたセラミック装甲を外そうと、ボルトを抜き取る作業に邁進した。

誰かが車両のタレット・ハッチから投げてよこした弾薬を一箱抱え、ロニーは泥に足を取られながら歩いた——が、次の瞬間、うつぶせに倒れていた。激しい耳鳴りがして、耳はほとんど役に立たなかった。弾薬の箱はもう手もとにない。意識をはっきりさせるために首を横に振り、口を開けたり閉じたりした。顔の半分が火傷をしたように痛んだ。

立ち上がったとき、服が裂け、焼け焦げているのに気がついた。まわりでは、ほかの生存者も起き上がろうとしている。足もとには、生き残れなかった者が倒れていた。手足を失っている者もいれば、なんの傷も負っていないように見える者もいる。深さ一メートル、直径三メートルの穴が、ぬかるみにはまった戦闘車両とロニーとのあいだで口を開けていた。ロケット弾が落ちた跡だった。

「徹甲弾だ」すぐそばで、誰かがいった。見まわすと、待避壕から仲間たちを追い立てた中尉がいた。

「徹甲弾だ」半ば独り言のように士官は繰り返した。「そうじゃなかったら、もっと高いところで破裂して、全員がやられていたはずだ」

「そうですね」ロニーはいった。

中尉は振り返り、彼に気がついた。一瞬、何か返事をしそうに見えたが、その代わり、声高に命令を叫んだ。ロニーとほかの者たちへの命令だった。

何人かはそれに従い、戦闘車両を動かす作業にさらに邁進した。何人かはただ突っ立っているだけだった。負傷者を助けようとしている者が二人いて、車から、穴から、叫ぶ士官から逃げようとしている者もいた――できるだけ目立たないように動こうとして、中にはうしろ向きに歩いている者もいた。それぞれが目指しているのは、雨にぐっしょり濡れた車のまわりよりもさらに闇が深い、影に覆われた一角。

自動小銃を持った男がそれに目を留め、大声を出しながら駆けていった。男たちは立ち止まった。自動小銃の男は走るのをやめず、男たちのまわりを半周して、その退路を断った。次の瞬間――あまりにも突然だったので、ロニーには何がなんだかわからなかったが――男は倒れ、彼が止めようとした者たちは、倒れている男を飛んで避けたり、その体につまずいたりしながら、乗り越えていった。中の一人が自動小銃を奪っていた。懐中電灯を持った士官は拳銃を取り出し、発砲した。続けざまに数発撃ったが、ほとんど間を置かなかったので、自動小銃の一撃のように聞こえた。

ロニーは走りだした。そうしながら、走るのは危険だ、と思った。懐中電灯を持った士官にうしろから撃たれるかもしれない。だが、案ずるまでもなかった。戦車置き場はすでに背後に去り、駆けている足もとの地面はもうただの泥ではなく、溝や穴が点々とし、そこから木材や金属柱が突き出ている悪夢のような光景に変わっていた。

　ぼろぼろになったシャツを、何かが鋭く、執拗に、引っぱっている。彼は立ち止まり、あたりを見まわした。誰もいなかった。

　高速の何かが頭をかすめていった。馬鹿なことに、みっともなく彼はへたりこんだ。まず両手両足をついて。次には、うつぶせになって。そのとき、頭をよぎったのは、若草の野原で腹ばいになったピクニックの思い出だった。その何かは銃弾で、とても擬音化できない音を発していた。ヴォイスリートの戯画なら「ばーん」と表現されるところだが、あえていえば耳のすぐそばで鞭を鳴らされたような音だった。じくじくと水が染み出す泥土に横たわってそのことを考えていると、あの瞬時に消える音は、本当なら何時間も続くはずのものを一ミリ秒に圧縮したものではないか、と気がついた。圧縮されているからこそ、あんなに不思議な響きをしているのだ。あれは〈死〉を語っていた。おれはそれを聞いたのだ、そして前には――〈死〉を知らなかったために――痛みを思うだけで怖がっていたおれが、その意味を理解したのだ。あれが語った言葉、実際に発せられた音は「ネヴァー」だった。何もかもがもう決して《ネヴァー》ありえない。怖がるという贅沢さえ、もう決して《ネヴァー》ありえない。否定《ネヴァー》。何もないのだ。

　彼は自分の体を見ていた。自分自身の肉体が、横たわったまま膨れあがり、腐臭を発するところを。そして、そのもっと先を……。

腹の底が冷たくなった。大学のとき、同窓生の一人がドライアイスを呑みこんで自殺したという話を聞いたことを思い出して、きっとこんな感じだったんだろう、と思った。だが、それなら胃腸にガスが溜まるはずだ。今、ガスが溜まっている感じはしない。二メートル前方で何かが飛び散り、泥が舞い上がった。口の中に真鍮の味がした。

溝が——いや、よく見ると、塹壕だ——右のほうのあまり遠くないところに口を開けていた。そちらに向かって這い進み、体を回して転げ込んだ。

少し背をかがめれば、立つことができる。手は塹壕の壁に触っていた。膨れた麻布の感触。土嚢だ。水がしたたるほど湿っている。さっきおれを撃った相手は（暴徒の一人か味方の攻撃兵かはわからない）手榴弾を投げるだろうか、と彼は思った。そんなものが投げ込まれても、暗がりでは見えない。一歩前に進んだとき、誰かの手を踏んだ。手はびくっとしたように飛びのいて、うめき声が上がった。その動きといい、声といい——ほんの一瞬だが——まるで兎か鼠を踏んだような気がした。身をかがめると、胸に傷を負った者が息をしようとするときの、ごぼごぼという音が聞こえてきた。指の先で傷口を触ろうとしたが、何かの装着具の、太いストラップがあるだけだった。

「早く」負傷者はささやいた。「早く」

「ちょっと待て」彼はいった。「まずこいつを外そう」そのあと、話していると恐怖がなぜか和らぐのに気がついて、言葉を続けた。「これは何をするものだ？」

「か……火炎……放射……」ほとんど声になっていなかった。

「もういい」中央にバックルが一つあって、ストラップを固定している。それを外すと、男の胸からストラップをほどくことができた。ロニーが持っている応急処置セットには、自動吸着包帯があり、それを傷に広げてあてがった。ごぼごぼという音は止まり、傷を負った男が喉を詰まらせながら深呼吸するのが聞こえた。「できたらきみを救急センターに連れていきたいんだが」ロニーはいった。

男は弱々しく尋ねた。「われわれのメンバーじゃないんだな」

「ああ、たぶんね。国連の者だ」ロニーは相手を助け起こし、頭の上を矢弾が続けざまに飛んでいくと、またしゃがみこんだ。

「きみたちはおしまいだ」男はいった。

「え？」このあたりの酒場で男たちが遊ぶダーツのような、金属製の矢の形をした矢弾のイメージが、頭を離れなかった。

「きみたちはおしまいだ。ぼくたちには、まだ何千人も仲間がいて、今ここに駆けつけてきている。ほんのちょっと前に、ぼくたちが攻撃しただけで、きみたちはもう陥落寸前じゃないか。そっちには戦わない者が多すぎるんだ」

ロニーはいった。「その割合はどちらの側も同じだよ——ただし、ぼくたちには、自分たちの何割が戦わないか、ちゃんとわかっている。要するにそういうことさ」そう答えるのとは別に、心の半分は新しく聞こえてきた音、矢弾が飛んできたのと同じ方角から聞こえてくる音に集中していた。引きずるような足音と息遣い。百のバックルとボタンがファイバーグラス製の銃把に当たる音。自動小銃の遊底がたてるかすれ声。装塡の具合を男たちが神経質に手で触って、何度も、何度も確かめているのだ。そして、幾千ものブーツがぬかるみを踏む湿った響き。

「そんなことできると思うか？　この若者は戦える、この若者は戦えない。そんなこと決められるか？」負傷した男は本気で知りたがっているようだったが、その声にはほんの少し嘲るような調子があった。

「まず試験をして、あとは確率論で処理するんだよ。やり方は徹底している」

「きみも調べられたのか?」

ロニーはうなずいたが、試験のこと、長い電線のついた冷たいセンサーを皮膚に貼りつけられたときのことは考えていなかった。彼はいった。「ぼくは飼っていた鼠のことを心配していたんだ。質問に答え、ホログラフの投射映像やら何やらを見ながら、心の片隅では別のことを考えていた――ぼくがいないあいだ、母さんは鼠たちの面倒をちゃんと見てくれるだろうかってね」

「鼠?」傷を負った男はいった。そして、続けた。「おい、何をしてるんだ?」

「変種の鼠でね。体に小さな薔薇の模様があって、くるくるワルツを踊るんだ。ぼくが交配させたんだよ」彼は負傷した男を寝かせ、男が背負っていた火炎放射器の機械部分に指を這わせていた。「たった今、思い出したんだ。ここ何か月も鼠のことなんか考えたこともなかったのに。また研究を始めようかな。家に帰ったら。だってほら、鼠の遺伝子を研究することで医学は進歩してきたんだから」

火炎放射器は単純な仕組みだった。二つのバルブがすでに開かれ、管の先はガソリンポンプのノズルに似た発射銃につながっている。

「汚い仕事だろうな。鼠の後片づけは」

ロニーはいった。「ケージをきれいにしておかないと、鼠は死ぬ」水のしたたる塹壕の壁に火炎放射器を立てかけ、うしろ向きになってそのハーネスに腕を通すと、自分の背中にのせた。

負傷した男のナイフの刃は黒く塗られていたが、研がれた刃先はかすかな明かりを受けて光った。ロニーは手遅れになる前に片腕で攻撃を制すると、力の入らない相手の指からナイフをもぎ取った。

「もし今度こんなことをしたら」と、彼は静かにいった。「さっききみの胸に貼った救急絆を剝ぎ取るからね」

そのあと、起き上がった。塹壕は、ちょうど目が出るくらいの高さだった。以後、男には目もくれなかった。長く待つ必要はなかった。

暴徒たちはばらばらに進んでいたが、何百人もいた。歩きながら銃を撃っていた。彼は背を伸ばして立ち上がった。どういうわけか、体を起こしながら腕時計を見た。時計の針はまだ零時二分を指したまま動かなかった。それが正しい時刻だと感じた。新しい一日が始まったばかりのとき。

ロニーのオレンジ色をした炎の奔流は溶けた金属のように熱く、ばらばらの隊列はその歩みを止められた。やがて、戦車が三台やってきた。戦車がくると、彼は塹壕から飛び出して、戦車とともに駆け足で進んだ。常にその二十メートル先を進んだ。しばらくすると、背中の燃料は尽き、厚紙のように軽くなった。

戦没将兵追悼記念日

私はいかにして第二次世界大戦に敗れ、それがドイツの侵攻を防ぐのに役立ったか

宮脇孝雄訳

How I Lost the Second World War and Helped Turn Back the German Invasion

一九三八年四月一日

編集部御中

拝啓

小生は数年来、貴誌を購読しておりますので――英国に居を移して以来ずっと、と申し上げておきます――読者投稿によるさまざまな〈独創新案論理ゲーム〉を紹介するかたわら、お便り欄を設けて、都会生活、田園生活のこぼれ話、それもゲームにまつわる逸話を掲載なさっていることを愉快に思い、しばしば楽しませてもらっております。そこで、小生もゲームがらみのささやかな冒険談を書いてみようと思い立ちました。そのとき小生は、かのW・L・S・チャーチル氏と（文字どおり）肩を並べただけでなく――ちなみにチャーチル氏といえばみなさまご存じのとおり、大戦時にダーダルネス海峡遠征を指揮し、不首尾に終わった責任を問われて海軍大臣の職を追われた人物で、盤上戦争ゲームに関心をお持ちのみなさまがたには（小生もそうでありますが）興味津々の人物でもあります――こちらも紛れのない名士である現ドイツ帝国総統アドルフ・ヒトラー閣下との面会も果たすことができました。

すでにお察しのとおり、これはバース万国博覧会に関連した逸話であります。しかしながら、そこで起こった驚くべき出来事をお話しする前に（小生のように、有利な立場からその出来事を目撃した者はまずいなかっただろうと自負しております）まずは〈世界大戦〉なるゲームをかいつまんで（複雑すぎるので、詳細は省いて）説明しておきたいと思います。そのゲームは、友人のランズベリーと小生が二人で考案しました。ほかのゲームも似たようなものですが、盤には大きな世界地図を使います。試行錯誤の結果、縦四フィート、横六フィートの縦材の厚板に、壁紙用の糊で地図を貼りつけ、表面にセラックのニスを塗るのが一番いいということになりました。小生の書斎にある広い机に載せると、まさにぴったりでした。各対戦者がどの国につくかは籤引きで決めます。海軍、陸軍、空軍は色を塗り分けた鋲で判別することにしました。その各軍がどういう能力を持つか、それを決めるために、われわれは新しい原則を考えました——ほかのゲームにはない、画期的なやり方だと思っております。軍用艦、火器、その他の兵器に関しては、対戦者がいつでも好きなときに、形を変え、性能を一新させることができるようにしたのです。つまり、そういうものができる可能性（念のために申し上げておきますが、実効性ではありません——役に立たないものなら、自分が損をするだけです）がある、と対戦相手に認めさせることができたら、自分の駒を新兵器に変えてもいいわけです。そして、その新兵器を独占的に使うことができるのは三回だけで、そのあとは対戦相手も同じものが使えるようになる。かくして、われわれの考えたこの〈世界大戦〉ゲームでは、戦術立案能力だけでなく、発想力と討論力も問われることになるわけであります。

小生とランズベリーは、今冬の多くの時間を費やして、このゲームの構築、及び駒を動かすルールの作成にあたっていました。二人ともこのたぐいのゲームには馴れ親しんでいて、一般に説明書というものは、ゲームの途中で発生する不測の事態（最初はどうしてもそう思ってしまいます）にどう対処するか、きちんと書かれていないものが多いので、読んでもわかりにくく、苛々してきます。それがわかっていたので、われわれの説明書は抜かりがないように気を遣いながら書き上げました。二月十七日（ランズベリーとは週に一度、会合を持っています）、われわれは籤引きをしました。その結果、小生はドイツ、イタリア、オーストリア、ブルガリア、日本を引き当て、ランズベリーは、英国、フランス、中国、低地三国（ベルギー、オランダ、ルクセンブルグのこと）を引き当てました。白状すると、現実にはあり得ない組み合わせだと思いました――常識で考えれば、大戦時に英国と組んだ日本とイタリアが、てのひらを返して、次の戦いで敵側につくとは思えないではありませんか。しかし、仔細に歴史を眺めれば、もっとありえない手のひら返しはいくらでもあります（たとえば、十六世紀にフランスはトルコと組み、〈非神聖同盟〉と揶揄されました）。ランズベリーと小生は、籤引きの結果を甘んじて受け入れることにして、二十四日、最初の一手を打ちました。

その前の二十日、戦略を考えながら、たまたまなんの気なしに〈ガーディアン〉紙をめくっていると、万国博覧会の開催を告げる記事が目に留まりました。そのとき、ふと思いました。参加する各国の代表団の中には、小生の戦略作りに役立つ見識の持ち主がいるのではないか。どちらにしても、暇を持てあましていたところだったので――そのときはまさか歴史的瞬間を目にするとは知る由もなく――小さな備忘録をポケットにつっこみ、博覧会へと出かけていったのです！

貴誌の読者に対して、その会場の広さを事細かに説明する必要はないと思います。蛇足を覚悟であえて記せば、すでにお聞き及びのとおり、会場は縦幅七マイルはあろうか思われる楕円形をしており、その中でひときわ目を惹いたのは、ドイツ展示場の華、飛行船繋留用の高い塔でした。その鉄塔の先端に繋がれている巨大な銀の物体、飛行船グラーフ・シュペー号は、ドイツ帝国の要人たちを英国に運んできて、今は〈ドイツ精神文化〉（なんともご大層な！）というランプに棲むランプの精のように、その要人たちをまた連れ帰るべく待機しているところでした。ちょうどその日、帝国総統ヒトラーが――そのヒトラーの横槍が入って、博覧会の開催は早くなったのですが――〈国民車〉をお披露目する展示の開催を告げることになっていて、柱つきの横断幕があちらこちらにひるがえり、正面入口にさえ次のような謳い文句が掲げられていました。

「国民車」を所有すべき国民は誰だ
？？？？？？
英国人だ!!

そして、

ドイツの職人魂は
英国人の精巧な機械への愛に通じる

さらには、

「国民車」の精神は英国王室に匹敵する英国魂だ

ゲームで引き当てた国のうち、一番軍事力が強かったのがドイツであることを思い出し、小生はドイツの展示場に向かいました。

人だかりはますます増して、休日らしい雰囲気が漂っていましたが、その中には計算高い覚めた声もありました。職人たちはドイツ製工作機械の利点を議論し(謳い文句にはこうあるが、実際にはこうだ等々)、設置費用が極端に安い上に、ドイツ帝国銀行から無利息で借入ができる利点などを話していました。露店商はプレッツェルやレーブクーヘン、紙コップに入ったババロアなどを売り、コックニー訛りの騒がしい声でさかんに客寄せをしておりました。広々とした展示会場では、選りすぐりの名士たちを集め、一時間後に帝国総統みずからが〈国民車〉を売り込む英国侵攻をはじめることになっていましたが、すでに群衆は何重にもその建物を取り囲み、(あとから知ったことですが)あっというまに定員を超えていたので、新しい観客はもう入れませんでした。

しかし、そこにいたのはドイツ人だけではありません。人ごみをかわしながら、〈国民車〉より小ぶりな(少なくとも小生にはそう思われました)運転手のいない模型自動車が駆け抜けてきたのです。この「おもちゃ」は――きわめて手が込んでいるくせに、実際はなんの役にも立たなそうな「おもちゃ」ですが――アンテナに日本帝国の日章旗をひるがえし、厳かなささやき声でその勤勉な国の工業製品の宣伝をして、蓄音機、ラジオなど、近年の驚異の発明「トランジスタ」を採用した品々がどんなに素晴らしいかを語っていました。

ほかの観衆とおなじように、小生もしばらくそれを見物していました。というより、つま先立って、首をのばし、なんとか見ようとしていた、というのが正確なところでしょう。しかし、ここにきたそもそもの目的は、ドイツの誇る〈国民車〉や帝国総統に会うことではなく、操り人形めいた日本のおもちゃの自動車を見物することでもありません。そこで、ランズベリーとの対戦の前に、参考になる意見を聞かせてくれそうな人物を探すことにしました。小生は幸運に恵まれました。あたりを見まわすと、行商人からひとつかみの菓子を買っている、ドイツ空軍将校の軍服を着た恰幅のいい男がいたのです。小生はさっそくそちらに近づき、お辞儀をして、いきなり話しかけたことをわびつつ、頭上に浮遊する大きな飛行船を図々しくも賞賛しました。

「ああ！」と、男はドイツ訛りでいいました。「あのでかい船が気に入ったのかね？ たしかに、優れた船だ」そういいながら、気のいいドイツ人らしくまんざらでもない顔をして、飴をひとつ口に放り込んだので、喜んでいるのがわかりました。そこで、航空技術の軍事的な側面をどう考えるか、尋ねようとしたのですが、そのとき、男の外套にある勲章に気がつきました。男は小生の視線を追って、こういいました。「これ何かわかるか？」

「わかります」小生は答えました。「戦場にいったことはありませんが、何がなんでも飛行士になりたいと思っています。一つお尋ねしたいのですが、その――？」

「ゲーリングだ」

「ゲーリングさん、もし――馬鹿げた仮定だと思いますが――もし今、世界大戦が起こったとしたら、航空機が導入されることによって、戦術はどう変わるでしょう？」

男の目がきらりと光るのを見て、同好の士がここにいることを小生は知りました。「それは実にいい質問だね」と、彼はいって、しばし小生を見つめました。ドイツの教師が優等生の質問に対して、それにふさわしい熟慮を重ね、今まさに答えんとしているような顔つきでした。「これだけは言える――昔は航空機などなかった。凧はあって、それに銃を取りつけたことはある。もしまた戦争が起こったら……」ここで男は言葉を切りました。

「もちろん、戦争なんて起こらないと思いますが」

「そのとおり。先の戦争で、わが祖国は銃剣によってヨーロッパを征服することはできなかった。これからは財力と小さな自動車で世界を征服するつもりだ。それを使って、わが総統は、党の敵を叩きつぶした。ポーランドやオーストリアの産業は、今やドイツのものだ。わが国民は、〈会社が銀行だ〉という。しかし、栄えているのはベルリンだ」

教養のある者であれば、これくらいの事は知っており、小生も例外ではありません。そこで新しい軍事技術に話を戻そうとしましたが、その必要はありませんでした。「しかしね」と、彼はいって、急に表情を明るくしました。「きみにも私にも、そんなことは関係ない。それは財界人が考えればいいことだ。きみにはわかるかね、大戦が始まったら、この私が」といって、自分の胸を叩きました。「この私が、何をするつもりか。実はね、急降下爆撃隊をつくろうと思ってるんだ」

「急降下爆撃隊ですか?」

「飛行機に爆弾を載せるんだ！　一発だけだが、とにかくでかい爆弾を搭載する。それを速い飛行機で――」彼は前傾姿勢を取り、右手で急降下のまねをしました。そして、ぎりぎりになって〈機首を戻す〉動作をして、その勢いでババロアがこぼれ、小生の靴にぺしゃっと落ちました。「速度の出る飛行機を使う。そして、戦車には――きみは戦車というものを知っているか?」

小生はうなずきました。「ええ、多少は」

「戦車には、隊列を組ませる。まず急降下爆撃隊が襲いかかって、次に突撃隊員が続く。それから速い戦車だ。装甲は薄くてもいいから、とにかくスピードが出るようにして、銃砲も搭載する。でっかい銃砲だ」

「素晴らしいですね」と、小生はいいました。「電撃戦だ」

「それでは、友よ、こうしようではないか。これから私は総統のお相手をしなければならんが、その前に、きみに会わせたい人がいる。きみは戦車が好きだろう——その人は戦車の父ともいうべき人物だ——戦争のときにはきみの国の海軍にいたが、陸軍が興味を示さなかったので、海軍の責任者として戦車の開発に臨んだ。だから、人に訊かれると、〈水槽《ウォーター・タンク》〉を建造中だといったのだね。おかしな呼び名だが、タンクは今でも戦車の別名として使われている。戦車の外側を〈甲板《デッキ》〉と呼ぶのも、その人物のせいだ。当人があそこにいるよ——」彼は、例の巨大な展示館を指差しました。まもなく総統が、にこやかに待ち受ける英国の大衆に〈国民車〉を紹介するはずの、あの展示館です。

小生は、あそこにはたぶんもう入れません、といいました——とっくに満員になっていて、外を取り巻く観衆の数も、先ほどの二倍くらいに膨れあがっているのです。

「まあ、見てるがいい。ヘルマンが入れてくれるだろう。私と一緒にきなさい。新聞記者のふりするんだ」

いわれるままに小生は金髪の大柄なドイツ人のあとに続きました。その巨体や大きな声のせいもありますが、何よりも軍服が威力を発揮して、彼は楽々と人ごみをかきわけていきました。膝丈の革ズボン《レーダーホーゼン》をはいた護衛が入口で敬礼し、一緒にいた小生がとがめられることもありませんでした。

　気がつくと、そこは広々とした会場でした。〈アウトバーン〉で世界を仰天させたドイツ土木建築技術の粋を集めた建造物です。金属の丸天井は鏡のように輝き、会場にあるものの歪んだ姿をまばゆいばかりに映し出しています。タイル張りの床も映っていて、一枚のタイルは幅が一フィートほどもあり、それが合わさると、ドイツを北半球有数の産業国にした一台の自動車の絵になっていました。芸術性には疑問があり、万国博覧会の会場にたった数週間でこの建造物を造った富と権力のほうがはるかに印象的でしたが、その自動車には、フロント・ガラス越しに見える運転手の顔まで描かれていますーーくっきりした絵ではなく、ぼんやりしたモザイクにすぎませんが、運転手は見ている者を今にも轢き殺しそうな形相でした。いうまでもなく、ヒトラー総統の顔だったのです。

　建物の一辺には演壇があり、〈お客さんたち〉がそこにすわっていました。社交界、政界から選り抜かれた名士揃いで、幸運なことに、誰あろうドイツ国の指導者からじきじきに〈国民車〉の売り込みをしてもらえるのです。その右手の一段下がったところには、報道機関の代表たちが控えていました。すぐにそれとわかったのは、カメラとメモ帳を持ち、ちょっと気障な、人によっては少しくたびれた服を着ていたからです。ゲーリング氏は小生を連れ、臆することなくそちらに近づいていきました。すると、すぐに（いや、報道席まであと半分のところで、といったほうがいいかもしれません）ゲーリング氏がいっていた人物の姿を見つけました。

　その人物は報道席の一番うしろの列にすわっていました。そして、なぜか一人だけ頭が上に飛び出ているように見えました。顎を両手に載せて、その両手はステッキの握りに置かれていたからです。幅の広い赤ら顔が印象的で、赤ん坊のようでもあり、ブルドッグのようでもありました。そこに純真さを見出す者もいるでしょう。穢れのない人生を満喫する喜び、それに加えて勇気もある。しかも、言葉の普通の意味で降伏など「考えられない」のではなく、文字どおり一度も考えたことがないような勇気です。着ている物はいかにも高そうでしたが、よれよれになっていて、実は従者かと思われるほどでしたが、完璧に着こなしているところを見ると、やはり紳士です。しかも、そのいわくいいがたい雰囲気は、誰の下僕でもないことを雄弁に物語っていました。誰かに仕えたことがあるとしても、その相手は国王以外にはいないでしょう。

「チャーチルさん」と、ゲーリングはいいました。「友人を連れてきましたよ」

チャーチル氏はステッキから顔を上げると、その青く鋭い目を小生に向け、「きみの友人かね？」と、尋ねました。「それとも私のか？」

「両方の友人ということにしましょう。二人で分けても減りはしません」ゲーリングはすらすらとそう答えました。「とりあえず、今はあなたにお預けします」

チャーチル氏の横にすわっていた者が席を空け、小生はそこに腰をおろしました。

「きみはジャーナリストでもなければ、ぽん引きでもないな」チャーチル氏はよく響く低い声でいいました。「私はジャーナリストならみんな知っている。故にきみはジャーナリストではない。ぽん引きはみんな私のことを知っているようだ――というか、本当に知っている。しかし、あの男が後者の同類でない人物を気に入るのは前代未聞だし、前者の同類以外の者を丁重に扱うのを見たこともない。したがって、こう尋ねざるを得ない。きみはどうやってあの男に取り入ったのかね？」

小生はわれわれが考案したゲームの説明を始めましたが、五分ほどたったとき、前の席の男に肘で小突かれました。「ほら、お出ましだ」

総統が姿を現したのです。左右を商業親衛隊（営業活動のエリートたち）の列にはさまれ、しゃちこばった歩き方で、すたすたと会場の中央までやってきたのです。会場より五十フィート高いところにあるバルコニーから、楽隊が威勢よく〈ドイツよ、すべてに冠たる〉の演奏をはじめ、大喝采が捲き起こりました。小生のすぐ横にいたアメリカ人のアナウンサーは、大西洋を隔てた聴取者たちに向かって、ヒトラー総統がここにいます、今ここにいます、予定どおりです、さすがドイツ人、なんという正確さでしょう、予定どおりに予定の場所に近づこうとしています、などとほとんど悲鳴に近い声で実況をしていました。

そのとき、楽隊の演奏を切り裂くように、遠くから警笛の音が聞こえてきました――それを合図に、音楽はぴたりと止まりました。まるでガラスの蓋をかぶせて、音を遮ったかのようでした。すると、また警笛が鳴り響き、見物人たちは道をあけはじめました。まるで、草が二つに分かれ、そのあいだからまだ見えない野獣が姿を現そうとしているかのようでした。またまた警笛が鳴り、道があきました、今度、道をあけたのは、総統が〈国民車〉を披露するため立ち入り禁止にされた場所のすぐ手前に陣取っている、運のいい者たちです。ようやく姿を現した「野獣」はカナリア色をした小型の〈国民車〉でした。総統が所定の場所に歩み寄ると、自動車は反対側から同じ場所に近づいてくる。まっすぐに、ゆっくり進んでくるところや、明るい車体の色は、人にたとえるなら、お淑やかでありながらお転婆、なんの悩みもなく生きていて、人懐っこく、いうことを素直に聞く子、といったところでしょうか。

名士たちがすわる演壇の真正面で車と総統は止まりました。〈国民車〉は一定の間隔を置いて警笛を三度鳴らしました。総統は前に進み出ると、にっこり笑い（まさかここで笑うとは思ってもいなかったので、なかなか魅力的でした）車の屋根をぽんと叩きました。車の扉があき、そこから現れたのは、かわいい農婦の格好をした金髪の女性でした。とても背が高かったのに――先ほどみんなが見たように――たった今まで、運転席に楽々と収まっていたのです。女は名士たちにむかって投げキスをし、ヒトラーにお辞儀をして、そのまま退きました。いよいよ本番の始まりです。

読者のみなさんはすでにご存じのことと思いますので、細かいところまでくどくど繰り返すのはやめておきましょう。〈タイムズ〉の社交欄にも載っていましたし、国内で発行されているほかの雑誌にも出ていたことです。レディ・ウールベリーが試乗した際、うしろ向きに会場を一周して、その乗りっぷりに客席がおおいに沸いたことは、おそらくいやというほどお聞きになっているでしょう。サー・ヘンリー・ブレシットなどは、乗り込んだあとになって、実は運転ができなかったとわかったのですが、こちらのほうはあまり知られていないかもしれません。すべてはドイツの思うつぼ、というだけで充分でしょう。名士たちはいたく感心し、報道陣や観客も食い入るように見入っていました。しかし、そのとき居合わせた面々は夢想だにしなかったでしょうが、予定されていた実演が終わったあと、誰あろう歴史の女神が愚者の手からペンを奪い取ったのです。ヒトラー総統はまったく予測不可能な、藪から棒の、直観的な判断を下すことで知られていますが（たとえば、誰もそんなことは考えてもいなかったときに、ベルヒテスガーデンの山荘から指示を出して、東ヨーロッパやその周辺で経済的宗主権を握っているドイツは、当面のあいだ現状維持で行くだろうと評論家なら誰しも予想していたのに、五月、六月、七月に〈国民車〉を買えば、ノーディック・サイドウォールを無償でタイヤに取りつけると発表したときのことが頭に浮かびます）そのときも、名士をみんな試乗させ、それでもまだほかに関心を持っている者がいるに違いないと思ったのか、おもむろに報道席のほうを向くと、試乗するジャーナリストを募ったのです。

この申し出は、前述のとおり、報道席全体に投げかけたものでしたが、実は特定の何者かに向けられたものであったことは、疑問の余地もなく、一目瞭然でした。狂信的な熱意に燃える総統の目、一大産業を束ねる者の誇りに満ちたその目は、平然と落着き払っている一人の男にずっと注がれていたのです。その人物はやおら立ち上がると、一言もしゃべらないまま、ヨーロッパ随一の権力を誇る男と対面し、挑戦を受けました。葉巻の煙を吐きながら、その人物が口にした言葉を、小生は生涯忘れないでしょう。「これは自動車のように見えるが、そう思っていいのかね?」

ヒトラー総統はうなずきました。「あなたは」と、総統はいいました。「かつてこの国を動かしておいででしたな。チャーチル氏でしょう?」

チャーチルはうなずき、「先の大戦のとき」と、穏やかに答えました。「いっときではあったものの、海軍大臣の栄誉を賜っていた」

「そのころ私は」と、ドイツの指導者はいいました。「皇帝の軍の伍長でしたよ。意外でしたな、あなたが今は新聞社で働いているとは」

「政治家になる前はジャーナリストだったからね」チャーチルは悠然と構えていました。「ボーア戦争のときには特派員としてあちこち取材に飛びまわったものだ。昔の商売に戻っただけだよ。失職した政治家はそうするべきだ」

「私の自動車がお気に召さなかったようですな」

「残念ながら」と、チャーチルは動じることなくいいました。「私にはどうしようもない偏見があって、民主的に造られた製品が好きでね――少なくとも、民主主義国の国民が使うものでないと好きになれん。われわれ英国人も小型車を製造している、ご存じかな――〈センチュリオン〉というのだが」

「聞いたことはあります。中に水を入れるんでしょう」

演壇にはもう誰もすわっていませんでした。男も女も、一人残らず席を立っていたのです。報道関係者だけでなく名士たちも、この二人の偉人のまわりに群がっていました（わざわざ二人の、といったのは、偉大な人物は失職しても偉大であり続けるからです）。あたりの空気はぴんと張り詰めていました。もしこのとき、思わぬ邪魔が入らなかったら、一触即発の状況になっていたでしょう。チャーチルがいいかえそうとしたそのとき、しゅーしゅーと空気が抜けるような発音の言葉、日本語が聞こえてきたのです。そして、日本帝国のおもちゃの自動車が颯爽と床を駆け抜けていきました。一瞬、黄色い〈国民車〉の下を潜り抜けるのかと思いましたが（それには大きすぎます）、左折して見物人の中に姿を消しました。猛然と走り去ったその自動車を見て、狂気に囚われたのか、それとも霊感を得たのか、自分でもわからないながら、気がつくと小生はとんでもないことを口走っていました。

「じゃあ、競走してみたらどうでしょう？」

チャーチルは、迷うことなくその提案に賛成しました。「いい考えだ。このドイツ車は、巷ではなんと呼ばれている？〈レースの覇者〉と呼ばれているのではないかね」

ヒトラーはうなずきました。「そのとおり、とても速い。車体は小型で、値段も高くないがね。競走というなら、受けて立とう」本人は動じることなく答えたつもりでも、小生だけでなくまわりの者たちも、ヒトラーがドイツ語をしゃべりそうになったのに気がついていました。

総統の言葉に観衆はざわめきましたが、チャーチルは葉巻を持った手を上げ、それを鎮めました。

い」

「ひとつ思いついたことがある」と、彼はいいました。「われわれの車は競走用に作られたものではな男が嫌いになりました。

「やめにするつもりかね？」ヒトラーは尋ねました。そして、にやりと笑い、その瞬間、小生はこの男が嫌いになりました。

「最後まで聞きなさい」チャーチルは言葉を続けました。「このサイズの車は街なかや郊外で移動する実用的な交通手段として造られている。駐車することもあるだろうし、渋滞の中を走ることもあるだろう――人知れずそういう慎ましい努力を重ねて、英国民は日々の糧を得ている。そこでひとつ提案があるんだがね。この博覧会場を取り囲む道路に、日ごろ英国民が車を運転するときに体験するのと同じ環境を作ってみてはどうだろう。そのコースで、百ヤードごとに駐車しながら競走をする。コースの半分にはロンドン市街地の騒々しい交通環境を、あとの半分には郊外の住宅地の交通環境をつくる。たぶん、日本人に頼んだら、例の無人自動車を使って、道路を走るほかの車の流れを再現してくれるだろう」

「受けて立とう！」ヒトラーはすぐさま同意しました。「しかし、それはきみたち英国人がつくったルールだ。ドイツからも、ひとつ提案がある。右側走行で行こうではないか」

「ここ英国では」と、チャーチルは応じました。「自動車は左側を走る。すでにご存知と思うが」

「わがドイツ国民は右側を走る。左側を走るのは、われわれに不利だ」

「実はね」と、チャーチルは平然といいました。「それについては、提案をする前に少し考えてみたんだよ。本当らしくするために、コースの片側には商店街をつくり、トラックや大型バスを駐めておく。その反対側は見物人が立つ場所とする。あなたがたドイツ人は、コースの右側を時計回りに走りなさい。われわれ英国人は、左側を――」

「逆走するつもりか！」ヒトラーは大きな声をあげました。「そんなことをしたら、途中で――ツェルシュトレンド・ゲルヴァルト！」

「交通渋滞か」その言葉を英語に直し、チャーチルは落着き払っていいました。「まさか、怖じ気づいたのではあるまいね？」

レースの日程はすぐに決まりました――挑戦状が叩きつけられ、相手が受けて立ったその日から、ちょうど二週間後。日本人は道路の混み具合を再現するため無人車を出すことを快諾し、博覧会の主催者側も、会場のまわりにレース・コースをつくり、人工の街をつくることを認めてくれました。いうまでもなく、期待はいやが上にも高まりました。アメリカの〈ムーヴィトン・ニュース〉社は、レースの模様をフィルムに収めるため三班もの撮影隊を送り込み、英国内のニュース映画制作会社も複数が取材に駆けつけました。レース当日、熱狂は最高潮に達し、ブックメーカーのもとには三百万ポンドもの賭け金が集まりました。三対二でドイツが有利、というのがそのオッズです。

レースの手順や日本の無人車の動きを定めた規則（おもにチャーチル氏の考案による）は大事なものので、いずれにしても論理ゲームに関心をお持ちのかたなら興味津々ではないかと思われますので、話を進める前にその概略を説明しておきましょう。日本の無人車をコントロールする面々には、実際の道路状況を再現すべしとの指示が与えられました。無線操縦の自動車十台が「郊外」にあたるところに（そこがドイツの出発点で、イギリスから見れば最後の直線コースになります）初期配置され、「市街地」では五十台が待機します。コース上には、八十か所の駐車スペースが任意に配置され、無人自動車の操縦者たちは例の飛行船の塔の展望台に陣取って——そこからならコース全体を見渡すことができます——十五秒だけ駐車スペースに車を入れてから、またコースに出て、空きのある次の駐車スペースを目指すという行動を繰り返します。そのときの規則は次のとおりです。駐車スペースが「市街地」にあれば、実際の走行距離に等しい「距離値」を獲得することができます。コース上には五ヤードの間隔で緑色の「走行距離線」が引いてあるので、それを何本越えたか、数えることで距離はわかります。一方、駐車スペースが郊外のセクションにあるときには、走行距離プラス二の距離値が与えられます。つまり、「混雑状況」は市街地セクションのほうが贔屓——という表現が正しいかどうか——されているわけです。日本人と違って、ドイツ人と英国人のドライバーは、コース場のすべての駐車スペースに車を入れないといけません。ただし、いったん駐めたあとはそのまますぐ発車することになっています。駐車スペースのあいだには、自動車ディーラーや一般人から借りてきた車が置きっぱなしになっています。ロンドンの企業数社が、芝居の書き割りめいた張りぼての建物を、コースの駐車スペース側に設置しました。

正直に申し上げれば、小生は、ほんの申し訳程度にチャーチル氏の知己を得たことを幸いに、臆面もなくレース当日、パドック(というと、まるで競馬ですが)への立入りを許されました。よく晴れた初春の一日で、いかにもイングランド西部らしい好天でした。小生はすこぶる体調がよく、気分も上々。実はランズベリーとの対戦も思いどおりに着々と進んでいました。ゲーリング氏の助言を受け入れ、ランズベリーの強大な領国(フランス)をたった四手で攻略したのです。よほど頑固なのか、ランズベリーはそれでも負けを認めようとしませんでした。そんなわけで、おわかりいただけると思いますが、チャーチル氏が使い古したホンブルグ帽を耳まで深くかぶり、葉巻をくわえてこちらに駆け寄ってきたとき、小生は満面の笑みでそれを迎えたのでした。

立ち止まると、チャーチル氏はいいました。「きみはゲーリングの友人だったね――うちのドライバーの話は聞いたか？」

いや、なんのことでしょう、と小生は答えました。

「私は五人の運転役を連れてきた――みんなプロのレーサーで、みんなこの役を買って出てくれた。だが、ドイツ側から抗議がきたんだよ。ドイツ・チームは商業親衛隊を使うのに、英国側はプロのドライバーを使うとは、スポーツマン精神に欠けるというのだ。万博の運営陣はドイツの味方をした。そんなわけで、急遽、チームを再編成することになった。親衛隊といっても、運転技術はプロ並みなんだがね。こっちは三人確保することができたが、私がハンドルを握るとしても、まだ一人足りない……」

われわれはしばし見つめ合いました。そして、小生はこういったのです。「自動車の競走をしたことはありませんが、友人にはよく飛ばし過ぎるといわれます。事故を起こして生還したこともたびたびあります。たとえゲーリング氏と親交があっても、英国のために正々堂々と戦うことを躊躇する人間であるとは、どうか思わないでください」

「もちろん、思いはせん」チャーチルは頬をふくらませました。「つまり、腕に覚えがあるということだね。よかったら、どんな車を運転しているか聞かせてくれ」

〈センチュリオン〉を所有していると小生はいいました。今回のレースで英国チームが乗る車です。チャーチルは小生をじっと見つめ、葉巻を吹かしていました。その様子から、嘘を見抜いていたことは明らかですが、あえてそれでもいい、と思ってくれたようでした。

小生のたどたどしい文章でレースの様子を再現できればいいと思うのですが、まず無理でしょう。小生は、ほかの四人の男たちと——一人はチャーチル氏です——エンジンをふかしながら、英国側のスタートラインに並びました。うしろには、こちらに背を向けたドイツ・チームの商業親衛隊五人がいて、〈国民車〉に乗り込んでいます。われわれ英国チームの前には、気味が悪いほど忠実に再現されたロンドンの通りが広がっていました。その街路で模型の日本車が前進逆進を繰り返し、無秩序状態を創り出そうとしています。

号砲が鳴り響き、各車一斉にスタートしました。小生は最初の駐車スペースを目指しました。そのあいだに、ドイツ・チームが郊外の側から攻略を始め、われわれが一つ獲るあいだに、駐車スペースを二つ、三つと占有していくのを痛いほど意識していました。フェンダーはつぶれ、やる気は燃え上がり、小生は——ほかのみんなも——駐車、運転、駐車、運転をひたすら繰り返し、まるでそれが永遠に続くかのように思われました。シャツの襟は汗でぐっしょり濡れ、両手には水ぶくれができていました。そのとき、三十ヤードほど前方に、一本の植木と、板に描いた建物の絵が見えてきました。これまであったような都会の商店ではなく、郊外の住宅の絵でした。そして、小生は気がついたのです——冷たいシャンパンの入ったグラスを手渡されたようなものでした——ドイツ車の姿は、まだ一台も見えないのです。ドイツ車は影も形もない。中間地点の標識はすぐ前に見えている。勝利を確信した瞬間でした。

そのあとレースがどうなったか、いうまでもないでしょう。郊外の地域に入って二百ヤードほど進んだとき、寸詰まりのデザインが特徴の〈国民車〉の車首がはじめて見えてきました。小生の車は最下位――とはいえ、それは英国チーム内での順位であり、総合では五着になりました。つまり、上位は英国チームが独占する形となったのです。われわれは――小生も含めて――英雄扱いで、ヒトラー総統はコースに飛び出し、ドイツ側のドライバーの一人を叱り飛ばそうとしたところ、日本のおもちゃの車に足を取られて、すってんころりん。その瞬間、ドイツの〈国民車〉が英語圏に浸透する望みはあえなく消えました。すでに販売権を取得していた個人の代理店は返金訴訟を起こしました。〈国民車〉を積み込んでロンドンに向かっていた最初の船団は（ヒトラーはレース前に出航命令を出していました。絶対に勝つと確信して、善は急げと思ったのでしょう）結局、荷下ろしをすることはありませんでした（たしかその後、モロッコで叩き売り同然になったとか）。

以上は一般の人たちにも周知の出来事でしょうが、ここで自分の立場を利用して、後日談を一つ付け加えておきたいと思います。ゲームを趣味とする人たちの参考になれば幸いであります。

前述のとおり、小生は、あの〈国民車〉のお披露目が始まる前、ランズベリーとともに開発したゲームのことをチャーチル氏に話していました。そのとき、興味があれば小生の部屋にきて実際にゲームを観戦してはどうかと提案しておいたのです。チャーチル氏は、本当にやってきました。ドイツ人との競走があった日から数週間後のことです。小生は例のゲーム盤（表面にセラックが塗られた地図）を見せました。本当はゲームをやっている最中ならよかったのですが、すでに最初の対戦は片がついていました。先の戦争を第一次と勘定して、その対戦のことをわれわれは〈第二次世界大戦〉と呼んでいました。

「きみが勝ったんだろう？」チャーチルはいいました。

「いいえ、負けました――といっても、私はドイツ側に立って負けたんですから、あなたにはむしろ愉快な結果だったと思います。でも、ランズベリーと何回対戦しようが、本物のドイツ人と競走したあのレースで勝ったことのほうがずっと意義があります」

「そうだね」チャーチルはいいました。

そのとき、チャーチルの顔に浮かんだ微笑を見て、小生は疑念を抱きました。ランズベリーの顔に、(あとになってその意味に気がついたのですが)同じような表情が浮かんだことがあります。そのときランズベリーはギリシャ経由でヨーロッパに侵攻するといいだしました。小生は、つい大声を出しました。「あのレースは、公平に行われたんですか？　だって、あまりにも順調すぎましたよね」

「そう、きみでさえ勝てたくらいだからね」と、チャーチルはいいました。「相手は選り抜きのドイツのドライバーだったのに」

「そうなんです」と、小生はいいました。「それが気になってるんです」

チャーチルは小生の部屋で一番すわり心地のいい肘掛け椅子にすわり、新しい葉巻に火をつけました。「あることを思いついたんだよ」チャーチルはいいました。「私がヒトラーと話している最中に、軽快な日本の無人車が飛び出してきたときにね。憶えてるか？」

「もちろんです。そのときに日本の無線車をレースで利用しようと思いついたんですね」

「それだけではない。最近の新発明、トランジスタのおかげで、ああいうレース結果になったんだよ。ときにきみは、トランジスタの原理をご存じか？」

単純化すれば、トランジスタとは単なる小片《チップ》か薄片で、電気は一方向にしか流れない。本にそう書いてあった、と答えました。

「そのとおり」チャーチルは葉巻の煙を吐きながらいいました。「要するに、電子がその物質を通り抜けるとき、片側には楽に進めるが、反対側にはうまく進めない。なかなか面白いと思わないか？どうしてそうなるかわかるかね？」

わからない、と小生は認めました。

「まあ、私も〈ネイチャー〉誌の記事を読むまでは知らなかったがね。ヒトラー氏に会う一、二週間前に読んだよ。これをつくった秀才たちは、ゲルマニウムと呼ばれる物質を使った――シリコンでもいいが、トランジスタの動作が少し変わるそうだ――そのゲルマニウムの純度の高いものに、少量の不純物を加える。もちろん、肝心なのは、何を加えるかだ。たとえば、少量のアンチモンを混入すれば、許容量以上に電子の数が多くなって、余った電子が常にうろつきまわる状態になる。不純物はほかにもある――たとえばホウ素だ。ホウ素を加えると、物質の中で電子が収まるべき穴が、電子の数よりも多くなる。専門家はこの穴を〈正孔〉と呼ぶが、私はあえて〈駐車スペース〉と呼ぼう。そして、トランジスタを作るときには、こうした二つの物質を貼り合わせるのだ」

「もしかして、それはあのレース・コースの……？」

チャーチルはうなずきました。「厳密にいえば術語上の正確性は欠いているが、まさにそのとおり。あれは巨大なトランジスタ――素朴だが、大がかりなトランジスタだったんだよ。本物のトランジスタのことを考えてみたまえ。二種類の物質が貼り合わされた接合面では何が起こるか？　電子が余っている側から、足りない側へと、大量の電子が流れ込む――そちら側には空きがたくさんあるからね」

「つまり、自動車が――いや、電子が、逆に進もうとしたらどうなるか。つまり、駐車スペースがたくさん空いている側から、そうでない側に行こうとしたらどうなるか――」

「きっとなかなか進めないだろうね。なぜかは訊かないでくれ。私は電子技師ではない。しかし、物質の性質に注目することも大切だ。たとえ私のような一介の政治記者であってもね。たとえば、きみがいま述べたような電子は、上流に向かって泳いでいるのと同じことになる」

「そして、私たちは下流に向かって車を走らせていたのと同じだ」と、小生はいいました。「いや、電子の話じゃなくなりましたが、ご容赦を」

「気にすることはないよ。私だってそのほうがいい。原因と理論の大海に手を突っ込んで、ばしゃばしゃかきまわすのはやめて、地に足をつけ、結果と事実を語ろうじゃないか。そう、いってみれば、われわれは流れに沿って車を走らせていた。きみも気がついただろう。われわれがスタートしたのは市街地からだ。そこには日本の無人車の大半がいて、すでに波をつくっていた。その波はわれわれの前を進んでいった。われわれが駐車スペースを占領したので、無人車は自然にドイツ側へと引き寄せられ、スペースを探そうとする。そういう波は、人が運転する車よりも早く進むものだ。トランジスタの専門家なら、われわれが帯びている電荷に無人車が反発したと説明するかもしれん」

「ところが、無人車は両チームのあいだで団子状態になった――たしか、ドイツ・チームと擦れ違ったとき、ひどく渋滞していたのを憶えています」

「そのとおり。そして、そのころになると、日本の無人車がわれわれの前を走り続ける理由はなくなった――さっきのたとえでいうと、ドイツ側からも反発力が働きはじめただろうし、例のルール（私が考えた誇らしい距離値のルールだよ）それによって無人車は市街地に引き返さざるを得なくなった。かくして、哀れなドイツ人は、あとしばらく無人車と駐車スペースの取り合いをすることになり、そのあいだにわがチームは涼しい顔でゴール・インしたわけだ」

われわれはしばし無言ですわっていました。やがて、小生はいいました。「厳密にいえば、正直なやり方ではなかったかもしれませんが、おかげでいい結果になりました」

「不正とは」と、チャーチルは事もなげにいいました。「暗黙の了解であれ、一度同意した規則を破ることだ。私はこちらに有利な規則を提案したまでだよ。これは外交の大原則でね。きみもゲームのルールを考えるときにそうしたらどうだ?」チャーチルは下に目をやり、テーブルに広げた世界地図を見ました。「ところで、ゲーム盤を焦がしたようだね」

「ああ、それですか」小生はいいました。「終盤になって、ランズベリーがパイプの火を落としてしまったんです――おかげで、日本の南部の都市が二つ、焼けてしまいました」

「次にやるときには、世界地図を丸ごと燃やさないように気をつけるんだね。日本といえば、聞いたかね、日本人も自動車を売り出すらしいな。先日のレースで報道陣の注目を浴びたもんだから、あのおもちゃの自動車を連想させるような名前をつけるそうだ」

つまり、今度は日本の侵攻を食い止めないといけないのだろうか、と小生は尋ねました。チャーチルは、きっとそうなるだろうと答えましたが、まずは英国の前に、アメリカと日本との争いになるだろうともいいました――チャーチルが聞いたところによると、日本製の自動車はすでに真珠湾に陸揚げされているそうです。その後、チャーチルはすぐに帰っていきました。ぜひまたお目にかかりたいのですが、もう二度と会うことはないだろうと思います。

最後に一言。貴誌の愛読者のみなさんには喜んでいただけるはずですが、小生はすぐにまたランズベリーとの対戦を始めます。やむを得ない事情から今回は手紙を介しての対戦となります。小生はもうじき英国を離れるのです。次のゲームでは、合衆国、英国、中国が、ソビエト社会主義連邦、ポーランド、ルーマニア、その他の東欧諸国と戦います。もちろん、戦争にはドイツがつきもので、ドイツが参加しない戦争は戦争とはいえません。ところが、小生がまたドイツを駒にしようとしても、ランズベリーは賛成してくれませんでした。そこで、ドイツを二人で分割することにしました。チャーチル氏の警告は忘れないつもりですが、あいにく小生も対戦相手も大の愛煙家なのです。

敬具

無名戦士

編集部注：この楽しいお便りを送ってくださった匿名希望「無名戦士」さんの素性を明かすつもりはありませんが、これだけはいっておいてもバチは当たらないだろうと思います。彼はアメリカ国籍の士官で、ドイツ系、もう若くはありませんが、大戦における軍事行動に参加できなかった程度には若い、とのことです。ただ、もう少しで参加できるところだった、とはご当人の弁であります。現在、この無名戦士氏は在ロンドン米国大使館付きの士官ですが、聞いたところによると、自分が生きているあいだはわが祖国も軍事力を行使する必要に迫られることはないだろうと考えて、軍籍を離れ、故郷のカンザスに帰る予定だそうです。そして、ビュイックの販売代理店を経営するとか。幸運を祈るよ、ドワイト。

父の日

養父

宮脇孝雄訳

The Adopted Father

ジョン・パーカーの両手がカウンターの端をつかんだ。「じゃあ、こういうことですか」と、彼はいった。「出産費用はぼくが払いましたよね。なのに、記録は見せてもらえない、と」

「そうではなくて」と、スクリーンに映った看護婦は言葉を選ぶように答えた。「記録そのものが、これ以上ないのです。こちらにあるものはみんな、すでにコピーをお渡ししました。わたくしたちの記録に載っているのは、三人のお子さんの名前、出生年月日と時刻、当院における診療記録、そしてミズ・ロバーツの診察記録。それで全部です」

「もっとあるはずだ」ジョン・パーカーはいった。両わきには女性がいて、同じようなスクリーンに映った同じような看護婦に苦情を申し立てている。

「もうないのですよ、パーカーさん。こちらにあるものはみんなお見せしました。ミズ・ロバーツはこの病院に三度いらっしゃっています。あなたのお子さんの名前は――名づけたのはミズ・ロバーツですが――ロバート、マリアン、ティナ。問題は何もありませんでした。出産費用を払ったのはワールド保険の北米支社です――あなたではありません。ご自分ではそう思っていらっしゃるようですが」

「子供たちの指紋を採ったはずだ」ジョン・パーカーはいった。「ほかの目的はともかく、警察に提出しないといけないでしょう。足紋はどうだ。採らなかったんですか？」

「ええ」と、看護婦はいった。「そういったことは何年も前から廃止されています。新生児はしばらく母親と一緒にいて、そのあと手首に識別票を巻きます。絶対に取れないようになっています。取り違えの可能性はありません」

「どうにかして人間と話したいものだが、その方法はあるんですか？」ジョン・パーカーは尋ねた。

　スクリーンに映った看護婦は首を振った。「わたくしの病院ではそのようなことはできません。現代的な病院はどこもそうなのです」


　もしそうであったならきっと気に入っただろうが、ジョン・パーカーが住んでいる建物の玄関ホールに現代的なところはいっさいなかった。ただし、古めかしいところもなければ、何か由緒をうかがわせるものがあるわけでもない。要するに今の建物。この時代、「今の」というのは、基準を満たすぎりぎりの範囲内で、考えうるかぎり最も安価なものを意味する。何しろ一億人が失業給付を受けていて、労務費の総額が（ジョン・パーカーは自嘲の笑みを浮かべた）天文学的な数字になる時代なのだ。靴で運ばれてきた雪がホールの床を汚し、パウチ袋入りのオレンジ風味の飲料が、エレベーター内にこぼれていた。ジョン・パーカーは七十五階のボタンを押し、そのあと妙な違和感を覚えた。

　何日か前、エレベーターは六十七階に停まった。どこかの子供が〈上〉ボタンを押して、自分の部屋に駆け戻ったのだろう。そのことにジョン・パーカーは気がつかなかった。エレベーターから降りると、自分の階とまったく同じに見える通路を歩いていった。そして、自分の家だと思った部屋のドアをノックしたあと、卑猥な落書きに気がついた。卑猥な落書きなど珍しくもないが、それは古びていて、マゼンタ色の蛍光塗料は剝げかかっている。彼のアパートメントの落書きではない。通路を歩いてエレベーターまで戻ると、自分が六十七階で降りてしまったことを知った。八階下だった。

本当は、あそこがおれのアパートメントだったのかもしれない。今にしてジョン・パーカーはそう思う。何かに導かれて、おれはあそこまで行ったのだ。

通路を歩いていると、今日は靴の底が少し粘ついた。珍しく、落書きの内容を読んでみた。数年ぶりのことだった。そう、ここは七十五階だ。裁判所の命令書がまた何通か新たに張り出されている。彼はあたりをうかがった――ここでは毎月のように誰かが襲われている。彼は自分のアパートメントのドアをノックした。ドアには短い言葉の落書きがびっしり書かれていた。それでも、このあたりに住んでいる男の子はみんなロバートを怖がっているという。

「はい？」

「おれだ。ジョンだ」それはいつもの台詞だった。聴き耳を立てていると、ローザンがチェーンを外し、スライド錠を外す音が聞こえてきた。そのあと、暖かい室内に入り――ここ一週間、毎日感じてきたことだが、ローザンは自分と少しも似ていないと、改めて胸を衝かれる思いがした。あるいは、あとになって窓に映る自分の姿を見つめながら思ったように、自分はローザンと少しも似ていない。長年一緒にいる男女はおたがい似るものだといわれているのではなかったか。彼がローザンと一緒になって、もう二十年近かった。

だが、それはそれでいい。ローザンとは血縁があるわけではないし、妹でも従姉妹でもない。子供たちは二人のどちらとも似ていない。それはどうでもいいことではなかった——かなり問題だ。ロバートは長身で金髪。ティナは金髪で、いずれ長身になりそうな感じだった。どちらも目の色は青。彼の目は濃い茶色で、ローザンの目は薄い茶色だった。マリアンは小柄で、髪の色は黒い。彼よりも背が低く——それをいうなら、彼の母や姉や妹よりも小さかった。目は茶色だが、彼の目よりもさらに濃く、髪はほとんど真っ黒だった。

遺伝子の気まぐれか？　そうかもしれない。そんなことは、まあ、どうでもよかった。だが、ほかのみんなは彼のようには考えていない。むしろ彼のことを変人か、もっとひどい何かのように思っている。そちらのほうが大問題だ。彼は一枚の図面を取り出し、製図器のボードに置いた。そのあまり高価でない小さな製図器は、大学に入ったときに奨学金で買ったものだ。以来、何度も修理に出してきたが、大学時代にできた人間の友人とは一人残らず疎遠になってしまった今でも、その機械はちゃんと動いている。彼は思った。今日は大事な日だ。公園を手がけるのだから。

「また公園？」ローザンがいった。

ジョン・パーカーはうなずいたが、顔は上げなかった。

ローザンはいつものようにボードを覗きこんだ。その髪の先が、彼の頰を軽くこする。「きれいね。それは何？」

「動物の自然生育地。小さい動物園が一つあるんだよ。ここにはアフリカの草原《ヴェルト》、あそこには南米の大草原《パンパス》。こっちはアンデス。これは飲食施設群——本格的なレストランを用意したいんだが、図面では表現できないし、まあ、そんな案は没になるだろう。洗面所。警備員詰所。子供が動物とじかに触れあえる公園」

「図面を市長に送ったら、造ってもらえるかもしれないわ」

「きみは何枚か送ったね」ジョン・パーカーはいった。

「ええ、でも、あなたまだ送ってないでしょ？」ローザン自身の心の安定のためにも、彼は役に立つ人間だと信じ込む必要があった。

「そのうちに送ってみようか」ジョン・パーカーはいった。

「市長、ついさっきテレビに出てたわよ。とってもかっこよかったわ――あなたも見てればよかったのに。市民のみなさん、警察に協力してください、公共物を破壊する蛮行には荷担しないでくださいっていってたわ」

「おれはそんなことはしない」ジョン・パーカーはいった。


ロバートが小遣いをせびりにやってきた。「これ、どこにあるの？」彼は尋ねた。「月面？」

「火星だよ」ジョン・パーカーはいった。「火星を地球そっくりの惑星に変えること、それは必ず実現できる。アルミニウムの微粒子の雲を火星の裏側に置くと、熱を反射して夜の気温を上げてくれる。ダイモスとフォボス、それに小惑星帯もちょっと間引きして、地上に移してやったら、火星の質量が増えて大気を保持するようになる。大気は、小惑星や月の石質を砕いて作ればいいんだ。すぐに赤い惑星は緑の惑星になる」

「これは何？」

「子供や恋人のための生垣の迷路だ。ほら、ベンチがあって、四阿《あずまや》があるだろう。彫刻には子供もよじのぼれる。池をばしゃばしゃ歩いて渡ってもいいし、真ん中の塔にあがって、ほかの人が出口を捜して歩きまわるのを見物してもいい。ゴールはそこだ」

「ぼくなら解けそうだな」ロバートはいった。図面に指を走らせ、道をたどっていたが、すぐに降参した。

ジョン・パーカーは、スクリーンに映ったコンピュータ・キャラクターが相手をしてくれるものだとばかり思っていたが、意外なことに人間のいる部屋に案内されて、ほっとした。灰色の髪の女。母親のようなタイプかというと、必ずしもそうは見えない。「養子縁組のことをおうかがいしたいのですが」言葉を選びながらジョン・パーカーは切り出した。

「わかりました」女は一拍置いて続けた。「あなた——失礼かもしれませんが——お一人じゃなくて、パートナーはいらっしゃるんでしょう？」

ジョン・パーカーは首を振った。

女の手が机のボタンに伸びた。「では、法律に詳しい専門スタッフに立ち会ってもらいましょう」彼はそのボタンを自分の手で覆い、微笑を浮かべた。「その必要はありません。ええ、ほんとに大丈夫です、ええと、お名前は——？」

「ハリスです。ご結婚なさっているかどうかという問題ではないんですよ。おわかりですね、パーカーさん」

ジョン・パーカーはうなずいた。

「もちろん、そのパートナーがあなたと同性であってもかまいません——わたくしどもはそういうことは詮索いたしませんので。とにかく、二人の人間がいて、家庭を築き、子供の幸福に対して責任を持つ。それが大事なんです」

「養子ならいりません。私は自分自身を、里子ならぬ里父に出したいんです」

ミズ・ハリスは彼を見つめた。

「ふざけているつもりはありません。父親として私を受け入れてくれる子供たちを捜しているんです。私は四十過ぎで、立派な仕事があり、犯罪歴はありません」

「子供のほうがあなたを養父にするんですか」ミズ・ハリスはいった。

ジョン・パーカーはうなずいた。「これまでに前例はありますか?」

ミズ・ハリスはゆっくり首を振った。「ないでしょうね。わたし自身は聞いたことがありません。次の理事会にかけてみましょう。これ、面白い発想かもしれません」

「今はいろいろと人の心を操作することができる時代です」ジョン・パーカーはいった。「知識を植えつけたりとかね。それなら過去に体験したことの記憶を消すこともできるはずです。まっさらにしたら、自分と暮らしているのが本当の家族ではないことも忘れてしまう」彼は身を乗り出した。「正直にいって、ハリスさん、実はもうだいぶ前からそういうことをやってるんじゃありませんか?」

やめさせる暇もないほど素早く、ミズ・ハリスの手は並んだボタンの一つに叩きつけられた。ジョン・パーカーは立ち上がり、オーバーコートを取って、外に出た。誰も彼を止めようとしなかった。

六十七階で降りると、ドアを数えながら通路を進んだ。卑猥な古い落書きは、新しい紫色の落書きで一部が上書きされている。彼はそこをノックした。

返事はなかった。

もう一度、今度はもっと大きな音でノックした。それでも返事はなく、次には握りこぶしでドアを叩き、最後には足で蹴りはじめた。十三回目、いや、たぶん十五回目に蹴りを入れたとき、木が砕けて一挙にドアが開いた。

見知らぬ居間はひんやりしていた。外の通路ほど寒くはないが、彼が使っている居間ほど暖かくはない。以前はごく普通の居間だったのだろう——椅子が二脚、ソファがひとつ、テレビがあって、側卓がある。だが今では(ジョン・パーカーの顔に笑みが浮かんだ)人がそこで寝起きしているのがうかがえた。ソファの一方の端には乱雑に丸められた毛布が放置され、側卓には水が半分残ったコップが置いてあって、床にはくしゃくしゃになったアルミホイルが転がっている。彼は思った。もしおれが腕のいい探偵なら、この部屋に人がいたのは何日前か推理することができるかもしれない——だが、探偵などはもう存在しない。代わりに、いつでも警察がしゃしゃりでてくる……。

テレビの裏側は少し暖かい。だが、勘違いかもしれない。

キッチンでは、汚れた皿と、べとべとのカップやグラスが流しに山積みになっていた。合成コーヒーがぎっしり詰まった缶がひとつある。放射線照射処理済みの食料が三パック、封を切っていないまま、飾り棚のひとつに入っていた。中身は、ハムとライ豆、レバーとたまねぎ、牛タンのスモークとポテトグラタン。「子供か」声をひそめ、ジョン・パーカーはいった。そしてまた居間に入った。「出てきなさい。ここにいるのはわかっている」実をいうと、断言できる自信はなかった。

寝室は一間しかない。この子はなぜそこで寝ないのだろう、と思った。ドアを開けると、玄関ホールのドアを開けたようなものだった。いや、もっとひどい。凍えるような風が襲いかかってきた。中に踏み込んだが、通路に通じるもう一つのドアが見えるように、ドアは開けたままにしておいた。

死んだ女がベッドに横たわっていた。顔は剝き出しで、両目が開いている。ジョン・パーカーはシーツをめくった。寝間着だけを身につけていて、血は見当たらず、首に痣もなかった。彼は空っぽの錠剤の壜を鏡台の引き出しに放り込み、押し込んで閉めてから、女の顔をシーツで覆った。じかに触らなくてすんだことに、なんとなくほっとした。

居間に戻り、寝室のドアを閉めた。バスルームのドアに鍵がかかっているのに気がついて、バスルームのことをまず最初に考えるべきだったのだ、と思った。「出てきなさい」彼はいった。「無駄だよ。こっちは錠を壊して入ればいいだけだ」彼はテレビをつけ、ソファにすわった。

二十分たったとき、ドアノブの回る音が聞こえた。そちらのほうを見向きもせず、彼はいった。「そう、それでいいんだ。きみを傷つけたりはしない。むしろ、助けたいと思っている。食べ物はもうほとんどないんだよね」

男の子だった。マリアンと同じくらい小さく、髪の毛も黒い。「なんでわかったの?」男の子はいった。

「きみのことが、かい? 人がいるのはわかっていたんだ。玄関の夜間錠がかかっていたからね――ドアの隙間から見えたよ。あれは内側からでないとかけられない。大人がいるのなら、ぼくがドアを叩いたときに返事をしただろうし、そもそも蹴破ろうとしたら助けを呼ぶはずだ。それに、きみが飲んだり食べたりしたものも目についた。最初は清涼飲料水もあったんだろうが、もうなくなって、水ばかり飲んでいたんだよね。コーヒーには口をつけなかったし、残した食べ物はうちの子供たちも嫌いな――」ジョン・パーカーは最後までいえず、口をつぐんだ。「まあ、これで逮捕されなかったのは、われながら運がよかったんだろうな。どうしてここにきたのか、自分でもわからない。ただ、前に一度きたことがあるんだ。ここで何かを見つけたような気がして……いや、根拠はないんだけどね。人には前いた場所に舞い戻る習性が……」

「おじさん、何したいの？」

「わからない」ジョン・パーカーはゆっくり答えた。

「おまわりさんじゃないの？」

ジョン・パーカーは首を振った。「ぼくは建築技師だ。きみはなぜ警察に行ったり、人に助けを求めたりしなかった？　どうしてここに残って、エレベーターで遊んでいた？　学校の先生にいったら、社会福祉機関にでも連絡してもらえただろうに」

「そんなことしたら、ここにいられなくなる」少年はいった。「出たくなかったんだ」

「それで窓を開けて、寝室のドアを閉め切ったのか。何日前だ？」

「わからない」

少年は声を上げて泣きはじめた。しゃくり上げるたびに痙攣するように体が震え、少年がまだひどく幼いことにジョン・パーカーは初めて気がついた。彼はその子を抱き上げた。部屋はまだ寒かったので、彼はオーバーの前を開き、子供をくるみ、わが身をくるんだ。「まだ三週間たってないだろう。こんなに寒くなったのが、だいたいそのくらい前からだ。きみの名前は？」

「ミッチ」また何度かしゃくり上げる。「どうしてママ死んじゃったの？」

「心臓発作だろうね。食べ物が悪い、空気も悪い。若くても人は死ぬんだよ、ミッチ。ママはもういないんだ。そのことをしっかり胸に刻んでおきなさい。きみのママが何に苦しんでいたとしても、その何かはもうママを苦しめることはできない。きみは、ゲームをやっていて、途中で負けると思ったことはないかい？」

　興味を惹かれたのか、ミッチは顔を上げてうなずいた。

「じゃあ、わかるね。相手の子がきみを負かしたら、ゲームは終わり。もう帰っていい。死ぬのもそれと一緒だ。きみのママは帰っていった。やっていたことをもうおしまいにしてね」

「ぼくのパパのこと知ってる？」

「知ってるかもしれない」ジョン・パーカーはいった。「きみのお父さんはなんていう人？」

「名前は知らない。でも、ここに、この建物に住んでる」

「このぼくがそうだと思うか」

　ミッチは首を振った。「違うと思う。一回だけ、ママに会わせてもらったことがある」

「だからきみはここに残ったのか。お父さんを捜してるんだね」

「誰がぼくのパパか知ってる？」

「いや」と、ジョン・パーカーはいった。「でも、どんな人かはわかる。ミッチ、きみはわかるか？」

「わかんない」少年は小さくいった。

　ジョン・パーカーは少年をすわらせてから、部屋の中を歩きはじめた。「お父さんは、きみのような人だ。きみのような人だからこそ、きみのお父さんといえる。うちの子供たちを例に取ろうか。ぼくに子供がいれば、その子は多かれ少なかれぼくに似ている——論理学でいう恒真式《トートロジー》だ。もしもきみがクレージーなら、きみの子供にもクレージーなところがある。しかも、その加減は、多かれ少なかれきみと共通している。だからこそ、その子はきみの子といえる」足が当たって、茶封筒がひとつ、床の向こうに飛んでいった。彼はそれを取り、封を裂いた。〈これが最後の警告です。もしもお支払いがない場合……〉「立ち退き命令か」ジョン・パーカーはいった。「これはいつ届いた？」

「わかんない」

「今日か？」

ミッチは首を振った。

「きのうか？」

「そうかも」ミッチは肩をすくめた。

「このあと続けて二、三通きたか、それともこれっきりか。いや、とっくに届いて、ほったらかしになっていることもある。きみのお母さん、便箋の買い置きはしていたか？」

ミッチは狭いキッチンに入り、安物の白いレター・セットを引き出しから取り出した。「封筒はひとつだけでいい」ジョン・パーカーはいった。そして、公共住宅機関の所番地を書き、小切手入れにはさんで持ち歩いている切手を貼って、督促状を中に入れた。

「払ってくれるの？」

「きみのお母さんは四か月ほど家賃を滞納していたはずだ」ジョン・パーカーはいった。「払おうにも、ぼくには余裕がない。でも、こうすれば当座はしのげる」彼は小切手を一枚ちぎり、自分の名前とローザンの名前を×で消して、口座番号に線を引き、出鱈目な数字を書いた。督促状にあった金額の小切手にして、ロバート・ロバーツ゠パーカーと署名したあと、こう説明した。「こんなふうにしてあっても銀行のコンピュータはぼくの本当の口座番号を読み取るだろう――磁気インクで印刷されてるからね。ぼくが小切手を送ったら、先方は口座の信用調査をするため、ロバートを捜しはじめる。

だが、見つけるのはなかなか難しい。ロバートにはそもそも口座がないし、電話帳にも載っていない。運がよければ、ぼくが書き換えた口座番号にもしばらく引っかかってくれるだろう」

ミッチは何もわからずじっと彼を見つめていた。

「そのうち、小切手は無効ということになって、また督促状が届く。それまでに新しい進展があるかもしれないし、なければないで、また別のゲームを考えればいい」ジョン・パーカーは小切手を封筒に入れ、封筒の折り返しを舐めた。「これは素晴らしい原則だ――冒険の原則、いや、遊びの原則と呼んでもいい。ロバート――というのは、今、きみの家賃を払った若者だが、ロバートはぼくの迷路を解こうとして、できなかった。塔には子供がのぼれる、池はばしゃばしゃ歩いてわたれる、と教えてやったのにね。そう、池をわたって、塔にのぼればよかったんだよ。目の前にヒントがぶら下がっているのに、ロバートはそこに障害しか見なかった。いつかきみにもその迷路を見せてやろう。きみは遊ぶのが好きかい、ミッチ？」

少年はうなずいた。

「ぼくもだよ」ジョン・パーカーは部屋を横切って窓辺に近づき、ガラスの向こうの黒い空を見つめた。「あれは石炭の煙だ。十九世紀のテクノロジーが二十一世紀に持ち込まれて、懸命に仕事をしている。人は太陽系を征服して、太陽エネルギーを活用することもできたんだ。それがこの有様だ。こんなことになったのは、遊びがなかったからだよ。ひいお祖父ちゃんの世代にはそれがあった。遊びがうまく機能することを知っていた。『トム・スウィフトとなんでも蒸気機関』。昔、流行《はや》ったトム・スウィフト物は、だいたいみんな読んでるんだよ、ミッチ。きみがもう少し大きくなったら、読ませてあげよう。石炭は雪だるまのボタンにするとかっこいいんだがね」

「ぼくのパパ、これから捜しに行くの？」

「ドアを直したらね」ジョン・パーカーはいった。キッチンにエポキシ樹脂の接着剤があったので、砕けたノブの軸受けのまわりに木材を貼りつけた。「三時間か四時間で固まる」と、彼は少年にいった。「その前に誰かがドアを押しさえしなければ、この部屋は大丈夫だ。今夜、きみのママをなんとかしよう。しかるべき人が見つけてくれて、ちゃんとした処理をしてくれるような場所に運ぶんだ」

エレベーターで、彼は少年の肩をつかんだ。「ぼくたちのどこがいけなかったのか、わかってるかい、ミッチ。大真面目に捜そうとしたのがいけなかったんだ——ぼくは自分の子供を、きみはお父さんを。真面目に捜そうとすると、小さなものしか見つからない。ぼくたちが求めているのは小さなものじゃない。二人とも楽しまなきゃいけなかったんだ。そうすると、二人揃って捜しものが見つかるかもしれない。温水プールがあるところをぼくは知っている。泳ぎに行こうじゃないか」

エレベーターが一揺れして停まった。玄関ホールでは若い男が三人待っていた。一人はタイヤ外しの鉄棒を手にし、もう一人は二重にしたチェーンを持っていた。ジョン・パーカーはオーバーのポケットに手を突っこんだ。「この銃からは高エネルギーのガンマ線が発射される」彼は無表情にいった。「撃たれても何も感じないが、六週間以内に白血病を発症して、そのあとまた六週間で死ぬ」

三人がひるむと、彼はもう一方の手でマッチ箱を振り開けた。「これから星間パトロール隊を呼んで、後始末をしてもらう」と、彼は宣言した。

何も危害を加えられることなく外に出ると、ジョン・パーカーはミッチにいった。「ほら、きみも学んだだろう——肝心なのは、クレージーになることだ。クレージーな人間には誰も手出しはしない」彼は言葉を切った。「早い話が、最後に勝つのはクレージーな人間だということかもしれないね。

泳ぎに行ってかまわないか？　水泳は好き？」

ミッチはうなずいた。目が輝いていた。

ジョン・パーカーはマッチ箱を口もとにあてがった。「ここ地上はトラブル続き」彼は声をひそめた。「ただし、今のところビーム転送には及ばず」ついさっきまで放射線銃だった手が、タクシーを呼び止めようとしていた。

労働者の日

フォーレセン

宮脇孝雄訳

Forlesen

エマニュエル・フォーレセンが目を覚ましたとき、妻はもう起きて朝食の支度をしていた。フォーレセンは何も憶えていなかった。知っているのは自分の名前だけで、すぐには妻のことも思い出せなかったし、この女が本当に自分の妻かどうか、はたして人間かどうか、いや、人間がどんな姿をしているかさえわからなかった。

目が覚めたとき、知っていたのは自分の名前だけだった。ほかはみんなあとからわかったことだ。それゆえに疑わしく、この女の、そしてほかの人々の、自分中心の正当化や思惑によって色がついている可能性があった。彼がうめくと、妻はいった。「あら、お目覚め。オリエンテーションを読んだほうがいいわよ」

彼はいった。「なんのオリエンテーションだ」

「あなた、憶えてないでしょ。自分がどんなところで働いているか。何をしないといけないか」

彼はいった。「何一つ憶えていない」

「ほらね。オリエンテーションをお読みなさい」

ギンガムの掛布をわきに押しやり、ベッドから出ると、自分の体を見て、まず最初に、異様に変形した手が脚の先についているのに気がついた。次いで、その名前を思い出した。靴だ。彼は裸だった。妻は礼儀正しく背を向けて食事の支度をしていた。「いったい、ここはどこだ？」

「わたしたちのお家よ」妻は所番地を口にした。「そのお家の寝室」

「寝室で料理をするのか？」

「ええ、そうよ」妻はいった。「キッチンがないんだもの。あるのは居間と、子供たちの寝室と、この部屋と、バスルームだけ。電気式のフライパンと、卓上用の電気オーブンがあって、ほら、ここにコーヒー・ポットがある。だから、心配ご無用」

自信に満ちた妻の声に、元気づけられた。彼はいった。「たぶんここは寝室が一つしかない家だったんだ。キッチンを潰して、子供が寝る部屋にしたんだね」

「ひょっとしたら、ここは古い家で、水回りが屋内配管になったとき、キッチンをバスルームにしたのかもしれないわよ」

彼は服を着ようとしていた。妻が服を着ているのに気がついたからだ。妻には大きすぎる服が、ベッドのそばの椅子に積み上げてあった。「きみは知らないのか？」

「オリエンテーションに載ってなかったもの」

最初はその言葉が理解できなかった。彼は繰り返した。「きみは知らないのか？」

「だからいったでしょ、載ってなかったって。家の間取り図があっただけよ。この部屋と、子供たちの部屋と、居間と、バスルーム。間取り図には、あそこのドアが」――彼女はフライ返しでそちらを示した――「バスルームだと書いてあったけど、間違いなかったわ。さっきコーヒーをいれる水を汲んできたの。わたしはここにいて家の用事をして、あなたは外へ仕事に行く。そう書いてあったわ。あなたのすることも書いてあったけど、そこは飛ばして、自分のすることに目を通したの」

「きみも起きたときには何も知らなかったんだね」

「ええ、自分の名前だけ」

「きみの名前は？」

「エドナ・フォーレセン。あなたの妻——だそうよ」

彼は、妻が調理道具を並べた小さなテーブルの向こう側に行き、相手の顔をもっとよく見ようとした。「きみ、ちょっと可愛いね」彼はいった。

「あなたは、ちょっとハンサムよ」妻はいった。「というより、しっかりしていて、強そうに見えるわ」それを聞いて、化粧台の上の鏡に近づき、顔を映してみた。自分がどんなふうに見えるかは知らなかったが、鏡の中の男は彼ではなかった。そこに映っている男は、彼が考える自分よりも年をとっていて、太っていて、さもしげで、陰険そうで、馬鹿っぽかった。手を上げ（鏡の中の男も同じようにした）、目、鼻、口に触ってみたが、どれもがしかるべき形をしていた。彼は顔をそむけた。「この鏡、駄目だ」彼はいった。

「自分の姿が映らないの？　だったら、あなた、吸血鬼よ」

彼は笑った。妻の冗談がおもしろくなかったとき、自分はいつもこんなふうに笑っているのだ、と思うことにした。妻が「コーヒー、飲む？」といったので、彼は椅子にすわった。

妻は彼の前にカップを置き、本を積み上げた。「これがオリエンテーションの本」妻はいった。「読んどかないとね——あまり時間がないんだから」

本の上には謄写版刷りの印刷物が一枚あり、彼はまずそれを手に取った。そこには次のように書いてあった。

惑星〈惑星〉へようこそ。

きみはいっさい予断のない状態で目を覚ました。うろたえないでくれ。これは普通のことだ。いかなる場合においても、きみは高ぶったり、途方に暮れたり、怒ったり、恐れたりしてはいけない。そういうことのできる力がきみに備わっていることはわかっているが、すれば無能と見なされる。目覚めたときに何か憶えているとしても、その記憶は偽物だ。きみに支給されたオリエンテーションの本（複数ある）には計り知れない価値がある。可及的速やかに習得すべし。ただし、仕事に遅刻は許されない。もしもきみのいる場所にオリエンテーションの本がなければ、（通りから見て）右隣の家に行くこと。左隣の家に行ってはいけない。

もし本を見つけることができなければ、ほかの者を見て、同じように生活すること。

この紙の下の白い紙はきみの仕事の割り当て表だ。黄色い紙にはよく使われる長さや主さや体積などの単位を表にしてある。その二枚を最初に読むこと。こちらのほうが本よりも大事だ。

「卵をお食べなさい」妻がいった。一口、味見をした。悪くはないが、少し油っぽい。揚げ油に潤滑油が入り込んだような感じだった。「仕事の割り当て表」には――

フォーロセン、E。

――と書いてあった。

（彼は妻にいった。「名前に間違いがある」）

フォーロセン、E。きみは、ハイランド工業団地、プラント・パークウェイ、一九〇〇〇三七〇番のモデル・パターン・プロダクツ社に勤めている。監督業務と管理が仕事だ。出社したときには管理職用の勤怠管理時計（ベージュ色）を押すこと。労働者用（茶色）を押してはいけない。労働組合がとてもうるさい。再建高等研究セクションに向かうこと。時間どおりに着くには〇六〇：三〇：〇〇に家を出るべし。

黄色い紙は判読できなかった。読めたのは表題と最初の一行だけ。〈一日は二百四十待間《じかん》である〉

「今、何待だ？」彼は妻に訊いた。

妻は腕時計を見た。「〇六〇待よ。腕時計、もらってない？」

自分の手首を見ると――もちろん、何もなかった。エドナに手伝ってもらってしばらく探したが、どうも最初から支給されていないようだった。結局、妻のを借りた。ないと困るのは、わたしよりあなたのほうでしょ、と彼女はいった。女性用の腕時計にしては大きい、と思ったが、男物にしては小さすぎた。「試しに使ってみて」そういわれて、従順に小さなスクリーンを眺めた。〈今は――〉という金属製の文字が上の部分にあって、その下で〈〇六〇：〇七：四三〉という数字が明滅し、見ているあいだにも変化していった。彼はコーヒーを一口飲み、それもまた油っぽい味がするのに気がついた。

積み上げられた本の一番上にあったのは、本というより小冊子だった。縦はだいたい七インチ、横は四インチほど。ホチキスで中綴じにしてあった。少し厚めの青い表紙に、黒い活字で、「自動車運転法」という題名が印刷されていた。

自動車が贈り物だということを忘れないように。あなたに帰属するものであり、そのふるまい（あなたが運転するときも、他人が運転するときも、あるいは誰も運転していないときも）や保守（十五ページ参照）についての責任はすべてあなたが負っているが、次のことはしてはいけない。

①車体を汚すこと。
②エンジンの動作やその他の部品の動作に干渉すること。
③改造を加えて作動時の雑音を減らしたり増やしたりしないこと。
④毎待四十マイル以上の速度で走行すること。
⑤ヒッチハイカーを乗せること。
⑥ハイウェイ・パトロールの駐在所以外の場所でヒッチハイカーを降ろすこと。
⑦体調不良（公認の医療委員会が判断する）のときに運転すること。
⑧あなたやあなたの車、その他が人を傷つけたとき、車を止めて医療補助行為をするのを怠ること（第三者がすでにそれを行っている場合を除く）。
⑨いかなるとき、いかなる場所においても、また、いかなる理由があっても、所定の停車場所でないところに車を駐めること。
⑩ほかの運転者に手を振ったり叫んだりすること。
⑪他の運転者のプライバシーを侵害すること——つまり、他の運転者や同乗者を見たり、見たと

いいふらしたりすること。
⑫返却要求があったとき、それに従わないこと。
⑬不適切な目的地に向かうこと。

彼はページをめくった。新しいページには自動車の操作パネルの図解が乗っていた。フロント・ガラス、ハンドル、アクセル、ブレーキ、逆進スイッチ、コミュニケーター、飲料ディスペンサー、溲瓶、浄化器、地図入れなどの場所がわかった。うちに車はあるか、とエドナに尋ねると、あると思う、たぶん外よ、と返事があった。

「あのな」と、彼はいった。「今、気がついたんだが、ここには窓があるな」

エドナはいった。「すぐ立ち上がったりして、落ち着かない人ね。食事を済ませなさい」

それを聞き流して、彼はカーテンを開けた。彼女がいった。「窓がある壁が二面、ないのが二面よ。わたしは窓から外を見たことはないわ」外に目をやると、コンクリートに日が射していた。そこに、小さな黄色の車、どこか猫背のような印象を与える車があった。家も一軒ある。

「そう、たしかに車がある」彼はいった。「窓のすぐ下に駐めてある」

「さっさと食べて、仕事に行きなさいな」

「ほかの窓も覗いてみたい」

さっきの窓が、見かけどおり家の側面にあるとしたら、もう一つの窓は、正面か背面にあるはずだ。カーテンを開けると、狭い、息が詰まりそうな、煉瓦敷きの中庭があった。煉瓦の床に、素焼きの植木鉢に入った枯れ木が三本置いてあり、ほんの十五ヤードほど先の中庭の奥は、別の家の壁にふさがれていた。その壁には広い間隔で窓が二つ並び、どちらもカーテンが閉まっていたが、彼が視線を投げると（外を覗いたのはほんの一瞬だけだったが）、こちらに近いほうの窓で一人の男がカーテンを開け、彼を見た。フォーレセンは後ずさりし、エドナにいった。「男が見えた。怖がっているようだった。禿げた男で、顔は横幅が広くて、太って顔の肉がたるんでいて、前歯の一本が金歯で、片方の眉の上にほくろが一つあった」彼はまた鏡に近づき、自分の顔をしげしげと見た。

「あなたの顔、そんなんじゃないわよ」と、妻はいった。

「そう、たしかに違う――そこのところが気になるんだ。最初はそう思ったよ――あれはおれの顔だ、たぶん年をとったときの顔だ、とね。今でもだいぶ髪が抜けているし、このままみんな抜けてしまうかもしれない。いや、たぶんそうなるだろう。前歯が一本欠けて、金歯になるかもしれないし――」

「ほくろというのは、実はほくろじゃなかったのかもしれないわ」エドナはいった。「ただぽつんと汚れがついていただけかもね」

「そりゃそうだが」彼はまた椅子にすわり、話しながら卵を一口分、フォークで突き崩した。「でもね、こうも思うんだ。今はなくても、いつかほくろができるかもしれないし、体重も増えるかもしれない。でも、あれはぼくじゃなかった。いくつになっても、あんな顔になることはない」

「じゃあ、どうして自分だと思うの？」

「そんな気がしただけなんだ」

「あの赤い本、読んでたわね」エドナの声は非難めいて聞こえた。

「いや、見てもいないよ」興味を覚え、彼は茶色の小冊子と紫の小冊子をわきに置くと、本の山の中から赤い表紙の本を抜き出して、じっと見た。革張りで、細い線で描かれた模様が空押《からお》ししてあった。

窓から射し込む明かりにかざしてみると、その複雑な模様の中から、翼のある生き物を取り囲んだ男たちの姿が浮かび上がってきた。「これはなんだ?」彼はいった。

「どうすれば善を積むことができるか、いかに生きるべきか——そんなことを教えてくれるんだそうよ」

ぱらぱらめくってわかったのだが、本の左側——各ページの裏に当たる部分——には、赤い字でわけのわからない言葉が書かれていた。右側には黒い字が書いてあったが、レイアウトから判断すると、左のページの翻訳であるようだった。


死と死者の真の姿を数え上げれば、十二に及ぶ。第一に新しき神になり、そのために新しい宇宙が誕生する者。第二に賞賛する者。第三に終わりなき悪との戦争で兵士として戦う者。第四に花園と甘き川の流れのほとりで運動にいそしむ者。第五に至福の園に居を構え、さもなくば拷問される者。第六に生ある者のごとくながらえる者。第七に宇宙の紡ぎ車を回す者。第八にみずからの墓に母の子宮を見出し、永遠《とわ》に一つの生活環を巡る者。第九に亡霊。第十に孫の代に男として生まれ変わる者。第十一に獣か樹木として還ってくる者。そして最後に眠る者。


「これ、見ろよ」彼はいった。「絶対、間違ってる」

「急いでちょうだいよ。遅刻するわよ」

彼は、もらった時計を見た。〇六〇:二六:一三とある。彼はいった。「まだ間に合うよ。とにかく、これを見てくれ——黒字は赤字と同じことが書いてあるはずなんだが、ほら、こんなに違うだろう。『そして最後に眠る者』の向かい側には一段落分の文章が並んでいる。『花園と甘き川の流れのほとりで……』に当たる原文はたったの二単語だ」

「コーヒーのお代わりはどう?」

彼は首を振り、赤い本を置いて、別の本を手に取った。書名は『家庭内調理法』。「それ、わたしが読む本よ」妻がいった。「あなた興味ないでしょう」

目次
はじめに――一日三食
朝食の調理
昼食の調理
夕食の調理
主婦のためのお役立ちヒント集

その本も下に置いたが、安手のビニール装だったので、裏表紙が開き、最後のページが見えた。〈お役立ちヒント集〉の一番下に、「くれぐれも忘れないように。旦那が出かけないと、あなたもお子さんも飢えてしまいます」とある。彼はそっと閉じ、砂糖壺を上に載せた。

「もう出かけてくれないかしら」妻はいった。

彼は立ち上がった。「行こうと思っていたころだよ。どうやって出ればいい?」

彼女はドアの一つを指さした。「あそこが居間。あのドアをくぐったら、もう一つドアがあって、外に出られるわ」

「車は」と、フォーレセンはほとんど独り言のようにいった。「あそこを曲がった窓の下、と」青表紙の「自動車運転法」の小冊子を、ポケットのひとつに忍ばせた。

居間は寝室よりも狭かったが、ベッドやテーブルのような大型の家具がなかったので、がらんとしていた。一方の壁際にはすわり心地の悪そうなソファがあり、部屋の隅の二か所には、がに股のように脚の曲がった椅子が置いてある。あとは、傘立てがひとつと、ほこりをかぶった鉢植えの椰子の木がひとつ。床には模様のついた黒っぽい色の絨毯が敷いてあり、壁紙は花柄だった。四歩進むと、奥までたどりついた。さっきのよりも大きく分厚いドアを開け、外に出た。そして、閉めた瞬間、背後で差し錠がかちりとかかり、予想していたことだったが、自分が締め出されたことを知った。

彼が生まれたらしい家は、アスファルト舗装の狭い通りにあった。縁石と家のあいだは、幅がわずか二フィートしかないコンクリートの歩道で隔てられている。ポーチはなく、戸口と歩道は同じ高さ、その歩道にはだいたい六フィートおきに型抜きの文字が並び、〈右へ行け――左に行くな〉と書いてあった。しかも、左に行った場合には上下逆さまに見えるような位置にあった。そちらには向かわず、フォーレセンは自分の家の角を曲がると、黄色い車に乗り込んだ――計器盤は青表紙の本に出ていたのとは少し違っていた。一瞬、車の右側のウィンドを巻きおろし、家の窓を叩こうかと思ったが、そんなことをしてもエドナは顔を出してくれないはずだった。代わりに、逆進スイッチを押したが、その前に車を起動させる操作をしなくてもよかったのだろうか、と気になった。車はすぐにゆっくりとバックしはじめた。ハンドルをつかってそれを操りながら、首を伸ばして肩越しにうしろを見た。

狭い通りには誰もいないようだった。〈前進〉に切り替え、アクセルに片足を載せた。車はじりじりと前進し、アクセルを床まで踏み込んでもいっこうにスピードは出なかった。通りには、さっきまで彼がいたのとそっくりな小さな煉瓦造りの家が並んでいる。カーテンは引かれ、彼の車とよく似ていて、色だけはまちまちなのが、それぞれの家のわきに駐まっていた。アスファルトに突き刺した金属柱に標識がついていて、一本が見えなくなると次のが見えてくる絶妙な間隔を置いて何本も連なっていた。標識は菱形、オレンジ色の地に黒い文字が書いてあった。どれも同じで、〈見えない自動車に注意〉とある。

そのとき、コミュニケーターがいった。「目的地への行き方を知らなければ、ボタンを押して質問してください」

彼はボタンを押していった。「モデル・パターン・プロダクツというところに行きたいんだが」

「わかりました。あなたの目的地は、ハイランド工業団地のプラント・パークウェイ一九〇〇三七〇番です。次のライトを右に曲がってください」

この文脈でライトというのは何を指すか、尋ねようと思ったとき、交差点に近づいていることに気がついて、その上に浮かんでいる、天井灯のような、ただし天井は見当たらない、点滅灯が目に入った。めまぐるしい速さで点滅していて、たぶん四分の一秒間隔で赤と緑の光を放っていた。彼は右に曲がった。色が素早く変わるので、車がぎくしゃく動いているような感覚があったが、それに反してタイヤは一定の同じ低い音をたてつづけている。光がちかちかするので、吐きそうになり、一瞬、目をつむった。そのとき、車の先が持ち上げられたような気がした。彼を乗せたまま、傾いている。目を開けると、さっき入ったばかりの新しい道路がせりあがっていた。前方では、その舗装路が宙に浮かぶリボンになって、薄い帯状に線を引きながら、空を突っ切っている。すでに彼は並木の梢より高いところにいた。家々の屋根――箱にタール紙で蓋をしているように見える――は眼下でどんどん小さくなっている。彼は、この箱のどれかに入って（どの箱かはわからない）、自分が食べる一人分の食事を用意したり、二人が寝たベッドを整えたりしているエドナのことを思った。理性は本能と関係があり、洞察は理性と関係があるが、その洞察力を発揮して、彼はこうも思った。このあと彼女はきっと何待間も、どんな日であろうと日がな一日、居間の窓から誰もいない外の通りをながめて過ごすのだろう。憐れむと同時に、うらやましくも思い、彼は車を止め、漠然と考えた。うちに引き返し、別の予定をたてようか。このあとあの家で一緒に過ごしてもいいし、これから行けといわれているところに連れて行ってもいい。「モデル・パターン・プロダクツか」と、彼はつぶやいた。いったいなんのことだろう？

それに答えるように、スピーカーから声がした。「どうして止まったのですか？　機械上の問題なら、お手伝いいたします」

「ちょっと待て。そんなこといわれても、よくわからん」彼は車を降り、道路の端の低い手すりに近づいて、下を覗いた。自分が今、立っているコンクリートと鉄の塊を、何かが支えているはずだ。それだけはたしかだったが、何も見えない。下には家と並木と狭いアスファルト道があるだけだった。上に目を戻したとき、日の光が顔に当たり、ふとあることを思いついた。急いで道路を横断し、反対側の手すりの下を覗いた。思ったとおり、そこには道路の影があった。まだ低い朝日を受けて、屋根や街路に長い影が落ちている。その影の下に、ほとんど間隔を置かず、もう一つの影があった。しかし、不規則な形をしたものに投影されているので、かなり歪んでおり、もともとは直線的な物体なのか、それとも最初からねじ曲がり、捩れ、変形したものが影の実体なのか、彼には判断がつかなかった。

それを仔細にながめていると、タイヤが道を行く低い音が聞こえてきて、自分が立っている空中道路に改めて注意を戻した。車が一台、近づいてくる。金属的な光沢を帯びているものの、感じのいい青い色をした車が、スピードを上げつつこちらに向かってくるのだ。乗り物のスピードを判断するのには馴れていなかったので、道路を横断し、自分の車に戻る時間があるかどうか、一瞬、迷った。戻ろうとしたら轢かれる、ここに立ったままでいると、相手の車が横にぶれたとき、手すりとその車との間にはさまれるかもしれない。どちらにしても、恐ろしい。そのあと、気がついた。青い車は近づきながらスピードを落としている――いわばその車は彼を目指しているのだ。見ると、ドアには幻想的な模様が描かれていて、神話の動物と、植物と、どう見ても抽象的な何かの表象とを混ぜ合わせた図柄だった。

青い車には男が一人乗っていた。フォーレセンが見ていると、男は座席の反対側に身を乗り出し、窓を巻きおろした。「おい、若造、車の外で何をしてるんだ」

「下を見てたんだ」フォーレセンはいって、断崖めいた手すりの下を身振りで示した。「この道路がどうやって宙に浮かんでいるか知りたくてね」

「車に戻れ」

フォーレセンはその言葉に従おうとしたが、そのとき視界の遠い隅に何かの動きをとらえた。そこはついさっきまで見ていた下の地面の一点だったが、(視界には慣性が働くのか)今でもその一点にある程度まで目が惹きつけられていた。体の向きを変え、よく見ようとすると、青い車の男が繰り返した。「車に戻るんだ、若造」そして、こう続けた。「いうことを聞け。戻ったほうがいい」

「こっちにきてくれ」フォーレセンはいった。「これを見ろよ」車のドアの開く音がしたので、男がおりてきて、こちらにやってくるのだろうと思った。そのとき、何かを感じた――後ずさりしたとき、たまたま自転車のハンドルに背中が当たったような感じだった――何かが、ベルトの上の背骨のあたりに当たっている。下の影に視線が釘付けになったまま、体をずらそうとしたが、その感触は追いかけてきた。振り返ると、思ったとおり、男は青い車からおりていた。ゆったりした筒袖の青いシャツを着て、シャツの真ん中からずれた位置に金属のバッジが留めてある。もうひとつ気がついたのは、ズボンをはいていないこと。性器はシャツの裾でうまい具合に隠されている。シャツの下からは五、六本のビニール管が出ていて、青い車につながっていた。何本かは麦わら色で、その他は黒ずんだ血の色。そして、男はピストルを構えていた。さっきから彼(フォーレセン)が背骨のあたりに感じていたのは、その銃口だった。「車に戻れ」青い車の男は三度《みたび》繰り返した。

フォーレセンはいった。「わかったよ」そして、いわれたとおりにした。気がつくと(自分でもきわめて意外なことに)恐怖は少しもなかった。

また自分の車の運転席に戻ったとき、青い車の男も自分の車に戻り、銃をダッシュボードの下にしまった(フォーレセンにはそう見えた)。「ほら、戻ったよ」フォーレセンはいった。「あそこで何が見えたか、話したら聞いてもらえるか?」

青い車の男はスピーカーに向かっていった。「こちら二〇四―一二―四三。被疑者は車に戻りました。繰り返します――被疑者は車に戻りました」

「この道路を支えている支柱か台柱みたいなもの――その中の一本が動いたんだ。とにかく、影は動いた。ちゃんと見たんだ」

青い車の男は小声で何かつぶやいた。

「倒れるのか?」フォーレセンは訊いた。「あんた、知らないか? ひびが入ってるんじゃないのか?」

彼の車のスピーカーから声が聞こえた。「無許可停車の報告あり。すみやかに目的地に向かうこと」青い車のスピーカーも男に何か話しているようだったが、話の内容は聞こえなかった。しばらくして(彼のほうのスピーカーは黙り込んだ)男の声が聞こえた。「わかりました、奥さん。通信終了」青い車の窓越しに、ピストルがまた彼のほうを向いた。今度は顔を狙っていた。男はいった。「早く出すんだ、若造。すぐに出さないと、撃つぞ」

フォーレセンはアクセルを踏んだ。車は前進をはじめた。最初はゆっくりだったが、徐々にスピードが出はじめて、人が走る速さよりだいぶ速くなったように思われた。フロントガラスの上部に取りつけてあるミラーに、あの青い車が映っていた。予想に反して、Uターンして追いかけてはこなかった。その代わり、少し間を置いてから、彼がのぼっている道路をそのまま下っていった。

この道がモデル・パターン・プロダクツとやらに通じるものだと思っていたが、しばらく走ると別の道路に出た。似かよった道ではあるものの、幅はずっと広いハイウェイだ。複数の車線があって、どれも同じ方角に走っている。追い越し車線に入れば下を覗きこむのを避けることができる。とりあえず、ほっとした。別に高所恐怖症ではなかったが、道路が曲がって自分が走っている側に支柱が見えるようになると、その長い影をつい覗きこんでいたのだ。

気が散ることもなくなったので、いつのまにか運転を楽しんでいた。とはいえ、ねじ曲がった支柱のことはずっと心の片隅に残っていた。それでもこの黄色い車の性能には心から満足した。白くうねる波のような道路の高みまで、力強さには欠けるものの確実な走りで駆けのぼったかと思うと、今度は下りはじめる。まるで鷹になったような気分――あるいは鳥のように空を駆けることができる途方もない車を運転しているような気分――あるいは赤い本の表紙に描かれていた翼のある生き物になったような気分だ。上空だけでなく、ハイウェイの右にも左にも広がる晴れた空のせいで、そんな幻想に誘われたのだろう。雪のように白い雲は、別のところにある、今、彼が走っているのと同じようなハイウェイが、そう見えているのかもしれない――それどころか、色のついた動く点もときおり見えるような気がした。彼が乗っているような車だ。ただ、はるか遠くにあって、水蒸気の平原や断崖を駆け巡っている。彼は浄化器と溲瓶を使い、緑色をした発泡性の飲み物をディスペンサーから注いだ。居心地のいい車で、人目を避けて引きこもるには最適だった。第二の肉体であり、自分だけの宮殿、自分だけの砦だった。半分に割った卵の殻に乗って澄み切った小川を下る鼠や、空洞の世界を包み込む彗星の支配者になった自分を想像した。

そんなふうにしばらく走っていると、ヒッチハイカーを見つけた。その男は道路の端に立っていたわけではない。もしもフォーレセンが歩行者を見かけるとしたら、そんな場所でだろう。ただ、そもそも人を見かけることを予想していたわけではない。男は高い隔壁の上でバランスを取っていた。反対側から車が入ってくる車線と、一番内側の車線とのあいだにある隔壁だ。まだかなり離れていたときから、フォーレセンは男の姿を見ることができた。その何分後かに男が立っている地点に到着した。

かなりの長身らしく、猫背ぎみで、滑稽な立場にあるにもかかわらず、身のこなしにはある種の威厳が備わっていた。手や腕はずっと動きつづけていた。バランスを取っているだけでなく、車が通りかかるたびに身振り手振りで乗せてくれと訴え、パントマイムで、車が止まるところ――あわててそれに近づくところ――ドアを開けて乗り込むところ――感謝するところを表現していた。

車がどの方角に行くかも気にしてないようだった。フォーレセンが見ていると、体の向きを変え、しばらくは反対側からやってくる車の注意を惹こうとしていたが、そのあと、そちらに行くと最初に選んだ方角ほど幸運には恵まれないかもしれないと気がついたように、もとの方角に向き直った。身につけているものは堅苦しいくらい古風で、昔はかなり上等な服だったかもしれないが、今では着古され、ほこりまみれになっている。フォーレセンがその案山子《かかし》男の前で車を止め、隣の座席に手招きしたとき、やっと乗せてもらえることになって驚いたのか、本当に乗っていいのか迷っているように見えた。行き交う車が二人のまわりで夏の嵐のようにうなりをあげ、渦巻いていた。

長い脚を高く折りたたみ、ダッシュボードの端を脛に押し当てているところは（と、フォーレセンは思った）まるでコオロギだ。それも、年をとったコオロギだ。身のこなしは軽いし、俊敏そうに見えるが、このヒッチハイカーは老人で、口の中の歯は歪んで汚れた老人の歯と、まっすぐで白い、義歯に違いない歯とが混じりあっているし、よく光る黒い目のまわりはしわだらけで、差し出された手は指が曲がり、皮膚が硬く盛り上がっていた。「わしの名前はエイブラハム・ビール」感じのいい笑顔に、醜い歯が覗く。

「エマニュエル・フォーレセンです」と、フォーレセンはいい、握手をして、また車を走らせはじめた。「どちらへ行くんですか、ビールさん」

「どこでもいい」ビールは首を伸ばし、車のうしろにある小さな窓を覗こうとしていた。「ほかの車にぶつけられなくてよかったな」彼はいった。「ひやりとしたよ」

「ぼくが止まったのは見えたはずですよ」フォーレセンはいった。「それに、車線は何本もあるし」

「半分は眠ってるんだよ。半分以上かもしれん。きみは目が覚めている。だからみんなもそうだと思っている。違うかね?」

「ほかの人だって車を運転してるでしょう。寝てたら道路から飛び出してしまいますよ」

ビールはよれよれになった山高帽のほこりを大きな手で払っていた。傷つきやすくてかわいい動物の赤ちゃん、うさぎの仔か鼻熊の小さいのを相手にするように、そっと叩いたり、撫でたりしている。

「わしだって、ちゃんと見ていた」彼はいった。「あの高いところからな。ほとんど誰もわしのことなど見ていなかった——どこか雲の世界にいたんだよ」

「ぼくはモデル・パターン・プロダクツに行くところです」フォーレセンはいった。

年をとったほうの男は首をふり、手入れが終わった帽子を一方の膝に載せた。「そこはもう試してみた」と、彼はいった。「何から何まで、わし向きではなかったな」そのあと、ほんの少しだけ声を落とし、恥じていながら、恥じてはいけないと思っているような声で続けた。「以前の仕事を首になったんだよ。それ以来、新しい口を探しつづけている」

「それはお気の毒に」気がつくとフォーレセンは、意外なことに、本当に気の毒だと思っていた。

「どんな仕事をしていたんです?」

「だいたいなんでもやったな。できないことはほとんどなかった。本来は弁護士だが、軍人になったこともあるし、西部で家畜の世話をしたこともあるし、材木を伐り出していたこともあるし、鉄道の釜焚きをしたこともある。刈り取り機の修理だってうまくできるぞ。そんなこと思ってるのは自分だけかもしれんがね」ビールはみすぼらしいチョッキのポケットから嗅ぎ煙草の入った丸いブリキの缶を取り出し、ひとつまみの茶色の葉を唇の上にあてがって、フォーレセンに缶を差し出した。

「波瀾万丈でしたね」手を振ってそれを断りながら、フォーレセンはいった。「農場の人かと思いましたよ。当ててみろといわれたら、そう答えたかもしれません」

「おや、農作業もやったことがあるんだよ。別に恥だとは思っておらん。わしは農場の生まれでね――十三人兄弟の長男だ。みんな仕事を手伝ったよ。土地さえあれば、また農業をやるんだが、きっとうまくいくと思う。実はこんなことがあったんだ。親父は自分の農場をわしに遺してくれた。ところがだな、農場がわしのものになるという手紙を受け取ったのと同じ日に――差出人は一緒に農場をやっていたアブナー・バンターという立派な人物で、子供のころはみんなでバンティ小父さんと呼んでいたものだが、わしが農場に住んでいなかったもんだから、親父の遺志で遺言執行人になっていたんだ――その同じ日に、もう一通の手紙が届いて、高速道路の建設予定地になりましたので、農場は政府が徴用いたします、ときた。もらったと思ったら、取りあげられた。手紙二通の封を切るあいだにな。そのとき、ぶらりと外に出て、葉巻を買ったのを憶えてるよ。仕事中だったんだが、そのときはもう働く気にはなれなかった」

「補償金は出たんでしょう?」フォーレセンは尋ねた。前を走っているサワー・ミルク色の車が迫っていた。話しながら車線を変更し、誰も走っていないところに入って、一気に追い抜いた。

「ああ、出たとも。同じ封筒に小切手が入ってたよ」ビールはいった。「植えてみたが、芽は出なかった」

フォーレセンは驚いて相手を見た。

「おいおい」老人は膝を叩いた。「気が触れたと思ってるのか?　投資したという意味だよ」

「そうでしたか。お金がなくなったのは残念でしたね」フォーレセンはいった。

「別になくしたわけじゃないが」ビールはあごの先を撫でた。「ただ、結果が出なかったんだな。まだ手放してないよ――毎年、利子が出る。証券会社に運用を任せてるんだ――しかし、何も残っていない」彼は指を鳴らした。「そうだ、こういえばわかるかな。うちの農場に、一本の木があった。リンゴの木だ――品種はマッキントッシュだったと思う。その木は枯れたわけじゃなかったが、冬がくるたびに、少しずつ死んでいった。最初に枝が一本、次にまた一本。しまいにはほとんど何も残っていなかった。親父はいつかまた生き返るといって、木を切ろうとはしなかった。しかし、わしが大きくなって、学校に通いはじめても、二度と実はつけなかったと思う。今でも憶えているが、わしが家を出た年、親父はエイヴリーのために小枝を一本切った――エイヴリーというのは兄弟の末っ子でな、いつもいたずらばっかりしてたもんだ。たとえば、親父の飼ってた紺鼠色の軍鶏《しゃも》を、シャンハイ種のでっかい雄鶏と同じ檻に入れたことがあった。軍鶏があんまり威張ってるもんだから、でっかい雄鶏に鼻っ柱をへし折ってもらおうと思った、というんだがね。ところが、軍鶏のほうが雄鶏をこてんぱんにやっつけちまった。どんな馬鹿だってわかることだ。軍鶏のやつは、毛をむしる前に、内臓《なか》抜きをしようと思ったわけだ。親父はかんかんになった――その雄鶏をかわいがっていたからね。ケーキのかけらを自分の手から食べさせていたくらいだ」

「リンゴの木はどうなったんです?」フォーレセンは尋ねた。

「あのとき、わしもそう思ったよ」と、ビールはいった。フォーレセンは話の続きを待ったが、それで終わりだった。何マイルも走ったあと(いや、何百マイルもだ、とフォーレセンは思った)、長い間隔を置いて、スピーカーから声が聞こえた。「〇六三:〇六五:〇八三待になりました」道路はゆるやかに下り、建物の屋根の高さまできた。どの建物も、屋根はノコギリの歯のようなぎざぎざの形で、ガラス窓がついていた。

フォーレセンはいった。「モデル・パターン・プロダクツは工業団地にあります――ハイランド工業団地です。そこに行ったら、働き口があるかもしれませんよ」

ビールはゆっくりうなずいた。「わしは何か自分の得意なことができるような仕事を捜している」一瞬、間を置いて、彼は続けた。「小切手の話、途中までだったな。これを見てくれ」彼はみすぼらしい上着に左手を突っ込んだ。そのときフォーレセンは、上着の両肘が擦り切れそうになっていて、生地を通して下のシャツが見えていることに気がついた。まるで本人が、少なくとも外見やあまり根源的ではない部分で、少し透明になりはじめているようだった。しばらくして、灰褐色の小さな通帳を取り出すと、片手の指だけで器用に開いたが、開くページを間違っていた。未使用の空白のページだった。それを、さあよく考えろ、とばかりにフォーレセンの前に差し出した。「ここにはこれしかない」彼はいった。「五セントだって引き出しちゃいないし、利子が入ったらたいがいはすぐここに振り込むことにしている。それなのに、残ったのはこれだ。この通帳の小さな数字が親父の農場だ」

フォーレセンはいった。「なるほど」

「わしはだまされたわけじゃない」と、ビールは続けた。「最初はけっこうな額をもらったもんだ。あれは大金だった。ところが、どんどん減っていって、最後にはほんのちょっとしか残らなかった。ちょっとばかりあったって、ないと同じだ。いいか、きみはまだ若い――多分、二ドルは一ドルの二倍だと思ってるだろう。たとえばだな、きみが一ドルもらって、誰かが二ドルもらったとする。その誰かはきみの二倍の金を手に入れたことになる。誰かが一ドルできみが二ドルでもいい」

「ええ、二倍だと思います」フォーレセンはいった。

「とりあえず正解だ。では、きみが——訊けば教えてもらえるかもしれんが、訊く気はないから、その見てくれと年格好から割り出して——五万ドルもらっているとする。ほかの誰かは五十万ドルもらっている。その誰かはきみの十倍の金をもらっているといえるか？」

「いえるでしょう」

「それが間違いだ。そいつはきみの五十倍、百倍——いや、二百倍もらっているのと同じだ。五十万ドル稼ぐ男がどんな態度を取るか、知らんとはいわせんぞ。きみなんぞは相手にされない。洟も引っかけてもらえないんだ」

フォーレセンは苦笑した。「五万かける十が五十万じゃないというんですか」

「じゃあ、こんなふうに考えてくれ。きみは一ドル持って買い物に行き、卵一ダースと豆の缶詰ひとつと、嗅ぎ煙草一回分を買う。もう一人の男は二ドル持って買い物に行き、卵二ダースと豆の缶詰ふたつと、嗅ぎ煙草二回分を買う——これはわかるな？　しかし、大金を持っている男は、きみやわしと違って、嗅ぎ煙草一回分につき十五セントずつ払うわけではない。その気になれば、箱買いができる。一度にたくさん買うと、小売店が卸値で買うのと同じくらい安くなる。まだあるぞ——金持ちなら買えるが、きみやわしには買えないものもたくさんある。分量を減らせば買えるというものでもない。わしらにはほんの少しだって買えないんだ。例をひとつ挙げてみようか。鉄道や炭鉱を持っている連中は、州議会を買うことができる。わかるな？　金で議会を買うんだよ。誰だって知ってることだ。その一方で、やつらと違う側には、何万、何十万もの人間がいる。その何十万人もの人間が、持っている金を出し合ったら、総額はやつらが持っている金よりずっと多くなる。だが、それでも議会は買えないんだ。そうだろう？」

「続けてください」フォーレセンはいった。

「それで証明したことにならないかね？　少しばかり蓄えがあったって、買うものによっては、購買力はゼロだ。ゼロじゃないというのなら、その少しばかりの蓄えを何十万人もが出し合ったら、みんなで州の王さまになれるはずだ。だが、現実には何もできない——十万かけるゼロはゼロだよ」不意にビールは横を向き、車の窓の外を見つめた。それでフォーレセンにもわかったが、二人で話をしているあいだに、道路は地上まで下りてきていた。それでも車線は多く、今では大きくて四角い建物がちらほら見える平坦な風景の中を走っている。建物はみんな図体がでかかったが、威厳や優雅さを装うつもりはまったくないらしく、どれもわざと醜悪な形《なり》をしているように見えた。波形トタンや石炭殻入りの軽量ブロックなど、一番安上がりな建材を使って建てられている。それぞれ丈の高い錆びた金網のフェンスで囲われ、向こう側にはアスファルト舗装か砂利敷きの不毛地帯があり（妙なたとえだということはフォーレセンにもわかっていたが）建物の中にいる防衛軍のために射界を提供しているように見えた。

「止めてくれ！」切羽詰まった様子でビールが叫んだ。「ここで止めてくれ」彼はフォーレセンの右腕をつかんだ。フォーレセンは一番外側の車線に車を寄せ、路肩にある轍のついた泥道に乗り入れた。

「ほら、あれを見ろ！」ビールはいって、大きな建物のあいだにある広い路地を指さした。

フォーレセンはそちらに目を向けた。「馬ですか。何頭かいますね」

「野生馬だ！　人間に馴らされたことはない。見ればわかる。こいつらを飼うときには、少し手伝ってもらわないと駄目だな」ビールは車のドアを開け、振り返ってフォーレセンの手を取った。「きみはわが友だ」彼はいった。「わしにできることがあれば、いつでもいってくれ」そのあと、彼はいなくなり、フォーレセンはしばらく車に残り、馬たちが連れていかれようとしている建物の上にある広告掲示板ほどの大きさの看板を見た。黒地に赤い三角があり、その中に犬の首が描いてある。説明文はいっさいなかった。

スピーカーから声が聞こえてきた。「途中で止まらないでください。あなたの勤め先、モデル・パターン・プロダクツへ行くには、まだ通路を一つと半分進まなければなりません」

フォーレセンはうなずき、妻がくれた腕時計を見た。〇六九：五〇だった。

「車を駐める場所は」と、スピーカーの声は続いた。「モデル・パターン・プロダクツの駐車場です。〈来客用〉と書かれたところや、あなたの名前ではない名前が書かれたところには、絶対に駐めないでください」

「ぼくが出社するのを、みんな知ってるのか？」フォーレセンは尋ね、ボタンを押した。

「あなた用の社員雇用ファイルがすでにできています」スピーカーはいった。「あとはあなたが名前を書けば手続きは完了です」

モデル・パターン・プロダクツの駐車場は高いフェンスに囲まれていたが、ゲートは開いていた。守衛か門番に声をかけられるかもしれないと思い、門口でいったん車を止めたフォーレセンは、蝶番がひどく錆びているのを見て、このゲートは一度も閉じられたことがないのではないかと思った。灰色の砂利が敷かれた地面は急な坂になっていたので、慎重な運転を強いられた。へたをすると、車輪止めと車輪止めのあいだで横滑りするかもしれない。駐めた車が斜面を転げ落ちるのを防ぐため、明るい橙色をしたコンクリートの車輪止めがいくつも用意されているのだ。ほとんどの車輪止めには名前が記されていたが、どれを見ても他人の名前か〈来客用〉だった。やがて何も字がないのが見つかったので（あまりいい場所だと思わなかったのは、付属する建物から突き出ている短い排気管が、ちょうど車を駐めるところに煙を吐きだしていたからだ）車を下りた。脚が痛かった。

車から三、四十フィート離れたとき、もうスピーカーの助言は聞けないのだ、と気がついた。人が何人かモデル・パターン・プロダクツの灰色をした金属の建物に向かって歩いていたが、遠く離れていたので、声をかけるにしても大声を出さなくてはいけないだろうし、どちらにしても呼び止められて相手が近づいてくるのを待てるような感じではなかった。彼は、みんなのあとに続いて小さなドアをくぐった。気がつくと、ほかには誰もいなかった。

入ったばかりのところに、タイム・レコーダーが二台置いてあった。指示書に書いてあったことを思い出しながら、まっさらなタイム・カードを棚から取り、一番上に自分の名前を書いてから、ベージュ色の機械に通し、レバーを押した。ゴングが鳴り響いた。カードを引き抜き、刻印された時刻を見た。〇六九：五六。まだ若そうな痩せた女、大きなメガネをかけた鼻の尖った女が、彼の肩越しに、うしろから覗きこんだ。「遅いですね」と、彼女はいった（ちょっと間を置いて、カードの上の部分に書かれた名前を読み取ろうとしているのがわかる）。「フォーレセンさん」

彼はいった。「あいにく始業時間を知らないもので」

女はいった。「〇七〇待ちょうどですよ、フォーレセンさん。〇七〇待ちょうどにはじまって、あなたの分課では一〇〇待から一〇一待までコーヒー・タイム。昼食は一二〇から一四一まで。午後の一五〇から一五一までは、また分課のコーヒー・タイム。終業は一七〇待で、そのときには笛が鳴ります」

「じゃあ、ぼくは遅刻じゃないんだ」フォーレセンはいって、相手にカードを見せた。

「最低でも二〇分前には全員が揃っているように、とフリック氏はおっしゃっています。管理経営部門の社員は特に気をつけてください。本物のモーレッツ社員は――と、そんな人たちをフリック氏はお呼びになっていますが――本物のモーレッツ社員は早く出社する。早くというのは普通に早いのよりもっと早いんです。たとえば、〇六九：二五とか。出社したら、デスクの鍵を開けて、上の階で早朝のコーヒーを飲みます。トランプをすることもあります。楽しいですよ」

「その機会を逃して残念です」フォーレセンはいった。「これからぼくはどこへ行けばいいか、ご存じですか？」

「ご自分の席に行って」女はうなずきながらいった。「デスクの鍵を開けるのです」

「ぼくの席、どこでしょう」

「当然、ご存じないでしょうね。でも、教えて差し上げることはできません――それは、あなたの監督者のフィールズ氏の仕事です」少し間を置いて、彼女は付け加えた。「わたしも場所は知っていますが、鍵を持っているのはフィールズ氏です」

　フォーレセンはいった。「ぼくの仕事も監督業務だと思ったんですが」

「そのとおりです」と、女はいった。「でも――おわかりでしょうが――フィールズ氏が本物の監督者なのです。本物といったら語弊があるかもしれませんけど。今、フィールズ氏とお話しになりますか？」

　フォーレセンはうなずいた。

「とにかく、ご案内します。あなたの今日の予定は、生産性研究会とリーダーシップ研修会です。企業オリエンテーションと〈人生を賭けろ〉もあります――最後のは、管理業務を管理する実体験型模擬ゲームです。それから、職業訓練目的の異動もひとつ入っています」

「オリエンテーションがあるのはありがたいな」フォーレセンはいった。そして、女に続いて歩き出した。「しかし、それをみんな受ける時間があるだろうか」

「受けるのではありません」肩越しに振り返って、女はいった。「あなたが講師です。ほかの業務をする時間もたくさんありますよ――ご心配なく。わたし、ここにきて長いですから。ミス・フォーンと申します。ご結婚は？」

「してます」フォーレセンはいった。「子供もいると思います」

「そうでしたの。たしかにそんなふうに見えますわ。ここがフィールズ氏のオフィスです。そうそう、いいおくれましたが、あなたは立案審査委員会に配属されています。必ずノックしてください」

フォーレセンは連れていかれた部屋のドアをノックした。金属のドアだが、木目調にペンキが塗ってあった。小さな真鍮の飾り板が鋲で留めてあり、「ミスター・ダンドレア」と書いてあった。

「どうぞ！」オフィスの中から誰かが叫んだ。

入ってみると、がっしりした体格の、髪が短い、まだ若そうな背の低い男が、金属の机の向こう側にすわっていた。極端に狭い部屋で、窓はひとつもないが、鮮やかな色の大きな絵や写真がそれぞれの壁にひとつずつかかっていた――カラー写真が二枚（ひとつは岩があって波が打ち寄せる海岸、もうひとつは雪に包まれた山）、写実的な風景画が二枚（どちらも緑豊かな広々とした田園風景で、牛や木立がちらほら見える）。

「どうぞ」まだ若そうな男は繰り返した。「すわりなさい。まずいっておきたいが――このオフィスに入るときに、ノックをする必要はない。そんなことはしなくていい。私の扉はいつでも開いている、というわけだ。まあ、外の通路がなんだかんだでうるさいときは、閉めておくこともあるが、きみに対してはいつも開いている」

「わかったと思います」フォーレセンはいった。「あなたはフィールズ氏ですか?」飾り板の名前を見て、メガネをかけた若い女性への信頼は揺らいでいた。

「そうだ――エド・フィールズ。以後、お見知りおきを」

「一緒に働くことになったエマニュエル・フォーレセンです」フォーレセンは身を乗り出し、手を差し出した。フィールズは机の前に出てきて、握手をした。

「よろしくな、マニー。この部署に新人がやってくるのは、いつだって大歓迎だよ」二人の目が合ったとき、一瞬、見えない秤で力量をはかられ、少し力が足りないと判断されたような気がした。その一瞬が過ぎ、数秒たつと、そんなはずはないと思えてきた。「きみが入ってきたときに私がいったことを忘れないでくれ――この扉はいつでも開いている」と、フィールズはいった。「すわりたまえ」フォーレセンはすわった。フィールズは机の向こう側の最初の場所に戻った。

「ここは小さな会社だ」フィールズはいった。「小さいが、とんがっている」彼は片手を握り、その拳を突き上げた。「だから私は、ここをうちの事業部で一番とんがった部署にしたい。今、欲しいのは、私の試合をうしろで支えてくれる部下だ。ときにはほんの少しのあいだ前線に出て戦ってもらうこともあるかもしれん。尖鋭部隊。私はそう呼んでいる――尖鋭部隊だ。しかも、きみは私のもとで働くのではない。私と共に働くのだ」

　フォーレセンはうなずいた。

「われわれはチームだ」フィールズは続けた。「ひとつのチームとして機能する。だからといって、クォーターバックや監督がいないわけではない——」彼は天井を指さした。「——あそこにいるのだ。チームであるからには、全員、二割五分以上の打率を目指してもらう。打率が三割に満たない者は、守備で結果を出せ。私のいうこと、わかるか?」

フォーレセンはまたうなずき、尋ねた。「この部署は何をするんです? 役割は?」

「会社のために金を稼ぐことだ」と、フィールズはいった。「そのために必要なことをやる。見えるだろう、この部屋が。このデスク、この椅子が見えるだろう?」

フォーレセンはうなずいた。

「ここにすわる男を分類すれば、二種類に分かれる——いや、これは会社全体にいえることだがね。ひとつは時代遅れの老人たち。今でもここにいるのは、一から十まで全部やり終えて、ありとあらゆるものを見てきたからだ。もうひとつは私のような若い者で、教育を受けるために配属されている——わかるかね? 後者の若者の中には、いつまでたってもここから出られない者がいる。そんな者は前者の老人になる。私はそういうことにはならん。きみも肝に銘じておいてもらいたいが、出世の一番の早道は、今、この部署に入ることだ。いつの日か、ここはすべてきみのものになる——そういうふうに考えてくれ。ここにきた者にはみんなそういって聞かせることにしている——いつの日か、ここはすべてきみのものになる、とね」フィールズは頭の上に手を伸ばし、写実的な風景画の一枚をこつんと叩いた。「私のいうことはわかるか?」

「わかると思います」

「よろしい。では、きみの机まで案内しよう。そこが仕事場だ」

まぶしい明かりに照らされた窓のないいくつもの通路を、障害物を避けるようにして二人で歩きながら、フォーレセンはふと思った。この建物には換気装置がついているに違いないが――場所によってはちゃんと風が通っているのを感じる――システムはあまりうまく作動していないようだ。空気中に、おびただしい臭気が漂っている。ほとんどは悪臭で、中には胸が悪くなりそうなほど甘ったるいにおいも混じっていた。これまで通ってきた通路の大半は長居したくないほど寒かったが、場所によっては夏の太陽のもとで閉めきったまま放置されていたテントのように蒸し暑いところもあった。

「あの音はなんです？」フォーレセンは尋ねた。

「手持ちの削岩機でコンクリートを砕いてるんだよ。これから新築の別棟に入る」フィールズは緑の鋼製扉を開け、先に立って天井が低く狭い通路を歩きはじめた。アーク溶接で金属が灼けた、鼻につんとくるにおいが漂っている。タイル張りの床はコンクリートの微粉でざらざらしており、明らかに新築なのに、どうしてこんなに汚いのだろうと、ペンキが塗られていない壁を見ながらフォーレセンは思った。「ここだ」と、フィールズはいった。

広い部屋だったが、表面が波形になった五フィートほどの高さのガラスの隔壁で小部屋に仕切られている。プライバシーを第一に考えているようだったが、この部屋の外に立って、入口の扉に塡め込まれたガラスのパネルから中を覗けば、小部屋の様子がみんな見て取れるような配置になっていた。窓はどれも粗末な板で覆われ、でこぼこの床は、海がそのまま石化したのを思い浮かべてもおかしくないが、黒と灰色の模様が入っているところはむしろ炭化した木材に似ていた。「きみは運がいい」フィールズはいった。「いい忘れたが、いや、さっきの事務所で話したかもしれんが、きみの席は窓際だ。ほら、あそこだよ。窓際の机はちょっと暗いが、あそこだと、隣の席は片側にしかない。それがちょっといいところだ。それにな、ご承知のように、窓際の席というと、人から一目置かれるもんだよ」

フォーレセンは尋ねた。「仕切りに使っているあのガラスを、窓に張ることはできませんかね」

「そりゃ無理だよ。仕切りのガラスは仕切りのガラス――窓に使うのは窓ガラスだ。きみは科学的思考が得意だと思っていたんだが」

「私の仕事は科学ではないとはいわせんぞ」フィールズはフォーレセンの新しい机を叩いて強調した。握りこぶしにほこりの跡がついた。「たしかに管理は文科系の分野だ。しかし、科学でもある」

「管理は科学ではありません。監督業務と管理です」フォーレセンはいった。

どうすればそれが両立するかわからなかったが、とにかくフォーレセンはうなずいた。

フィールズは腕時計に目をやった。「もうすぐ〇七一一時になるな。私には予定がある。では、あとは自分で粛々と進めてくれ」

フォーレセンは席についた。「といっても、何をすればいいのやら。お帰りになる前に指示があるものだとばかり思っていましたが」

フィールズはすでに小部屋の外にいた。「きみの勤めのことか。どこかそのへんにリストがあるだろう」

フォーレセンはもっと食い下がるつもりだったが、口を開こうとしたとたん、光とガラスの悪戯が目に飛び込んできた。思わずぎょっとして、それが消えるまでのわずかな時間、ただ凝視するしかなかった。表面が波打つガラスの隔壁の向こうを通って戸口に近づくフィールズの姿が歪み、フォーレセンが馴染みはじめていた、そのいくぶんずんぐりした、しわくちゃのスーツを着た姿が一変したのだ。ガラスの向こうに見えたのは、もっと背が高く、ぱりっとした服を着た、無表情な男だった。しかも、メガネをかけている。

　フィールズがいなくなると、フォーレセンは立ち上がり、隔壁を調べた。どこといって変わったところはない。ガラスが波打っているのは一方だけ、もう一方の面は滑らかで、上にはかすかにほこりがついている。ガラス越しに、何もない自分の机をのぞくと、かすかにぼやけて見えた。改めて着席したとき、電話が鳴った。「キャッピーか？」

「エマニュエル・フォーレセンです」そう口に出す直前、マニーと名乗ったほうがよかったのかもしれないと思った。フィールズはそう呼んでいた――それなら、堅苦しさが消えて、親しみがこもる。なんといっても相手は砕けた口調で名前を訊いてきたのだ。しかし、そう思ったとき、はっきり判断を下したわけではないが、たぶん、そういう判断が生まれるもとになる、深く根ざした何かの感情に動かされて、彼は思い直すと、最初の音節に力を込めて、自分の名前を繰り返した。「エ・マニュエル・フォーレセンです」

「キャッピー・ディリンガムじゃないのかい？」

「ここにいるかもしれませんが」フォーレセンはいった。「というか、この部屋に席があるかもしれませんが、今はいません。これは私の電話です――ついさっき、ここに移ってきたばかりなんです」

「じゃあ、伝言を頼む。生産性研究会の時間が変更になった。〇七八ちょうどだ。早くて恐縮だが、ジーン・ファインもほかにいろいろ用があってね。なるべくキャンセルしたくないから、そんな時間になった。それから、部屋が空いてなかったんで、穿孔作業場の外の廊下で集まることにした。映画もあるぞ。わかったか？」

「大丈夫だと思います」と、フォーレセンはいった。「〇七八。穿孔作業場の外。映画」うしろに人がいる気配がしたので、振り返った。ミス・フォーンだったので、訊いてみた。「ディリンガムという人がどこにいるか知ってますか？　電話がかかってきてるんですが」

「死にました」ミス・フォーンはいった。「わたしが出ましょう」ミス・フォーンは受話器を取った。「代わりました……あ、フランクリンさんですね。ディリンガムさんは亡くなりました……ゆうべです……ええ、そうです。フォーレセンさんが後任で――メモ、回ってきませんでした？……電話番号はディリンガムさんと同じです。最初に出たのがフォーレセンさんなんですが、ええ、まだいらっしゃいますよ。ちょっとお待ちください」そういうと、フォーレセンのほうに向き直った。「お電話です」

受け取ると、受話器から声が聞こえた。「きみがフォーレセンか？　私はネッド・フランクリンだ。まだ正式な話は聞いてないかもしれんが、きみはわれわれと同じ生産性研究会の一員になった。これから集会なんだが――ちょっと待ってくれ、このゴミの山にメモが埋もれて」

「開始は〇七八ですね」フォーレセンはいった。

「そうだ。早くて申し訳ないが――」

「ジーン・ファインの都合で、そんな時間になったんでしょう」フォーレセンはいった。

「そうだ。その時間にきてくれ」

ミス・フォーンが帰るそぶりを見せた。波打つガラス越しにその姿がどう見えるか気になって、そちらを向きながら、フォーレセンは尋ねた。「われわれは何を生産するんです？」

「生産性だよ。生産性そのものを生産するんだ――生産することを学ぶんだ」

「なるほど」フォーレセンはいった。見ていると、ミス・フォーンは性的魅力がないまま可愛くなった。まるでマネキン人形のようだ。彼はいった。「粘土か何かを持ってきて、こねはじめるんだと思ってましたよ」

「生産《クリエーション》の意味が違う！」

「ごもっとも」と、フォーレセンはいった。

「会には出席してもらえるね？　フリック氏からきつくいわれてるんだ。全員が出席しないと、ご機嫌を損ねる」

「だったら、ちゃんとした会議室を用意してもらいたいもんですね」フォーレセンはいった。フリック氏が何者か、見当もつかなかったが、偉い人であることは間違いなさそうだ。

「フリック氏にそんなことはいえないよ。とにかく、場所にはこだわらない人だ——大事なのは、何人集まるか、どんな議論をするか、話が先に進むか、だ」

「経費節約を考えているのかもしれない」

「まあ、そうかもな。とにかく、キャッピー、部屋が用意できるのなら、また電話する。いいな？」

「わかりました」フォーレセンはいった。そして、電話を切ったあと、ふと思った。ミス・フォーンはなんのためにやってきたのだろう？　見ると、彼女の置いていった書類が机の隅に山積みになっていた。「参ったね、こりゃ」と、フォーレセンはいって、書類を壁際に押しやった。「まだ机の点検もしてないいんだぞ」

金属製の机だった。フィールズの部屋にあった机と比べると、どことなく、小さくて、古くて、みすぼらしく見えた。まだ建築中の建物で——窓の下の腰板や壁を通してときおり聞こえてくる騒音からそう判断できる——すでに古くなったオフィス家具を見つけるのはおかしなものだが、現にこの机も、椅子も、間違いなく耐用年数を超えようとしている。机の真ん中の引き出しに入っていたのは、死んだ昆虫が一匹と、フェイク・アイボリーの握りに欠けた刃がついたペンナイフが一本、くしゃくしゃになった透写紙（トレーシング・ペーパー）に描かれた腕木《ブラケット》のデッサンが一枚（寸法などの数字もきちんと書いてあることにフォーレセンは気がついた）、整腸剤のミント錠の汚れたのが一粒。一番最後のものを捨てると（くずかごはプラスチック製の新品で、ほかの備品とは釣り合いが取れない）、右側の袖引き出しを開けた。中には、とりどりの鉛筆と（多かれ少なかれどれも齧った跡がある）、角が丸くなった立方体のアートガム（美術用の消しゴム）、角をひとつ折った白紙の紙束があった。その下の引き出しには、しわだらけの茶色の紙袋と（中からはパラフィン紙の束が出てきた）、半分欠けた黴臭いクッキーとがあって、鼻につんとくるリンゴの匂いが漂ってきた。引き出しはあと二つあったが、見かけとは違い、実は二つが一組で、ファイルを保管する引き出しになっていた。中には空《から》の書類ばさみが五冊あって、そのうちの一冊には二十七個の数字が縦一列に書かれていた。一番上には八七五〇とあり、これが一番小さい。一番下には最大の数字、一二五〇〇があった。別に合計を出しているわけではなかった。机の左側には引き出しの表の部分だけが四つ並んでいるように見えたが、それはただの飾りで、実はタイプライターを収納するスペースだろう。だが、タイプライターはなかった。

フォーレセンはタイプライター置き場の扉を閉め、椅子にすわり直した。自分でもわかっていたが、机まわりを調べたせいか、妙に気分が落ち込んでいた。そのあと、勤めに関するリストがあるというフィールズの言葉を思い出し、ミス・フォーンが置いていった書類の山の一番上にそれがあるのを見つけた。こう書いてあった。

【経営幹部層へ】
MPP社が利益を生み、生みつづけるようにすること。
企業目標達成に尽力すること。
社員の規律統制に努め、違反者がいればその名前を直属の上司に伝えること。
経費削減に努めること。
何か問題が起こった場合は、会社の方針に則ってその解決に臨むこと。
実務教育、製造、販売、広報は、経営幹部の監督のもとに行うこと。

フォーレセンはその紙をくずかごに捨てた。
二枚目は「リーダーになるためのサンプル問題・一〇五番」と題され、次のようなことが書いてあった。

イーニッド・フェントンという女性が先日、事務従業員として雇われました。その仕事ぶりは満足のいくものではありませんでしたが、事務従業員が不足しているので、本人には注意しませんでした。つい最近、ミス・フェントンが働く部署の仕事が減り、女性従業員のうち三名をほかの部署に移すことが可能になりました。ミス・フェントンは異動を希望しましたが、異動者はすでに三名とも決定済みであることが告げられると、口に出してはっきりそういったわけではありませんが、退職をほのめかしました。キーパンチとタイプとファイル作成が彼女の仕事です。彼女の上司はどうすべきでしょうか。
□解雇する。
□仕事ぶりが満足のいくものではないことを告げ、自宅待機を申し渡すことを暗に匂わせる。
□六週間の休職（無給の）を申し渡して、その期間を職業訓練に充ててもらう。
□懲戒処分の罰金を申し渡す。
□先輩の女性職員の補佐役を命ずる。
□首脳陣の助言を仰ぎ、その決定が正しいと思った場合のみそれに従う。
□配置転換して、小部品組み立ての部署に回す。
注・このサンプル問題に関して質問があれば、内線八一七三番のエリック・フェアチャイルドに問い合わせること。


問題を二度読んでから、フォーレセンは電話を取り、その内線番号を回した。女性の声が出た。

「フェアチャイルド氏の執務室です」

フォーレセンが名乗ると、すぐに男の声が出た。「エリック・フェアチャイルドだ」

「リーダーになるためのサンプル問題についてお伺いします——一〇五番の問題ですが」

「ああ、それだったら、なんでも聞いてくれ」（フェアチャイルドの声は優しそうで、部下の背中をぽんと叩いたり、パーティで腕相撲を挑んだりするところをフォーレセンは思い浮かべた）「あれにはけっこう問い合わせが多くてね。互いに矛盾しないかぎり、答えはいくつ選んでもいい——わかったかね」

「そういうことを伺いたかったんじゃなくて」と、フォーレセンはいった。「問題に出てくる女性の仕事ぶりは――」

「ちょっと待ってくれ」フェアチャイルドはいった。そのあと、声が遠くなって、「リーダーシップ関連のファイルを取ってくれ、ミス・フェントン」

「え？　なんですって？」

「ちょっと待ってくれ」フェアチャイルドは繰り返した。「込み入った話をするには、問題の本文が手もとにないとな。うん、ありがとう。さて、聞こうか。きみの名前はなんだったかな？」

「フォーレセンです。今、不思議に思ったのは、ちょっと待ってくれと最初におっしゃったあとのことです。秘書をミス・フェントンとお呼びになったようですが」

「ははは」

「そうでしたよね？」

「私の秘書の名前はミセス・フェアチャイルドだよ、フォーレセンくん。といっても、妻ではない。誤解なきように。フリック氏は縁故採用がお嫌いだ。彼女は、たまたまミセス・フェアチャイルドという名前の優秀なご婦人にすぎない。さっき呼んだのは、ミス・フェントンだ。ミセス・フェアチャイルドの代役で、今日だけきてもらっている」

「失礼しました」フォーレセンはいった。

「きみが訊きたいのは、一〇五番の問題についてだね」

「そうです。お伺いしたいのは――たとえば、その女性の仕事ぶりにはどんな問題があったんでしょう」

「そこに書いてあるとおりなんだがね。ちょっと待ってくれ、ほら、こう書いてある――その仕事ぶりは満足のいくものではありませんでしたが、事務従業員が不足しているので、本人には注意しませんでした」

「ええ」と、フォーレセンはいった。「でも、なぜ満足がいかなかったんでしょう」

「なるほど、きみのいいたいことはわかった。だが、私としては答えようがない。そうじゃないかね。リーダー養成で肝心なのは、構造化された問題を解かせることだ――私のいうこと、わかるかね。これこそが構造化された問題だ。ミス・フェントン、すまんが食堂に行ってコーヒーを持ってきてもらえないか。用意してある小銭で払っておいてくれ。つまりだね、これをきみに説明して、ほかの者に話さなかったら、せっかくの構造を組み替えることになる。わかるかね？」

「私は、こう思うんですが」と、フォーレセンはいった。「何よりもまずミス・フェントンを呼び出して、仕事ぶりに問題があることを告げるべきじゃないでしょうか。彼女に言い分があったら、聞いてやってもいいですし」

「ミス……誰だって？」

「フェントンです。問題に登場する女性です」

「なるほど、きみのいいたいことはわかった。しかしだね、内容はさっき読み上げたとおりだし、それ以上のことは書いていないわけだから、もしも私が余計な話をすると、ほかの受験者が見るのとは違った構造がきみに見えることになる。私のいうこと、わかるかね？」

少し考えてから、フォーレセンはいった。「今わかっていることだけだと、チェックのつけようがありません。自分なりの答えを書いてもいいですか？」

「チェックをつける四角のマークを自分で書くというのか？」

「ええ、そのあとにさっきしゃべったことを——少し前に説明したことを書きます。彼女と話し合う、と」

「用紙にそんな余白はないはずだがね。きみはたくさんしゃべったし」

フォーレセンはいった。「手短かに要約します」

「いずれにせよ、そんなことは許可できない。答案はコンピュータが採点するので、あらかじめ正解を決めておかないといけないんだ——きみがどの番号を選ぶか、それを狙っている。事務従業員の女の子は、まず参加者のＩＤ番号を、そのあと問題の番号を、最後に正解の番号を入力する。一とか、二とか、三とかね。二三と入力することもある。これは二と三の両方が正解という意味だ。この場合は、〈仕事ぶりが満足のいくものではないことを告げ、自宅待機を申し渡すことを暗に匂わせる〉と〈六週間の休職（無給の）を申し渡して、その期間を職業訓練に充ててもらう〉だね。わかったか？」

「それが正解なんですね」フォーレセンはいった。「二と三が」

「おいおい、それは違うよ！　どれが正解か、私にはわからん。知っているのはコンピュータだけだ。ひょっとしたら正解なんてものはないのかもしれん。私はただヒントのようなものを出しただけだ——自分がきみの立場だったらどうするか、というヒントをね。きみはいい成績を取りたいんだろう？」

「大事なことなんですか？」

「まあ、大事だろうね——こういうことに挑戦して、いい成績を残したという事実は、誰にとっても大事なことだと思う——そう思わんかね？　しかしだね、コースの最初にいったとおり、きみの成績はきみ個人の事柄に属する。成績をつけるのは、たしかにわれわれのほうだ。七百五十七点——これが最高で、下は四十九点。しかし、自分が何点取ったかを知っているのはきみだけだ。きみは成績を告げられて、クラスでの順位と、同じコースを受験した全員の中での順位を知らされる——といっても、当然ながらあまり意味はない。問題は毎回変わるからだ。しかし、その情報をどう使うかはきみ次第だ。自己評価に使いたまえ。いろいろ噂があるのは私も承知している。フリック氏がやってきて、コンピュータに質問をするとかね。だが、それは間違っている——正直な話、フリック氏にはプログラムの知識さえないと思う。コンピュータは訊けば答えてくれるものではないからね」

「コースの前半は受けていないんです」フォーレセンはいった。「私はキャッピー・ディリンガムの後任です。彼は亡くなりました」

「気の毒にな。老衰だろう」

「私は知りません」

「おそらくそうだよ。ほんとに、まるできのうの出来事のようだが、講習が終わってから成績のことで彼と話をしたことがある——一〇四番の問題で訊きたいことがあったそうだが、今となっては何を話したかさえ憶えていない。あのキャッピーがなあ。かわいそうに」

「成績はよかったんですか?」

「飛び抜けてよかったわけではない。五十五点、プラスマイナス二十点といったところだろう——だがね、最初のほうの問題を見たら、きみもこんな質問はしなかっただろう。導かれるようにして、すんなり受験できたと思う——私のいうこと、わかるかね?」

フォーレセンはいった。「とにかくこんな問題じゃ答えに印をつけることはできません。抗議のために白紙を提出するつもりです」

「だからいったろう、それじゃ点数がつけられないんだよ」

フォーレセンはいった。「とにかく、そうします」そして、電話を切った。

そのとき、机がいった。「あなたはけっこう尖《とんが》っていますね。さすが尖鋭だ。今度はきっと向こうから電話がかかってきますよ」

フォーレセンはスピーカーを探したが、どこにも見つからなかった。

「フランクリンと話しているのも聞きました。経営幹部心得をくずかごに捨てるのも見ました。知ってましたか、あの心得は、あっちこっちのオフィスで、額縁に入れて壁に飾ってあるんですよ。自分が見える場所に飾ってある人もいるし、来客に見える場所に飾ってある人もいます」

「出世するのはどっちだ?」と、フォーレセンは尋ねた。スピーカーは机の真ん中の引き出しの下にあるに違いない、と決めつけ、両手、両膝で探った。

「納まりのいいほうが出世します」机は答えた。

フォーレセンはいった。「それで答えたつもりかね」そのとき、電話が鳴ったので、受話器を取った。

「フォーレセンくんを」フェアチャイルドだった。

「私です」

「一〇五番のことを考えていたんだが――もう提出したか?」

「処理済みの書類トレーに入れただけです」フォーレセンはいった。「まだ誰も回収にきてませんよ」

処理済みの書類トレーを空けるのは、ひょっとしたらミス・フォーンの役目だろうか、と頭の隅で思った。それとも、ほかの誰かか。いや、もしかしたら自分でやるのかもしれない。

「なら、よかった。というのも、私はきみのいったことを考えていたんだが――仮にだね、あの女の子のどこがいけなかったか、きみに教えたら、どういう人物かもっと的確に評価できるようになるかね？　要するに、彼女は納まりが悪いんだ。わかるかね？」

「わかりません」フォーレセンはいった。

「ひとつ、例を挙げよう。このオフィスには入れ替わり立ち替わり男たちが入ってくる。私と話をしにくる者もいれば、別に用事もないのにやってくる者もいる。男どもは女子従業員とふざけあう。わかるね。ここに、一人の女子従業員がいる。冗談をいわれたときに、その子がどう反応するか、誰にもわからない。怒ることもある。相手の男が本気で付き合いたがっていると思って、その気になることもある」

「そんな子は一人にしておくべきです。からかっちゃいけません」フォーレセンはいった。

「男どもだってそれくらいのことはわかってるんだよ。おまけに、ほかの女子従業員はその子のことが嫌いだ――私のところにきて、その子と席が近いのは嫌だという」

「なぜ嫌なのか聞きましたか？」

「いや。しかしだね、きみも女性をたくさん部下に持ったらわかるだろうが、そんなのは日常茶飯事だぞ。照明が暗いだの、キーパンチがそばにあって音がうるさいだの、逆に遠すぎてわざわざ出向いていくのが億劫だの、仲よしのそばの席にすわりたいだの。まあ、どういうことになるか、わかりきった話だ――私は彼女の席をオフィスのあちこちに移動させたんだが、誰も隣にはすわりたがらなかった。腸チフス・メアリ（一九三〇年代に実在した腸チフスの保菌者）なんだよ」

「そのメアリさんをあなたの秘書にすればいいじゃないですか」フォーレセンはいった。

「なんだと？」

「短期間でいいんです。その上で、あなたのお母さんを雇って、特別に監視させる。そうすれば、その女性のどこがいけないかわかるでしょう。いけないところがあれば、の話ですがね。私はないと思っています」

「きみは頭がどうかしてるんだ、フォーレセン」フェアチャイルドはいって、電話を切った。

また電話が鳴ったのは、フォーレセンが受話器を置いたのとほぼ同時だった。「ミス・フォーンです」と、相手はいった。「フリーリング氏がお目にかかりたいそうです、フォーレセンさん」

「フリーリング氏？」

「フリーリング氏はフィールズ氏の上司です、フォーレセンさん。フィールズ氏はあなたの上司です。フリーリング氏はフリント氏の直属で、フリント氏はフリック氏の直属です。私はフリーリング氏の秘書です」

「ありがとう」フォーレセンはいった。「きみがどこに納まるのか、気になりはじめていたところだったよ」

「そちらの部屋を出て、通路を進むと、ぶつかったところがTの字になっていますから、左に行って、階段をあがってください。建物の正面沿いの通路があります。その先にフリーリング氏の名前がかかったドアがあります」

「ありがとう」フォーレセンはまたいった。

そのドアにはフリーリング氏の名前が出ていた。真鍮まがいの銘板に書いてあった。フォーレセンはダンドレアの真鍮の銘板を思い出し、フリーリング氏のネームプレートのほうが現代的で斬新だと思った。ダンドレアよりフリーリング氏のほうが格上なのだ。だが、別のことにも気がついていた。ダンドレアの銘板が本物の真鍮製だったのに対して、フリーリング氏のほうはプラスチック製だ。ドアを叩くと、ミス・フォーンの声がした。「どうぞ」フォーレセンが部屋に入ると、ミス・フォーンは机のスイッチを入れて、こういった。「フォーレセンさんがいらっしゃいました、フリーリングさん」

そして、フォーレセンにはこういった。「そのままお進みください」

フリーリング氏のオフィスは広くて、窓が二つあり、そのどちらからもハイウェイが見えた。ふと気がつくと、フォーレセンは、またハイウェイを目にして、少し意外に思っていた。しかし、それはそれで、別に変わったところはない。壁にかかった絵はフィールズの部屋にあったのとよく似た風景画だったが、かなり広々としたフリーリング氏の机は、一枚の板ガラスで覆われ、その下に何枚もの写真が入っていた。写っているのは帆船ばかりで、半ズボンをはき、縞模様のニット・シャツを着て、ひさしつきの帽子をかぶった男たちの一団もいた。

「すわりたまえ」フリーリング氏はいった。「すぐすむから待っていてくれ」体格のいい、日焼けした斜視の男で、髪には白髪がまじりはじめていた。机の正面においてある椅子には、木製の肘掛けがあり、オストリッチまがいのビニールを張った座部があった。フォーレセンはそこにすわり、フリーリング氏はどんな用があるんだろう、と考えていた。しばらくして、ふと思った。こうして考えさせることがフリーリング氏の目的ではないのか。そして、どうせならもっと早く話をする機会を持ったほうがよかったのに、とも思った。フリーリング氏は片手にペンを持ち、手紙を読んでいた。同じ手紙に何度も目を通していた。最後に殴り書きのサインをすると、手紙とペンをぴしゃりと机に置いた。「もっと早くきてもらって、歓迎の言葉を述べるべきだったな。ようこそ、われらの船に」と、彼はいった。「しかし、その前にまず針をおろして、試し釣りをしてもらいたいと思ってね。どうだ、エム・ピー・ピーは居心地のいい港か？」

「もう少し居心地がよくなるかもしれません」と、フォーレセンはいった。「もしも自分が、ここで何をすることになっているか、わかったら」

フリーリングは笑った。「それならお安いご用だ――バート・フィールズがきみの教育係だろう。やることのリストがあるはずだから、訊いてみたらいい」

「エド・フィールズです」フォーレセンはいった。「そのリストならもう見ました。私が知りたいのは、具体的に何をすればいいかということです」

「きみのいいたいことはわかる」フリーリングはいった。「しかし、残念ながら、それを教えることはできない。もしもきみが旋盤工なら、あの部品を造れ、ということができる。しかし、きみが経営陣の一員なら、そんな扱いをすることはできない」

「いいですよ」フォーレセンはいった。「私なら気にしません」

フリーリングは咳払いをした。「そういうつもりでいったんじゃない。はっきりいうがね、ここの者は、誰一人、きみに気を遣おうとは思っていない。誤解したら、痛い目にあうぞ。私がいいたかったのは、もしきみにやってもらいたいことがわかっていたら、事務員でも雇ってやらせればいい、ということだ。きみが今の立場にあるのは、われわれが――正しいか、間違っているかはわからんが――この男なら自分で仕事を見つけることができる、やるべきことが転がっていたらすぐに気がつく、そして、自分でそれをやるか、人にやらせるかする――そう思ったからだ。仕事をしているときに人の足を踏まないこと。それだけは気をつけてくれ。それから、自分で解決できない数のトラブルは抱え込むな。船を揺らすのはやめてくれ」

「わかりました」フォーレセンはいった。

「何かをやろうと思ったら、その前に必ずそれがポリシーに合っているかどうか確認すること。労働組合をけしかけてわれわれに反旗を翻したら、すぐに船から放り出す」

フォーレセンはうなずいた。

「それから、船の舵には触らないようにな。そのことは、こんなふうに考えてくれ――きみの仕事は水が入ってくる穴を塞ぐことだ。きみはただの船員でしかない。来る日も来る日も船倉に入って、穴ふさぎの槙肌《まいはだ》を手にして奮闘している。陸標や風向標識を読むのは……ええと、誰だったか、そう……ファストパッチに任せておけばいい。彼はそれだけの経験を積んでいる。ただし、ほかの者がすでに塞いでいる穴を、あるいは塞ぐようにいわれている穴を、もしくは塞ごうとしている穴を、きみが勝手に塞いではいけない。わかったかね？　私のところに苦情をいいにくるようなことはやめてもらいたいし、きみに関する苦情が私のところに届くような事態になるのも避けてもらいたい。さて、きみはなんの話があってここにきた？」

「話はありません」フォーレセンはいった。「呼ばれてきたんです」

「そうか。では、これで話は終わりだ」

そこを出たフォーレセンは、会社のポリシーを知るにはどうすればいいか、ミス・フォーンに尋ねた。「空気に書いてありますわ」ミス・フォーンはつっけんどんにいった。「人はそれを呼吸して理解するんです」文字にしてどこかに書いておくほうが便利ではないだろうか、とフォーレセンがやんわり反論すると、彼女はいった。「もうけっこう長いんですから、もっとお利口さんになったらどうですか、フォーレセンさん。子供じゃあるまいし」廊下に出る彼の背中に、彼女は声をかけた。「生産性研究会をお忘れなく」

穿孔作業場は苦労の末にようやく見つかった。中には穿孔盤とジグ中刳盤《なかぐりばん》がたくさんあったが――三十台かそれ以上あるだろう――稼働しているのは二台だけだった。そのうちの一台を見ると、白髪の男が金属板に穴を開けていた。仕事ぶりはゆっくりだった。ときおりドリルを上げ、機械の横にある油差しを取って、穴に油を注いでいる。もう一台のそばではかなり若い男が歌をうたいながら作業をしていた。流行歌の卑猥な替え歌だった。生産性研究会が開かれる場所を尋ねようと思ったとき、フォーレセンは肩に手が置かれるのを感じた。振り返ると、フィールズがいた。フィールズはいった。「よくわかったな。さあ、行こう。何があってもこの会には参加したいんだ。向こう側の、あそこのドアだ」

二人は穿孔盤のあいだを歩いて進んでいった。大半の機械はどこか故障しているようで、フィールズが示したドアを抜けようとしたとき、うしろで叫び声が上がった。さっきの若い男が、煙を上げているドリルを交換しようとして、手を火傷したらしい。「なかなか優秀な作業員だよ」フィールズがいった。「なんでもどんどん進めてくれる――私のいうこと、わかるかね？」フォーレセンは、わかりますといった。

生産性研究会は、フランクリンがいったとおり、廊下が会場だった。折りたたみ式のスチール椅子が乱雑に並び——わざとそんな並べ方をしたらしいが——画家が使うイーゼルがひとつ置いてあって、そこに小さな映画のスクリーンが載っている。フランクリンは、一番うしろの椅子に置いた映写機(フォーレセンにはかなり危なっかしい置き方をしているように見えた)と格闘していた。見かけほど若くはなさそうな感じで、フランクリンの自己紹介が終わると、二人は椅子にすわり、彼を見つめた。ぼちぼちほかのメンバーも集まりはじめた。廊下を人が通っていったが、ほぼ全員が灰色の作業服姿で、フォーレセンたちを無視し、金属の椅子のあいだを縫うように通りすぎていった。会の参加者には目もくれず、スクリーンを器用によけている。そのスクリーンには、ときおり不鮮明な数字が1、2、3と浮かび、次のような言葉が映し出された。

生産性から仕事が生まれる

しばらくして、フィールズが口を開いた。「さて、そろそろ始めるか」

「始めてくれ」フランクリンがいった。「こちらの準備はもうすぐできる」

フィールズは集団の正面に進み出て、スクリーンの横に立った。「生産性研究会の第二十一回会合を始めます。最前列の人に紙を渡します。名前を書いて、回してください。全員、署名するように。他人に読める字でお願いします。これから生産性についての映画を見てもらいますが——」

「『生産性から仕事が生まれる』」フランクリンが言葉をはさんだ。

「そう、『生産性から仕事が生まれる』という題名の映画です。そのあと、映画の内容について、自由に批評してもらいます。それからどうするんだったかな、ネッド?」

「〈問題研究における生産性〉の公開討論だ」

「映写の準備はできたか？」

「もう少しだ」

フォーレセンは腕時計を見た。〇七八四五だった。

前のほうにいる誰か、フィールズが立っている場所のそばにいるメンバーがいった。「準備ができるまでに、いいたいことがあります。〈問題研究における生産性〉という文言に異議を申し立てますので、議事録に残しておいてください。こういうふうに生産性という言葉を使うと、これまでわからなかった答えを指し示してくれるような誤解を与えます。そんなふうに考える人は――全員とはいいませんが――だいたい何もわかっていないんです」

フィールズがいった。「自分になりかわって生産性がなんでも問題を解決してくれると思っている者などおらんよ」

「私は、指し示す、と申し上げました」男は抗議した。

誰かほかの者が発言した。「問題研究において生産性がどんな働きをするかというと、問題に対する新しい考え方を示してくれます」

「必ずしもそれが成功するとはいえない」

「そう、必ずしも成功するとはいえない」二番目の男はいった。「もしもきみのいう成功が、問題の定義を有意義に練り直すことならね」

ほかの者が口を出した。「私個人の意見だが、問題の定義は生産性を制限するものではないと思う」

ここでフィールズがいった。「それには全員が同意するはずだ。もしもそれが生産的な問題の定義であればね。そうだろう、ネッド？」

「生産的な問題の」

「そう、生産的な問題の、だ。ちなみに、あるときネッドからこんな話を聞いたことがある。こういった集会で何をすればいいか、彼がある男と話をしていたら、その男は、粘土の塊を使って何かの形を創造しましょう、といったそうだ」笑い声が上がった。フィールズはにこやかに手を上げてそれを制した。「なるほど、笑える話だね。しかし、その話からわれわれは何かを学ぶことができる。つまりだね、われわれが生産性研究会に言及すると、みんな決まってその男と同じような連想をする。だから人と話すときにはいくつかのことを強調する必要がある。たとえば、生産性は決して独力で達成できるものではない、とかね。物事を動かすのは生産性の集団だ――おい、ネッド、そういう効果を表す言葉があったな？」

「相乗作用《シナジー》だ」

「そう、それだ。そして、チームワーク。それからもうひとつ、生産性とは新しいものを創り出すことではない――銅像なんか造っても、誰も欲しがらないからな。生産性とは企業の諸問題を解決することであり――」

そのとき、フランクリンが声をかけた。「おい、準備できたぞ」

「ちょっと待ってくれ。一例を挙げれば、この創立者のアダム・ビーンが死んだときにこの会社が直面した問題がある。すなわち――彼が生きていたときに造っていたものをこれからも造るべきか、それとも違うものを造るべきか？　その問題を解決したのが、みなさんご存じのダドリー氏だ。だが、彼は一人でそれをやったのではない。たくさんのよき仲間の協力があったからこそできたことだ。これは個人的な意見だが、世界で一番、生産的なものは、フットボールのチームだと思う」

誰かの体がフォーレセンの袖口に触れた。ミス・フォーンだった。フィールズの話が一段落すると、いつもの甲高い声で、彼女はいった。「フィールズさん！　お電話です、フィールズさん。大事な用件だそうです」その台詞の調子にはどこか不自然なところがあり、へたな女優のようだった。その瞬間、フォーレセンは気がついた。そもそも電話などかかってきていない。彼女はフィールズにいわれて、話を中断するためにこんな芝居をしたのだ。これを口実にしてフィールズは集会から抜けられるし、ほかの参加者には、やはり大物は違うと思ってもらえる。そのすぐあとで、また気がついた。彼にわかったことは、フランクリンやほかの者もとっくに見抜いていたのだ。みんながフィールズに対して抱いている賞賛の念は——そこにはたしかにそんな思いがあり、ミス・フォーンに続いてその場から立ち去るフィールズを、賞賛の念が取り巻いていた——フィールズの見せた大胆さと、フリーリング氏の秘書であるミス・フォーンの協力を取りつけた人を操る力とに根ざしていた。

誰かが照明を暗くしていた。〈生産性から仕事が生まれる〉という文字がスクリーンに踊り、続いて男女の集団が映った。そこは上流階級向けの学校の教室かもしれない。一人の男が手を上げ、起立して、話しはじめた。音はなかったが、目は熱心に輝いていた。彼が着席すると、ツイードのスーツを着た印象的な顔立ちの女性が立ち上がった。どんな発言をしているにせよ、フォーレセンには、反論の余地のない意見、今の議論に終止符を打つ意見を述べているように思われた。その女性は礼儀正しく、控えめで、鉄のようにしっかりしていた。間違いなく、その発言には事実の裏づけがあるのだろう。

「くそ、音が出ん」フランクリンがいった。「ちょっと待ってくれ」

「この人たちは何を話してるんです?」フォーレセンはいった。

「え?」

「映画のことです。なんの議論をしてるんでしょう」

「よし、これでいい」フランクリンはいった。「もう少しだ。あれは、教育制度の生産性を促進するにはどうすべきかという議論だよ」

「じゃあ、映っているのは先生たちですか?」

「いや、役者だ——少し邪魔をしないでいてもらえるかね。音が出るようにしたいんだが」

音が出た。偶然だが、映画は終わるところだった。フランクリンがフィルムを巻き戻しているとき、フォーレセンはいった。「考えてみれば、教師より役者のほうが生産性をよく理解しているともいえますね」

「これは本物の教師の会合を再生産したフィルムだ」と、フランクリンは説明した。「写真に撮り、テープに録音しておいたディベートを、役者が再現したんだよ」


フォーレセンは自宅で昼食をとることにした。昼食の待間は一二〇から一四一まで——二十一待間あれば、車で家に戻り、食事をするには充分だ、とフォーレセンは考えた。運転中はアクセルを踏み込んだままだった。そして、表に〈車両の飛び出しに注意〉とあり、裏には〈子供多し減速〉とある交通標識を発見した。

煉瓦造りの家は記憶にあるとおりだった。最初に車を見つけた場所に駐車し(オイルの漏れた黒い跡があった)、ドアをノックした。エドナが出てきたが、記憶にある姿とは少し違うような気がした。

「なんのご用？」彼女はいった。

「昼食だ」

「あなた、気はたしか？　物売りなら、お断りよ」

フォーレセンはいった。「ぼくのことがわからないのか？」

彼女はしげしげと彼を見つめた。彼はいった。「エマニュエルだよ。きみの夫だ」

自信なさげだったが、やがて彼女は微笑んだ。「あら、そうね。そうだわ。別人みたいに見えるわ。疲れた感じで」

「ぼくは疲れている」彼はいった。そして、本当に疲れていることに気がついた。

「もうお昼？　わたし、時計を持ってないのよ。知ってると思うけど。時間がたつのがわからなかったわ。まだお昼には間があると思ってた」

「ぼくのほうはずいぶん長かったような気がするな」フォーレセンはいった。そして、子供たちはどこにいるのだろうと疑問を抱き、会えたらいいなと思った。

「お昼、何にする？」

「あるものでいいよ」

寝室で、彼女はパンと薄切り肉を用意し、コーヒーポットのプラグを差し込んだ。「お仕事、どうだった？」

「順調だ。うまくいってるよ」

「昇級した？　しなくても、お給料、上がった？」

彼は首を振った。

「お昼のあとね」彼女はいった。「お昼のあとに昇級するわ」

彼は笑った。冗談だと思ったのだ。

「女にはわかるのよ」

「子供たちはどこだ？」

「学校。お昼は学校で食べるのよ。きれいな食堂があって――何もかもステンレス製で――栄養士がいて、子供一人一人に一番いいメニューを考えてくれて、それを食べさせてくれて」

「きみはそれを見たのか？」彼は尋ねた。

「いいえ。読んだの。ほら、ここにあるわ」彼女は『家庭内調理法』の表紙を指で叩いた。

「ああ」

「子供たちは一三〇〇に帰ってくる――それもこの本に書いてあるわ。さあ、サンドイッチよ」そういって、コーヒーを注いでくれた。

彼は、彼女からもらった腕時計を見た。「今、何時かしら？」「一二九三〇だ」

「さあ、食べて。すぐ会社に戻らなくちゃ」

彼はいった。「もっと時間があると思ってたんだが」

「たぶん、今夜ね。今は会社に戻るのが遅れたら困るでしょ」

「わかった」コーヒーはおいしかったが、かすかに油くさかった。サンドイッチの肉はしょっぱくて、ぱさぱさしていて、味気なかった。彼は手首から時計を外し、差し出した。「これ、使ってくれ」彼はいった。「これをしていたから、午前中、ずっと気が重かったんだ――本当はきみのものなんだからな」

「わたしより、あなたのほうが使うでしょ」彼女はいった。

「いや、そうでもない。会社に行くと、あっちこっちに時計があるんだ。それを見たらわかる」

「このままだと仕事に遅れるわ」

「どっちみち、車を飛ばすつもりだ——時計が何をいっても、出せるスピードには限界がある。それに、スピーカーがあって、いろんなことをいってくるんだ。遅刻しそうになったらそいつが教えてくれるよ」

気乗りはしないようだったが、彼女は腕時計を受け取った。彼はサンドイッチの最後の一切れを口に放り込んだ。「さて、これからは、時間がきたらきみが教えてくれなきゃ駄目だよ」面白がらせるつもりで、彼はいった。

「もう時間、過ぎてるわ」彼女はいった。

「ちょっと待ってくれ——コーヒーを全部飲むから」

「お仕事、どうだった？」

「順調だよ」彼はいった。

「すること、たくさんある？」

「うん、そうなんだよ」生産性研究会から戻ったとき、いくつもの仕事が待ちうけていたのを思い出した。従業員相手の管理業務があったが、その従業員に対して彼は責任を負っているものの、権限は与えられていない。それから何時間もかけてフィールズと計画を練ったが、その計画は彼が退出する直前に、フリーリング氏が拒否権を発動して、なかったことにされた。「どれもこれも意義があるようには思えないが」と、彼はいった。「やることは山ほどある」

「そんなこといっちゃ駄目」妻はいった。「仕事がなくなるわよ」

「なくなったりしないよ。あそこにいるかぎり、いやでもやらされる」

「わたしにはすることがないわ」彼女はいった。まるでその言葉自体が無理やり唇を掻き分けて外に出てきたようだった。

彼はいった。「そんなはずはない」

「ベッドを整えて、はたきをかけて、床にモップをかける。それはみんな、あなたが出かけてから二、三時間で片づいたわ。そのあとは、なんにもないの」

「読書をすればいい」

「できないの——苛々して」

「だったら、さっきのよりもっと美味しい食事をつくるとか」

「そんなことしたって、なんにもないの」彼女はいった。「ただ、ただ、なんにもないの」突然、彼女は怒り出していた。その様子を見ながら、ふと思った。この女はまるで赤の他人だ。フィールズやミス・フォーンであれば、いや、フリーリング氏でさえ、この女と比べたら知り合いの部類に入るだろう。

「今日の午前中という時間はもう過ぎた」彼はいった。「悪いが、それをきみに返すことはできない。ぼくがやってきたこと——それも、なんにもなかったな」

「ねえ」彼女はいった。「もう行ってくれない？　あなたがここにいると、苛々するの」

彼はいった。「何かすることを見つけろよ」

「そうするわ」

彼は、渡された紙で口を拭い、居間に向かって足を踏み出した。意外なことに、彼女は追ってきた。引き留めようとしているのではなく、厄介払いできた今、かえって彼のそばにいたくなったようだった。「二人が目を覚ましたときのこと憶えてる?」彼女はいった。「あなた、最初は、服を着ないといけないことも知らなかったわね」

「今でも釈然としないがね」

「わかるでしょ、わたしのいうこと」

「ああ」と、彼はいった。そして、自分にはわかっているが、彼女にはわかっていない、と思った。


道路標識には〈直進のみ〉とあった。本当にそれに従わないといけないのだろうか、とフォーレセンは思った。もしもモデル・パターン・プロダクツに戻らなかったら、あの青い車の男が追ってくるのだろうか。きっとそうだ、と思ったが、あの男が何をしようと、MPP社ほど恐ろしくはないだろう。ドッグフード会社の正面の道路で、形のよくわからない茶色の物体がふらふら転がっていた。車が通るたびに空気が乱れ、風に乗って動いている。そして、通りかかる車を攻撃するように、死にものぐるいの突進を試みて、びゅんびゅん飛びすさる不死身のタイヤに蛮勇を奮っていた。思わず轢きそうになったが、その瞬間、気がついた——あれはエイブラハム・ビールの帽子だ。

駐車場には轍の数が増えていて、記憶とは違っていた。彼はゆっくり、用心深く車を進めた。付属する建物は取り壊され、びっくりするほどぴかぴかの別の車が(フォーレセンは、自分の車がこんなに磨かれたことはなかっただろうし、初めて窓から見たときもこれほど輝いてはいなかった、と思った)前に自分が車を駐めた場所を占拠していたので、工場から遠い、別の場所に駐めなければならなかった。ほかにも何人か、自分と同じように、お昼を食べるため家に帰った者がいたようだ——その中の何人かは、会議室で会ったことがある知り合いだった。彼は出るときに一度もあのベージュ色の時計にパンチカードを差し込んだことはなかったし、入るときもそんなことはしなかった。

自分の机なのに、男の子がいた。床にある段ボール箱から教科書を取り出して、机上に積み上げている。フォーレセンが気さくに挨拶すると、少年はジョージ・ハウと名乗り、フォーレセンの課で働いているといった。

フォーレセンはうなずいた。なるほど、そういうことか、とわかった気になっていた。「その机のところまで、ミス・フォーンが案内してくれたんだな」

少年は当惑したように首を振った。「ミセス・フロストという人でした——フリーリング氏の秘書だそうです。メガネをかけた人ですよ」

「鼻の尖った人だね」

ジョージ・ハウはうなずいた。

フォーレセンもうなずき、フィールズがオフィスとして使っていた部屋に向かった。予想どおり、フィールズはいなくなっていた。そして、自分の机に置いてあったものが、あらかたフィールズの机に移されているのを知った——フィールズの机もときどきしゃべるのだろうか、そう思って机に訊いてみようとしたが、そのとき、ミス・フォーンが入ってきた。

彼女の手には新しい指輪が二つあり、左手で髪を触ってはそれを見せびらかしていた。フォーレセンは彼女が妊娠したり授乳したりしているところを思い描こうとしたが、できなかった。しかし、彼にもわかっていたように、それは自分が悪いのであり、彼女が悪いのではない。「オリエンテーションの準備はよろしいですか？」ミス・フォーンはいった。

フォーレセンはそれを聞き流し、フィールズはどうした、と尋ねた。

「お亡くなりになりました」ミス・フォーンはいった。

「死んだということか？　まだ若く見えたのに。私と同じくらいじゃないか――少なくとも、フリーリング氏より若いはずだ」

「あの人は肥満体でした」ミス・フォーンはいった。その口調からは、道徳家めいた嫌悪感がわずかに感じられた。「あまり運動もしなかったし、煙草もよく吸っていました」

「彼はがむしゃらに働いていたんだよ」フォーレセンはいった。「仕事のあとで運動するエネルギーなんて、ほとんど残っていなかっただろう」

「そうね」ミス・フォーンは同意した。ドアに寄りかかり、チェーンで首にかけた金色の鉛筆を左手でいじっている。そのそぶりからは、二人が古い友人同士であり、ときには堅苦しい仕事を離れて打ち解けることも必要だ、という思いがうかがえた。「フィールズさんとは――昔のことだけど――大人どうし、ちょっとあったのよ。あなたは知らなかったと思うけど」

「へえ、初耳だ」フォーレセンはいった。ミス・フォーンはにんまりした。

「エディとのことはね――二人きりのときは、彼のことをエディと呼んでいたの――誰にも知られていなかったと思うわ。黙ってた自分を褒めてやりたい気分。でもね、もちろん、不適切な関係はなかったのよ」

「そうだろうね」

「目と目で語り合ったり、二言、三言、言葉をかけたり。エルマーは知ってるわ。彼にはなんでも話すことにしてるから。さあ、オリエンテーション、お願いしてもいいわね？」

「大丈夫だと思う」フォーレセンはいった。「相手はジョージ・ハウだね？」

ミス・フォーンは書類に目をやった。「いいえ、ゴーディ・ヒルバートよ」

彼女が出ていこうとしたので、フォーレセンはふと思いついて、フィールズの埋葬場所を尋ねた。

「お墓の場所？　あなたのすぐうしろよ」

彼は意味がわからず相手を見た。

「あそこ」彼女が身振りで示した先には、フォーレセンの机のうしろの絵があった。「あの絵のうしろが納骨所なの――知らなかった？　納骨所といっても、小さな棚だけど、納めるときにはまず火葬にするの」

「燃え尽きたわけだ」

「ええ、燃やして、絵のうしろに安置する――そのためにあるのよ。絵はね。遺骨はちっちゃくてきれいな祭瓶《さいびん》に入れてあるの。会社給付の祭瓶よ。最初にもらったオリエンテーションの書類を読んでたらわかるはずだわ――もちろん、自分の家に埋葬してもらうこともできるけど」

「ぼくはそのほうがいいな」フォーレセンはいった。

「そうだろうと思った」ミス・フォーンはいった。「あなた、どう見てもそんなタイプだもの。エディは〈農場を買った〉――戦死することを男の人はそういうんだったわよね」

　一二五時に彼は職業訓練目的の異動を命じられた。新しく割り当てられた机に向かうとき、建物のメイン・ロビーを通ったが、そのとき、大きな円形浮き彫りの肖像画が床にはめ込まれているのに気がついた。エイブラハム・ビールの肖像だったが（まじめくさった顔をしているものの、当人であることは間違いない）、下に刻まれた名前は会社創立者アダム・ビーンとなっていた。新しい上司であるフリア氏と一緒だったので、彼は何もいわなかった。

「急なスロープをきみとともに滑降できることを心強く思っている」と、フリア氏はいった。「スキー・ワックスの用意はいいか、スキー・ブーツの紐は締めたか」

「ワックスの用意はできました。紐も締めてあります」と、フォーレセンはいった。こういう言い草にはもう慣れっこになっていた。

「だが、締めすぎてはいかん――脚の骨を折ることになるぞ」

「締めすぎには気をつけます」フォーレセンは相手に合わせた。「ここは何をする部署なんです？」

フリア氏はにっこり笑った。フォーレセンは自分の質問が正鵠を射ていたことを知った。「われわれは今、現実的な、本物のビジネス社会の裏表を、実践的に理解するための突貫計画を実行して、成功を収めつつある」と、フリア氏はいった。「とくに重点を置いているのは、マネージメントと、融資と、経営企画戦略と、リスク評価だ。われわれは、管理業務を管理する実体験型模擬ゲーム〈人生を賭けろ〉をずっとやってきた」

「すごいですね」フォーレセンはやる気満々だった。意欲が湧いてきたのは、また生産性の話になったら嫌だな、と思っていたからだ。

「われわれはスロープのど真ん中を走っている」フリア氏はいった。「雪は激しい。風はまともに顔に吹きつけてくる」

フォーレセンは、紐は締めた、ワックスの用意はできた、といいそうになったが、最後の瞬間に思いとどまり、ただ頼もしくうなずいて、そのゲームに自分も参加できるか、と尋ねた。

「できるとも」と、フリア氏は請け合ってくれた。「きみにはフォークスの席にすわってもらおう。なかなかおもしろいことになってるぞ——フォークスはプラスチック玩具の販売に熱心だったが、陸軍とも契約を結んでいて、野戦糧食や生物兵器関係の臨時収入もある。水族館の備品の分野でも派手にやっている——市場の規模は小さいが、フォークスはその小さい中での大物だ。わかるかね、私のいうことが」

「早くやりたくて、待ちきれませんよ」フォーレセンはいった。「これからは水族館《アクアリウムズ》の時代がくるような気がして仕方ないんです」フリアは少し変な顔をして、フォーレセンとともに階段を上がっていった。

管理業務を管理する実体験型模擬ゲーム〈人生を賭けろ〉は、だだっ広い会議室の、ばかでかい机に置いてある、何畳敷きもあるようなゲーム盤で行われていた。盤面のいたるところに、マーカーや、回転式の矢印や、積み上げたカードが置いてあり、八面か十二面のサイコロが入れてあるサイ振りのツボもいくつかあった。ゲームのプレーヤーは椅子にすわり、部屋のあちらこちらに控えていた。二人は口論し、一人は眠り、ほかの五人は盤面を眺めたり、メモを取ったり、手持ちの小型の機械で計算をしたりしていた。その機械は、算盤とキャッシュ・レジスターが一緒になったようなものだった。

「これからきみにルール・ブックを渡して、自分の受け持ちがうまくいっているかどうか確かめたら、失礼させてもらう」フリア氏はいった。「次の会議に遅れそうだからな」そして、部屋の隅に積み上げてある本の山から茶色のパンフレットを取り、フォーレセンに渡した。そのときに気がついた（かなりの驚きを込めて）のだが、それは、目を覚ましたとき「仕事の割り当て表」の下で見つけた小冊子のひとつと同じものだった。

フリア氏は〈人生を賭けろ〉のロゴがついた小さなテーブルでメモを書いた。そして、フォーレセンの目の前でそれを引きちぎると、盤面の中央に近い空《から》の枡目に置いた。それには「買い一七　売り一八・二五　雪上車五・五　上昇〇・五　新規開拓すること　閉鎖石炭石油靴　フリア」と書いてあった。彼が出ていくと、フォーレセンはタイミングをはかり、話が彼の耳に届かなくなった頃合いを見計らって、こういった。「あの人は、やり手のプレーヤーなんだろうな」

名目上は左側の男に向けた発言だったので、その男が首を振りながら答えた。「スポーツ用品の過剰買いがひどくてね」

「スポーツ用品はいい投資先なんじゃないのか」フォーレセンはいった。「もちろん、このゲームのことはさっぱりわからんが」

「あのパンフレットを読んだって役には立たないよ――頭が混乱するだけだ。基本的なルールはただひとつ、誰も駒を動かす必要はないが、誰だって好きなときに動かすことができる、これさえ憶えておけばいい。フリアは参加してまだ十待間にもならないが、もう動かしてしまった」

「ところで」と、赤い上着を着た男がいった。「この部屋はいつでも開いてるんだ。しかも、一待間おきにコーヒーとサンドイッチが運ばれてくる――だから、入り浸って帰ろうとしない者もいる。私は審判だ」

先の立った口ひげを蓄えた男、少し前に赤い上着の男と口論をしていた男が、話に割って入った。「決まった数のメンバーが賛成したら、ルールは変えられるぞ――そのときは、ページを留めてあるホッチキスの針を抜いて、変えられたルールをタイプで打って、中にはさむことにしている。改正に必要な定員は、参加しているプレーヤーの四分の三だ。七人未満の場合は成立しない」

フォーレセンはおそるおそるいった。「ここにいるプレーヤーの四分の三が七人を超えることはないようですが」

「そのとおり」審判がうなずいた。「それほどの数になることはめったにない」

口ひげの男がいった。「きみ、まず持ち株を調べたまえ」

フォーレセンがそうすると、〈インターナショナル玩具および食品〉という会社の株を百パーセント保有していることがわかった。彼は、〈買い三四　売り三二　フォークス〉と紙に書いて、盤面の中央に置いた。「あの代物で三十二は無理じゃないのかね」口ひげの男がいった。「とてもそれだけの値打ちはない」

フォーレセンは、三十四で売るとオファーを出したが、買い手はまだ見つかっていない、と説明した。口ひげの男は、わけがわからなくなったようだった。その時間を利用して、フォーレセンは茶色のパンフレットを調べてみることにした。出鱈目にページを開いて、彼は読んだ。〈「われわれはチームだ」フィールズは続けた。「ひとつのチームとして機能する。だからといって、クォーターバックや監督がいないわけではない――」彼は天井を指さした。「――あそこにいるのだ。チームであるからには、全員、二割五分以上の打率を目指してもらう。打率が三割に満たない者は、守備《フィールズ》で結果を出せ。私のいうこと、わかるか？」〉

「じゃあ五百買って、それをきみに売ろう」

〈フォーレセンはまたうなずき、尋ねた。「この部署は何をするんです？　役割は？」〉

「五百買って、それをきみに売り戻すといってるんだよ」

「先走っちゃいけない」フォーレセンはいった。「まだ何も持ってないだろう」

「だから買うんだよ」口ひげの男はゲームに使う小物類をかきまわし、色のついた紙を何枚か取り出した。その現金をフォーレセンは受け取り、枚数を数えた。

赤い上着の男がいった。「コーヒーだ。サンドイッチもきた。スパムとチャーキーのサンドだぞ」

赤い上着の男はそれを取りにいき、フォーレセンはドアの外に出た。

廊下には誰もいなかった。ゲーム室にいると息が詰まりそうだった。あそこの空気は、すえたような汗と、煙草の煙と、紙コップの底に沈殿した冷たく油臭いコーヒーとが一緒になって臭気を放っていた。それに比べれば、廊下はひんやりと冷たく、静かな風の流れと氷の記憶とに彩られている。フォーレセンはドアの外で立ち止まり、しばしその空気を満喫した。やがて、サンドイッチをほおばりながら、口ひげの男も外に出てきた。「こうやって外に出ると、気晴らしになるね」

フォーレセンはうなずいた。

「といっても、ゲームがつまらなくなったわけじゃない」口ひげの男は続けた。「実際、楽しんでいる。ご承知のように、私は営業にいる」

「知らなかったよ。みんなうちの部署の者ばかりだと思っていた」

「そうじゃないんだ。中には私みたいな営業畑の者もいるし、広報だっている。きみたちが尖《とん》れる手助けをしている、というのがわれわれの言い分だがね」

「たしかにそうしてもらえるとありがたい」

「それはともかく、私は好きだよ——ルーレットを回したり、カードを出したり。営業のなんたるかはきみも知ってるだろう——食料品店をやっている店主どもに圧力をかけるんだ。新商品を買え。買わないと、通常の商品の納入を遅らせるぞ。卸しの値引きはやめるぞ。そんなことばっかりやってるんだから、財務管理の知識がないのは当たり前だな」

「それだけわかってれば充分だよ」フォーレセンはいった。

「ああ、そうかもな」口ひげの男はサンドイッチの残りを呑み込んだ。「さて、戻るか。何人かカモを見つけたから、金を巻き上げてやる」

フォーレセンはいった。「幸運を祈るよ」そして、立ち去った。背後から、ゲーム室のドアが開き、また閉まる音が聞こえてきた。いくつかの事務所の前を通りすぎ、自分の部屋を探しながら、階段を二つ分あがったところで、場所を教えてくれそうな人物を見つけた。メガネをかけた鼻の尖った女性だ。

「変な顔でこちらをご覧になってるのね」鼻の尖った女性はいった。にっこり笑っているが、その表情は、ハロウィーンのパーティで目隠しをされてレモンを囓らされた女教師を思わせた。

「いや、知り合いとそっくりなんですよ」フォーレセンはいった。「あなたはミセス・フロストですね」実をいうと、その女性は、ミセス・フォーンと瓜二つだった。

相手の笑みにいくらか温かみが加わった。「よくいわれます。実は、いとこなんです——わたしはミス・フェッド」

「もっと何か話してください」

「話し方も似てますか?」

「いや、声に聞き覚えがあるような気がして。変なふうに思われるかもしれませんが、ここにくるとき——今朝のことですが——車が話したんですよ。そのときは女性の声だと思わなかったんですが、考えてみると、あなたの声と似てましたね」

「それ、そうかもしれません」ミス・フェッドはいった。「わたし、前は交通課にいたんですが、いまでもときどきお手伝いに行くんです」

「実際に会えるとは思わなかった。車を止めて、外に出たのが私です」

「そんなことをする人はたくさんいます。でも、たいがいは一度でやめてくれます。何を持ってらっしゃるんです？」

「これですか？」フォーレセンは例の茶色の小冊子を差し出した。ページのあいだにまだ指をはさんでいた。「本ですよ。終わりを読むのが怖いんです」

「終わりを読むのが怖い本といえば、赤い本なんですが」と、ミス・フェッドはいった。「推理小説の対極にある本ですね——解決編の前に、みんな読むのをやめるんです」

「その本なら、まだ最初も読んでいない」フォーレセンはいった。「考えてみれば、この本の最初もまだ読んでいません」

「ここでは本の話をしちゃいけないことになっています。ほかにすることがなくてもね。それで、なんのご用だったんでしょう」

「こちらに異動してきたんです。席がどこにあるか、教えてもらおうと思って」

「お名前は？」

「フォーレセン。エマニュエル・フォーレセンです」

「あら、よかった。あなたを探してたんです——席に行ってもいらっしゃらなかったもので」

「ええ、まだそちらには行ってません」フォーレセンはいった。「〈人生を賭けろ〉の部屋にいました

――しばらく前に出ましたが」

「わかってます。あそこも探しましたから。フリック氏がお呼びです」

「フリック氏が？」

「そうです。本当は今日のもっと遅い時刻に会うつもりだったそうですが、予定が変わって早く会社を離れることになったそうです。こちらにどうぞ」

ミス・フェッドは歩幅の小さい気取った歩き方をしたが、あまりにも早足だったので、フォーレセンは小走りになってようやくついていった。「フリックがなんの用だろう」彼は、口ひげの男を欺したこと、フェアチャイルドに嫌がらせをしたことなどを思い出した。

「わたしの口からは何もいえません」ミス・フェッドはいった。「こちらがフリック氏の部屋です」

「わかってるよ」と、フォーレセンはいった。そのドアは大きく――建物にあるほかのどのドアよりも大きく、金属に似せた色で塗られてもいなかった。フリック氏の銘板は銀製で（あるいはプラチナ製か）、趣味がよすぎる筆記体で〈フリック〉という名字だけが書いてある。フォーレセンの知らない男が一人、そばを通りすぎていくあいだ、二人はフリック氏の趣味がいい銘板の前に立っていた。通りすぎた男は帽子をかぶり、書類カバンを提げて、片腕にコートをかけていた。

「もうみんな退出しはじめてるんです」ミス・フェッドがいった。「わたしなら、さっさと中に入りますけど――フリック氏だって、家に帰る前にゴルフをなさりたいと思います」

「きみは一緒にこないのか？」

「もちろん、行きません――中にはもう人がお集まりで、わたしにはやることがあります。ノックはなさらずに、そのままお入りください」

フォーレセンはドアを開けた。部屋はとても広く、人で一杯だった。高価なスーツを着た男たちが立ったまま煙草を吸ったり、飲み物を手にしたり、青銅の灰皿にパイプの中身を空けたりしていた。複数のテーブルと机は——そう、ひとつだけ机がある、と彼は思った。きわめて大きな机で、片側が窓の下まで届いている。グランド・ピアノの蓋のような形をした机だ——複数のテーブルと机は、黒っぽく分厚い熱帯の木材で作られており、そのテーブルにも机にも青銅のトロフィーが林立しているので、部屋全体が青銅と黒い木と赤い羊毛とでできているように見えた。男たちの数人が彼を見て、そのまま部屋の奥に視線を移した。それでどの人物がフリック氏なのかわかった。部屋に背を向けて立っている禿げた男だ。体は太めらしい、とフォーレセンは思った。身長は平均より低そうだ。彼は、喫煙者や飲み物を持っている男たちのあいだを掻き分けて近づいていった。「エマニュエル・フォーレセンです」

「ああ、きたか」フリック氏は振り返った。「アーニー・フリックだ、フォーレセン」フリック氏は横幅の広いぽっちゃりした顔の持ち主で、片方の眉の上にいぼがあり、金歯が一本あった。どこかで会ったことがありそうだ、とフォーレセンは思った。

「われわれは一緒に小学校に通った仲だよ」フリック氏はいった。「たぶんきみは憶えていないだろうが。そうだろう?」

フォーレセンはうなずいた。

「正直にいうが、私もきみのことは思い出せなかったと思う。とにかく、儀式の準備をしているあいだに、きみのファイルは調べておいた。ところが今、こうやって対面してみると、なんたることか、記憶にある顔じゃないか——一緒に陣取りゲームをやったことがあるよ。きみはとにかく足が速かったな」

「どこでその力をなくしたのか」と、フォーレセンはいった。フリック氏と、そのまわりに立っている数人の男が笑い声を上げたが、フォーレセンのほうはこのフリック氏が自分と同じ歳のはずはないと思っていた。

「なかなか気の利いた返事だな。とにかく、われわれはだいたい同じ時期にスタートしたわけだ。世の中には、上にあがる者もいるし、そうでない者もいる。きみはたぶん私を羨んでいるだろうが、実は私のほうこそきみが羨ましい。トップに立つ者は孤独なものだよ。仕事は厳しいし、一分たりとも責任を投げ出すことはできない。信じられないかもしれないが、きみは最高の人生を送ってきたんだよ」

「それはない」フォーレセンはいった。

「ともかく、私は疲れた——誰もが疲れている。こんなことはもうおしまいにして、みんな家に帰ろうじゃないか」フリック氏は声を張り上げて、部屋にいる者全員に話しかけた。「みなさん、ここに集まってもらったのは、ほかでもない、誰もがみな、なんらかのときに、なんらかの形で、ここにいる紳士、フォーレセン氏と誼《よしみ》を通じた仲であるからです。そのフォーレセン氏に、同僚の鑑《かがみ》として、記念品を進呈します」

誰かがフリック氏に箱を渡し、彼はフォーレセンにをそれを渡した。フォーレセンが蓋を取ると、全員が拍手をした。時計だった。「こんなに遅くなってるとは知らなかった」フォーレセンはいった。

笑い声を上げた者も何人かいたが、集まった者はもうばらばらと帰りはじめていた。

「きみは〈人生を賭けろ〉をやっていただろう」と、フリック氏がいった。「あれをやっていると、思ったより時がたつものだ」

フォーレセンはうなずいた。

「さあ、今日はこれでもう休みにしようじゃないか。どっちみち、一日は終わりかけているがね」

外に出ると、今日はこれで休みにするというフリック氏の通達を知らないであろうと思われる者たちが、自分の車に向かって散り散りに歩いていた。フォーレセンも車に近づきながら、両脚が凝って痛むのを感じていた。そのとき、明るい色の新車が駐車場に止まり、男と女が外に出てきた。男といっても、まだ清潔感のある青年、女のほうは労働者階級出身らしい娘で、化粧も服装も細かいところまで気を遣っていたが、その安っぽい魅力とうらぶれた感じは、三流婦人服店の広告に登場するモデルのようだった。二人は手をつないで歩道を進み、タイム・レコーダーの前でキスをして——と、フォーレセンは確信していた——そのあと二手に分かれて、彼女は階段を上がり、彼は下に行くのだろう。あとで一緒にコーヒー・タイムを取るだろうが、何しろ仕事中なので、どちらもあまり楽しめない。昼食のときには社員食堂で落ち合い、まだ給料ももらっていないのに、彼は娘の食事代を出そうとする。

通りに並ぶ道路標識には〈前方優先・譲れ〉と書いてあった。オレンジ色と黒に塗り分けられた機械が明かりの届かないところで家を取り壊していた。フォーレセンは自宅の車回しに自動車を入れ、油の染みのあるところに駐車した。黒いスーツを着た小さな男が、玄関のすぐわきで、木とキャンバス布でできた折りたたみの椅子にすわっていた。足もとには黒い鞄がある。フォーレセンは声をかけたが、返事はなかった。フォーレセンは肩をすくめ、家に入った。

長身の若い男が、居間の中央に置いた架台のようなものに載せてある直方体の細長い物体の横に立っていた。「ほら、こんなものを用意したよ」彼はいった。

フォーレセンはそちらを見た。時計が入っていた箱に似ていたが、このほうがずっと大きかった。材料は、ほとんど黒に見える赤褐色の木材で、内側にはピンクがかった白い絹が貼ってあった。

「試してみるかい？」若い男はいった。

「やめておくよ」この男が何者か、フォーレセンはすでに見当をつけていた。少し間を置いて、質問を投げた。「きみのお母さんはどこにいる？」

「忙しいんだ」若い男はいった。「女って、いろいろあるから……ほんとをいうとね、終わるまでここにきたくないんだって。かっこいいだろう、この蓋。見てよ」彼は蓋の半分を下げた。「ダッチ・ドア（上下別々に開閉できる二段式のドア）みたいだろう」そして、また蓋を上げた。「サイズが合うかどうか、試してみる？　肩のあたりがちょっときついかもしれないけど、とびきりのエンジンがついてるんだ」

「いや」と、フォーレセンはいった。「やめておくよ」ピンクっぽい絹というのが癪にさわった。そして、背をかがめ、もっとよく見ようとした。そのとき、若い男は彼の腰に腕を回し、子供のように抱え上げて、中に入れると、蓋を半分閉めた。シャツのポケットのあたりまで蓋が下がり、ちょうど両腕を固定する格好になった。「あはは」と、フォーレセンはいった。

若い男は鼻で笑った。「まさか死ぬ前に埋葬されると思ったんじゃないだろうね。ぼくは予行演習をしてもらいたかっただけだ。そうすると、あとあと楽だから。どう、気に入った？」

「ここから出してくれ」

「すぐ出してやるよ。居心地はいいかい？　体に合う？　けっこうお金がかかったんだよ」

「正直にいうと」と、フォーレセンはいった。「予想以上に快適だな。底のクッションは薄いが、そのほうが背骨がまっすぐに伸びるとわかった」

「よかった。ほんとによかったよ。次は解説者だけど、もう選んだ?」

「なんの話だ」

「オリエンテーションを読まなかったのかい? 人生の終わりがきたら、誰でも解説者に解説してもらう権利があるんだ。解説者のタイプは自分で選ぶことができる。たとえば――」

「それなら」と、フォーレセンは割って入った。「しょっぱなに解説してもらったほうが、ずっとありがたかったと思うね」

「――小説家、年老いた民間伝承師、国民的英雄、占い師、役者」

「どれもこれもピンとこないな」フォーレセンはいった。

「あるいは、神学者、哲学者、司祭、医者」

「それも気に入らない」

「ぼくの知っているオプションはそれだけだ」と、彼の息子はいった。「じゃあ、こうしよう――ここに呼ぶから、じかに話してみてよ。外で待たしてあるんだ」

「あの黒い服を着た背の低い男か?」フォーレセンはいった。息子のほうは、すでにドアから顔を出していて、聞いていなかった。

やがて、あの小さな男が鞄を持って現れた。フォーレセンの息子は、その男のため棺のそばに椅子を置いてから、寝室に入っていった。「さて、どれになさいます?」小さな男はいった。「それとも、なしにしますか?」

「わからないんだ」フォーレセンはいった。彼は、小さな男が着ているスーツの生地を見ていた。無数の糸が織り合わさってできた生地、そこには宇宙そのものがある。それは蛇やミミズ、草木の根っこ、暗い空を飛ぶ忘れられたロケットの黒い航跡、大宇宙の放射線が描く正弦波だった。「家内と相談できたらいいんだが」

「奥さんは死にました」小さな男はいった。「お子さんはそのことを話したくなかったんですよ。ご遺体は隣の部屋に安置してあります。どれになさいます？　医者、司祭、哲学者、神学者、役者、占い師、国民的英雄、年老いた民間伝承師、小説家」

「わからないんだ」フォーレセンはまたいった。「ぼくは実感したいんだ。あの箱は寝床であり——船でもあると、ぼくを解き放つ船でもあると」

「それにしても、変な一生だったな」

「あなたは強迫観念に抑圧されてきたのかもしれません」と、小さな男はいった。「あるいは、姿の見えない異星人によって再生させられた人間か。その異星人は、人類の最後の一人が死んでから何十億年もたった地球にやってきて、二十世紀の生活を再現しようと思ったのです。それとも、脳の腫瘍が神経を軽く一押ししたのか」

「それが解説か？」

「数例を挙げたまでです」

「本当に意味があったかどうか、私は知りたい」フォーレセンはいった。「あれだけの苦労に——はたしてそれだけの価値があったのだろうか？」

「いいえ」小さな男はいった。「はい。いいえ。はい。はい。いいえ。はい。はい。たぶん」

狩猟解禁日

狩猟に関する記事

宮脇孝雄訳

An Aritcle About Hunting

あらかじめ映話で打ち合わせをしたとおり、ロマン・カウリー氏とは連邦農場のロビーで会った――一九八二年に就任してから環境委員会の地方本部長を務めているカウリー氏は、背が高くて体格のいい五十一、二歳の人物である。私が自己紹介すると、誠意のこもった握手をしてくれた。「ご足労をおかけして、恐縮です。つまり、野生動物管理学の実情を詳しく紹介すれば、読者が興味を持つ、そうお考えになったということですね」

そのとおりです、と私は答えた。

「われわれの現代的で科学的なやり方をごらんになったら、新しい発見があると思いますよ。いわゆる〝事情通〟でなければね。ご承知のように」話しながら、彼は私を案内して本館を通り抜けていった。農場の管理者、スウィント氏とは、すでに引き合わされていた。「あしたは、そこいらの熊を適当に狩るわけではありません。甚大な被害の原因になっている一頭の熊を選んで〝間引き〟するのです」

そのことならわかっています、といってから、農場の裏側に何軒も見える白塗りの建物の用途を尋ねた。

「鶏舎ですよ」農場を管理しているスウィント氏が答えた。「私どもの農場は、おもに鶏を飼い、りんごを栽培しています。鶏の餌にするとうもろこしも、少し作っています――多角的農場経営というやつです」

私はいった。「問題の熊は鶏を殺したのですか？」

「いや」スウィント氏はいった。「りんごを狙うのです」スウィント氏の案内でりんご園に入ると、あちらこちらに木から落ちて腐ったりんごを熊が食べた跡があった。木からぶら下がった熟したりんごを食べた形跡もある。「まさかと思うかもしれませんが、あんな高いところにあるりんごを、伸び上がって食べたのです」そういうとスウィント氏は、りんごの残骸を枝から取って、見せてくれた。

「まったく、化け物みたいなやつですよ」

熊の〝紋〟、いわゆる足跡はかなり乱れていたが、カウリー本部長は、くっきり残っているものを三つ四つ見せてくれた。二か所に、食べたものを吐いた跡があった。嘔吐物の大半は未消化のりんごだった。「農薬を噴きつけるせいなんです」スウィント氏はいった。「一度にこんなにたくさん食べちゃいけませんよ。熊だから、いってもわかりませんがね」

灰色熊だと思うか、と私は尋ねた。

「いや」カウリー本部長が説明した。「これはよくいるアメリカ黒熊」（エウアルクトス・アメリカヌス）「だと思う。灰色熊」（ウルス・ホリビリス）「とは違うでしょう。もちろん、毛の色は、時期によって、茶色だったり、シナモン色だったりしますがね」（E・アメリカヌスも同じ。アメリカの熊に厳密な色分けは適用されない）

スウィント氏によると、灰色熊はもうこのあたりにはいないという。私はその理由を尋ねた。
「羊を殺すので頭数制限の対象になったのです」と、彼はいった。「さいわい、楽にできましたよ。灰色熊には、死んだ獲物のもとに戻る習性がありましてね。食べ尽くすまで、何度も、何度も、戻ってくるのです。殺された羊が見つからなくても、近辺に熊がいるとわかっていれば、おとりとして二頭ばかり羊を撃ち殺して、毒薬を仕込む手もあります」スウィント氏がつけくわえたところによると、この地方では羊はあまりうまく育たず、それゆえこの農場でも飼っていないという。

周囲の森に近いりんご園の一角に案内されると、穴が二つ掘られていた。その穴の片方には「マーカー」が入る。マーカーとは、一度付着したら消すことができない発光性のオレンジ染料を、ガスボンベ式スプレーで問題の熊に吹きつけて「マーキング」をする人のことである。もう一方の穴には私が入る。太い木の根が何本かあり、それをのこぎりや斧でいちいち切っていたので、作業は遅れ気味だったが、日暮れには終わるはずだという。その夜の「マーカー」はカウリー本部長その人だと聞いていたが、急に仕事が入って、狩猟には翌朝まで参加できなくなったらしい。代役はスウィント氏だった。

まだその段取りを話し合っていたとき、本館の前にトラックの停まる音が聞こえた。やってきたのは、カウリー本部長直属の捕食動物処理官、アレグザンダー・バンクス、通称〈サンディ〉だった。環境本部の飼っている猟犬の中でも訓練の行き届いた六頭がトラックに同乗していた。同乗しているというより、トラックのうしろに「住んでいる」状態で、その部分は鶏舎などで使う六角形の目の金網で仕切られ、犬小屋のようになっていた。バンクス氏は本来なら翌日にやってくる予定だったが、指示されたことの趣旨を誤解したらしい――そのため、カウリー本部長にからかわれていた。相手が何度弁明をしても、おもしろがって冗談の種にしている。

あとになって、バンクス氏が連れてきた犬を見せてもらったが、この六頭の組み合わせは偶然にできたものではないとカウリー本部長はいう。「この一頭一頭は」と、本部長は説明した。「それぞれが得意な分野を持っていて、群れの中で自分に合った役割を果たすようになっている。サンディにいえばもっとよく見せてもらえるでしょう」

ぜひ見たかった。いわれたとおり、サンディがトラックから一頭ずつ猟犬を降ろしてくれたので、私はすぐそばで犬を改めることができた。

「こいつは『放浪者《ワンダラー》』だ」最初の犬を連れてきて、サンディはいった。悲しげな顔をした、とても威厳のあるハウンドで、体も普通より大きかった。「どうしてこいつを最初に降ろしたかわかるかね？これが親玉、『ボス犬』だからだ。フォックスハウンドの血が入っていて、四分の一はクーンドッグ、母親は純血のブラッドハウンドだ」私が用心してワンダラーから一歩あとずさると、カウリー本部長がいった。「こわがらなくてもいい。ワンダラーはとてもおとなしい犬でね。あの熊を捕まえたら、顔を嘗めに行くはずです。そうだろう、サンディ？」

サンディはうなずいた。「世間の人は知らないが、ブラッドハウンドの血は一番優しい血なんだ。行方不明になった子供を、ワンダラーに捜させることがあるんだが、子供を見つけても、こいつは顔を嘗めるだけなんだよ。ほんとに優しいから、小便もすわってするくらいだ」サンディはトラックのバンパーにワンダラーを繋ぎ、今度は二頭の猟犬を一緒に降ろした。「これは負けず《ニップ》と劣らず《タック》、二頭で一組だよ」と、サンディはいった。「ニップはブルーチック、タックはレッドボーン・ハウンドだ」ニップとタックはちゃんと別々の木に繋がれた。そこで二頭はしばらく小声で吠えていたが、スウィント氏が石を投げると静かになった。

「ここにいるのはスウィート・スーだ」トラックからもう一頭の猟犬を降ろし、バンクス氏はいった。スウィート・スーは体が小さく、優しい目で人を見つめる。どこから見ても雌で、最近、仔を生んでいた。三頭の雄犬は、あのトラックのうしろで何時間も一緒に過ごしていたのに、スウィート・スーを見ていくらか興味を覚えたようだった。サンディはスウィート・スーを繋ごうとはしなかった。そして、スウィート・スーが足もとにじゃれつくなか、最後の犬を囲いから出した。白いブル・テリアで、片耳が裂けている。「これがうちの〈追いつめ役〉だ」と、彼はいった。「どんな猟犬が追っても木には逃げない相手だって、ランスは木に追い上げることができるし、おれが到着するまで戦いつづけることもできる」ブル・テリアは妙にだらしなく歯を剝きだした。ブル・テリアというのはよくそんな表情をする。その歯は小型の鮫にも負けないほどだった。

「ごらんのとおりだ」カウリー本部長はいった。「一頭一頭に得意な分野がある。おもしろいだろう？」

本部長が穴を点検したいというので戻る途中（カウリー本部長は、本来ならバンクス氏はあしたまでこなくていいといわれていたのだから、ここにいても何もすることがないので、「熊にマーキングをする役」はバンクス氏にやらせようと決めていた）、私はサンディに、狩りをするときのスウィート・スーの役割を尋ねた。

「スウィート・スーは、とくに専門のない、なんでもこなせる優秀な猟犬でね」と、サンディはいった。「といっても、こいつを連れてくるのは、一緒にいると、ほかの犬が張り切って、勇気百倍になるからなんだ。もちろん、さかりがつく時期には、ケージに入れておかなくちゃいけない。今は、ごらんのとおり、出産したばかりで、仔は溺れさせた。孕んだのはしばらく前、長いことケージの外に出してたせいでね。あのときも今と同じで果樹に被害が出て、ただし、犯人は一匹のふくろねずみだった。おれは犬たちにあとを追わせて、『木に追い上げた』という合図の声がするのを待ってたんだが、いつまで待っても音沙汰なし。日の出のころにあきらめて、トラックまで戻った。犬たちはふくろねずみを隣の郡まで追ってったんだろう、なんて考えてたおれが馬鹿だった。ふくろねずみのやつ、その晩も出たんだよ。やっと犬たちが帰ってきたのは一週間後。その顔つきを見て、もう手遅れだと思ったな。とにかく、スウィート・スーはうさぎの相手もできる」

その夜、カウリー本部長がオフィスに戻ったあと、バンクス氏と私は穴に入った。早めに持ち場につかなければならなかったのは、熊が安全な森を離れる前に「偵察」にやってくる可能性があったからで、六時にはもう二人とも穴に陣取っていた。葉の生い茂ったりんごの木の枝を、ついたてや「目隠し」の代わりにして、穴は巧みに隠されている。柔らかな雨が降っていた。

念のため、台所でコーヒーをいれ、保温瓶に詰めて持ってきていたが、一時間に一杯しか飲むまいと決めていた。ほかに持ってきたのは、カメラ、フラッシュガン、フラッシュバルブ。そして、発光性染料のスプレー缶が一本――ただし、これは非常時のみに使用する。もともと私は正式に任命されたマーカーではないのだし、野生動物管理局と直接つながりのない人間がマーキングした熊を狩ることは、法律的に問題がありそうだ。サンディ・バンクス(私がうずくまっているところから十五フィートも離れていないもう一つの穴にいるはずだが、雨と闇のせいで、どれほど遠く感じられることか！)もまた、私と同じような染料の缶(ただし、こちらは中身がいっぱい入っている)と、(頑丈なラテックスばねを使って)「皮下注入矢」を発射するキャプチャー銃を一丁、持っているはずだ。

その矢は、編み棒ほどの太さの長さ四インチの注射針と、「本体」すなわち慎重に投与量が計算された（弱すぎると熊を静かにさせることができないし、ほんの数ミリグラムでも多かったら命取りになるので、加減が難しい）強力な鎮静剤の入った注射器と、プラスチックの誘導羽根と、動かなくなった動物の位置を狩人に教える点滅灯つきの小型サイレン（電池式）とでできている。それに加えて、私は知っているが、指示に反して（カウリー本部長は捕らえた動物を国立公園に寄贈するつもりでいる）バンクスは古い軍用のアソールト・ライフルまで持っていた。私がそれを見せてもらったとき、くれぐれも内緒にするようにいわれ、この記事でそのことに触れてはいけないと繰り返し念を押された。もしもばれたら、職を失うことになるのは目に見えていた。

最初の四、五時間が過ぎると、そろそろ退屈になってきた。午後のあいだずっと降っていた雨は本降りになってきて、どうせならこの目隠し——穴を覆っているりんごの枝の筵のことだ——の先が、小さな住宅の屋根やテントのようにとんがっていれば、もっと水はけがよかっただろうに、と思った。それどころか（次に機会があれば試してみようと思った）本当に小型のテントを使って穴の口を覆い、枝でキャンバス布を隠す、というやり方も可能ではないだろうか。もちろん、穴の中から小枝を掻き分けて外を覗くことはできなくなるが、必要に応じてテントの側面に窓を開けるなりなんなりして対処することはできる。もしも待機が長時間に及ぶのなら、ストーブや小さなたき火の用意もしておかなければならない。

目隠しの下にうずくまって六時間ほどたってから、隠れ場所を覆うりんごの枝にまだ実が残っていることに気がついた。一個もぎとったとき、スウィント氏が農薬という言葉を口にしたことを思い出し、飲み残しのコーヒーで洗うことにした。どうせコーヒーはもう冷たくなっている。あたりは真っ暗だったので、やりづらかったが、どのりんごも軸がついている部分はへこんでいて（私はそれを「池」と名づけた）、そこに冷たいコーヒーを流し込むと、その天然の「貯水池」で適宜指先を濡らしながら、りんごの表面を洗うことができる。

二個目のりんごをそのようにして洗い終え、三個目を取ろうと葉の生い茂った「目隠し」に手を伸ばしたとき、指の先が何かに触れた。最初は生牡蠣のようだと思った。少しだけ腰を浮かせ（それまでは地面にすわっていた）、いったいなんだろう、と木の葉を掻き分け、そこにあるものを見て——いわば心理的な焦点がまだ合っていなかったときのことである——これは、鼻とあごに重い障害を負って、下半分が哀れにも極端なほどグロテスクに突き出ている男の顔だ、とっさにそう思った。次の瞬間、熊と目と目を合わせていることに気がついた。そのあと、あのときは落ち着いていたと今でも自画自賛しているのだが、声を上げてサンディ・バンクスに私の発見を伝え、うしろに（というのは、穴の底に向かって、ということだ）勢いよく身を投げ出し、相手とのあいだにさらに十八インチから二十インチの距離を開け、攻撃に備えた。

熊は、私がバンクスに声をかけたのを耳にして、自分が狩られる立場になったことを理解したらしく、たちまち敏捷に動き出して、この種の動物が決して侮れない敵対者になり得ることを示した。眠っているときにいきなり蹴り起こされた大型犬の声、としか形容のしようがない叫びを上げ、猛烈な力で熊は頭もろとも肩から上を私がいる場所とは反対側に振り、勢いをつけてごろりと転がり、後ろ肢を高々と宙に上げて、頭のうしろにそれを降ろした。つまり、四、五百ポンドはあろうかと思われる体を、瞬時に三百六十度回転させたのだ。

そのあと（わかっていただきたいが、これはすべて数秒のあいだの出来事だ）熊はまたしても自然界がその仲間に与えた傑出した力を発揮した。いわゆる「助走なしのスタート」から――それどころか、この場合は、すでにかなりの勢いで反対側に振れていた状態から――猛スピードで「突進」もしくは疾走をはじめたのである。さいわいなことに、その突進の先にあったのは、私の穴ではなく、サンディ・バンクスの穴だった。自分の穴の底で地面にべったり身を伏せていたので何も見えなかったが、バンクスの「目隠し」が熊の重みでめりめりとひしゃげる音は耳に届いた。私は助けを呼ぶために走り出した。

そのころまでにあたりは漆黒の闇に包まれ、雨もますます激しくなっていて、足もとは極端に悪く、最初の四回か五回、鉢合わせした相手は、りんごの木だった。そのうち、遠くから叫び声が聞こえてきて、農場の管理者、スウィント氏が熊の存在を嗅ぎつけて手助けにきてくれたのだと思った。途中で会えることを期待して、私は農場の母屋めがけてまっすぐ走ることにした。だが、ほんの数歩行ったところで水と小枝が溜まった穴に転げ落ちた。

一瞬考えて、これはバンクスの穴か自分の穴か、そのどちらかに違いない、と気がついた。というのも（私の知るかぎり）りんご園の中に似たようなものはほかにないからである。数秒の思考で結論が出た。これがバンクスの穴だとしても、熊はすでにいない。

翌朝、夜明けの数時間後に、私たちは熊の追跡をはじめた。私のほうはうまくマーキングすることはできなかったが（スプレー缶は腰のポケットに入れてあったので、残念ながら、熊から逃げるとき中身がすべて漏れていた）、バンクスのほうは（本人がいうには）「顔めがけて吹きつけてやった」とのことだった。農場の母屋で用足しをしてきたあと、穴に戻ろうとして、りんご園で熊と鉢合わせしたらしい。朝になるとカウリー本部長が戻ってくるので、バンクスはその数秒前にアソールト・ライフルを泥の中に「置き忘れて」いたし、キャプチャー銃は「目隠し」の中にあって、熊から身を守る道具はマーキング用のスプレー缶（そして、ユーモアたっぷりに彼が付け加えたところによると、「足」）のみであったという。さいわいなことに、それだけで充分だった。

出発前のカウリー本部長の説明によれば、湿気の多い日は臭いがこもるので、追跡犬が才能を発揮する理想の環境なのだという。その日がまさしく理想の環境で、前夜からの雨が「出発《ジャンプオフ》」の直前まで降りつづき、みぞれに変わっていた。犬たちは興奮のあまり低いうなり声を発しながら連れ出され、何度かトラックに戻ろうとするのを止められていた。カウリー本部長の説明によれば、最初に臭いをかぐのはワンダラーだという。「ブラッドハウンドを扱う一番いいやり方は」と、本部長はいった（その言葉をそのまま引用する）。「まずこれから追いかける相手の、持ち物なり、着衣なりの臭いをかがせることだ。ハンカチ、下着、汚れた靴下、そういったものがあれば最高だね」そこで私は、では熊の体表からちぎった毛などを犬にかがせて「出発」させるのかと尋ねようとしたが（当然ながら、厳密な意味で熊に着衣などはなく――サーカスから逃げ出した熊なら別だが――それを使うのは絶対に不可能なのである）、そのとき、バンクスの手に汚れたハンカチがあるのに気がついた。白状すれば、その瞬間、私は目を疑った。しかし、すぐにわかったことだが、そのハンカチはバンクスのものであり、中には熊の糞（専門語で〝紋〟と呼ぶ）が入っていた。私が不注意にも熊の鼻先に触った場所の近くで、何個か糞が見つかったのだ。ワンダラーは一度だけ長々と臭いをかぐと、哀調を帯びた声で遠吠えをした――この群れの狩歌の序曲であった！

生きていることを喜びたくなるような朝で、雨で灰色に染まった森は、それぞれの葉の先にみんな氷柱をぶら下げていた。犬の姿はすぐに見えなくなり、私たち——カウリー本部長、スウィント氏、バンクスに私を加えた四人は、音だけを頼りにあとを追った。犬たちの合唱を、逐一、バンクスが通訳してくれた。「聞こえるか」と、彼（野生動物管理本部に雇われた捕食動物処理官、アレグザンダー・サンディ・バンクス）はいう。「あれはニップだ！」あるいは「あれはタックだ！」

足もとの悪い森林地を三マイル近く進んだとき（熊というのは普段はのんびりしていて、怠惰な面さえあるのに、六、七頭の大型犬と、そのあとに続く銃を持った人間たちに追いかけられると、何時間も逃げつづけることができるし、そのあげく、あきらめることもあれば、木に登ったり、列車に飛び乗ってヒッチハイクをしたり、いろいろな策略を使って逃げおおせることもある）猟犬たちは初めて追跡を中断した。犬たちの一群がうろうろしていたのは、覆いも何もない、木材の伐採作業場跡の「掘割」（これは非公式な設備で、伐採作業が終わったあとに固形廃棄物、つまり大便を捨てる場所になっている）で、中を小川が流れていた。「臭いがまぎれたんだな」カウリー本部長はいった。「立ち止まって、かぎまわっている」そのとき、スウィート・スーが「本分」に目覚め、顔を上げると、仲間の大型犬よりも甲高い、女性的な声で、きゃんきゃんとつづけ様に鳴き、自分が何かを見つけたことを知らせて、森の中に駆け込んでいった。「あいつ、うさぎを追ってやがる」サンディ・バンクスが感想を漏らした。

「そんなはずはないでしょう」私はいった。「熊を見つけたんだと思いますよ」

自分のお粗末な見聞で、サンディ・バンクスのような、百戦錬磨の森の専門家が持っている知識に勝てると思ったのが浅はかだった。「熊はあの小川に沿って下ってったんだよ」バンクスは説明してくれた。「そうすれば、犬をまくことができる。水が流れていると、臭い」（紋）「は消える」

見たところ、氷は薄く、熊の体重を受け止めることはできそうにないので、バンクスにもそういってみたが、バンクスは一連の穴に私の注意を向けさせた。それぞれ長さ一フィート、幅六インチほどで、ふたたび氷が張りかけていた。「これが足跡だよ」バンクスはいった。「ほら、熊の歩幅くらいの間隔しかあいてないだろう。それに、よく見たら、うしろの端っこに血がついてるのがわかるはずだ。自分で切ったんだよ」

大事なのはこの種の痕跡（専門語で〝紋〟と呼ぶ）で、私は氷の中に入り、自分でじっくり調べようとしたが、思いもかけなかったことに、ブーツの足もとで不安定な氷の面が割れて、私の足はふくらはぎまで水に浸かった。幸いなことに堅牢な革のおかげでアキレス腱に傷を負うことはなかったが、外に出してみると、ブーツには上まで水が溜まっていた。それがきっかけで、楽しげな笑い声があがったが、すでに私は気分が優れなかったので（前夜、口にしたりんごのせいだと思う）、よくないことだとは思ったが、快くその笑いに加わる気にはなれなかった。「ブーツが水でいっぱいだね」笑い声が収まると、スウィント氏がいった。「脱いだほうがいい」

私はいわれなくてもそうしようとしていたが、バンクスからナイフを借りて、ようやくやり遂げることができて、凍るように冷たい水を捨て、靴下を絞った。見ると、足は、興味を引く蒼い色に変色していた。

そのとき、灰色のうさぎが一羽、森から駆けだしてきて、前に行ったり、うしろに行ったり、うさぎがよくやる一貫性のない走り方をしながら、冷たい水をはねちらかしていた。スウィント氏は私のブーツを投げ、カウリー本部長は棒を投げた。後者は狙いが実に的確で、うさぎに命中し、腰骨を砕いた。様子を見ようと私たちが近づいたとき（そのあとで、犬にも見つかった様子はなく、うさぎは安全な場所まで逃げていったが、前肢だけを動かし、体を引きずるだけの余力が残っていたのだ）スウィート・スーが猛スピードで森から出てきた。そのうしろからやってきたものを見て、最初、私は、かなり大きな犬だと思った。バンクスがキャプチャー銃を構える前に、二頭の動物はまた森に消えた。あれは熊だ。もういなくなったが、たしかに熊だった。

だが、もう手遅れというわけではない。ワンダラーは、バンクスに教わって嗅ぐべき臭いを嗅ぎ、ただちに――やや間を置いてニップとタックが続き、そのあとを（ブル・テリアの）ランスロットが、ついさっきまでやる気をなくしていたようだったランスロットが追っていた――頭の高さに漂う臭跡を猛追していった。数分すると、犬たちの鳴き声は、甲高い叫び声に変わった。「犬どもでかした！」興奮してそう声を上げると、カウリー本部長はしゃがみこんで、ワンダラーを抱き留めた。ワンダラーは熊にこっぴどくやられたらしく、私たちのほうに逃げてきたところだった。興奮して何がなんだかわからなくなったのか、本部長の手に噛みつき、スウィント氏が何度か蹴る（ワンダラーを）まで放そうとしなかった。

あと数歩進むと、そこが「熊吉」の最後の抵抗の場所だった。石油の掘削作業を行ったときに使われた塩水のせいで、ここでは五十エーカーから百エーカーほど木々が枯れている。熊の背中は枯れたオークの巨木で守られていた。その場所に陣取って、向かってくる犬がいれば無慈悲な一撃で叩きつぶしてやろうと構えている。私はカメラのレンズを上げて写真を撮ろうとした。そうしながら、あの漆黒の顔に絶望の表情がよぎるのを見て、こいつは銃を向けられたと勘違いしたのだ、と思った。カメラはかちっという無害な音をたてただけだったので、熊は安堵の表情を浮かべた。それがまた滑稽だった。そのとき、熊を追い詰めている犬たちのなかで、よりによってスウィート・スーが前に出てきて（勇敢な犬だ！）、敵と正面から向かい合い、きゃんきゃん甲高い声で吠えつづけていたかと思うと、そこにブル・テリアのランスロットが現れて、たぶん、熊に近づきすぎていると思ったのだろう、スウィート・スーのお尻をくわえた。不運なことに、「死んだ獲物は放すな」というブル・テリアの本能のせいか、数ヤード離れた枯れ草の茂みまでうまくスウィート・スーを引きずっていったあとも、白い犬は口から彼女を放そうとせず、その機に乗じて熊はまさに攻撃に移ろうとした。バンクスがその急場を救ってくれた。キャプチャー銃の矢を四本、つづけ様にやつに打ち込んだのだ。そのあと、スウィント氏と私も参加して、交互に矢がなくなるまでキャプチャー銃を撃ちに撃った。それでもなお、カウリー本部長は、自分が代表を務める部署にほんの少しでも関係がある者たちの安全を常に考えている人物にふさわしく、念には念を入れて、すでに意識がない熊の頭を大きな石でバンクスに叩かせてから、公式に「安全」を宣言した。かくして——あまりにも早く！——狩りは終わった。獲物はそこに横たわり、こうした冒険が終わったときにいつも思うような感想が、このときも私の頭に浮かんだ。いつどこで私はまたこんな仲間やこんな獲物を見つけることができるだろう？　そして、この原稿は、はたして売れるのか？　森の中は閑として音もなく、枯れた茂みのなかでのたうちまわる五頭の犬たちのあえぎ声と、しゅーっという柔らかな音が聞こえるだけだった。それは、バンクスがスプレー缶で熊に「マーキング」をしている音であった。

ホームカミング・デイ

取り替え子

宮脇孝雄訳

The Changeling

この覚え書きを見つける人は、きっと書き手の馬鹿さ加減にあきれるだろう。どうせなら、郵便受けとか、ファイリング・キャビネットとか、ちょっと異色だが、建物の隅石とか、書類を置くのに適していると思われている場所に保管しておけばいいものを、よりによって石の下に突っ込んでおくとは。だが、ちょっと考えてもらいたい。こうした書きつけは、私がやったように、湿気のない洞窟の奥深くにしまっておくのが賢いやり方なのではないだろうか。

人の造った建物の場合、それがしかるべき要件を満たしたものであるならば、将来も聖堂のようなかたちで残されるだろう。だが、あなたの次の次の世代がもうそんなものは保存する価値がないと考えたときには、それを建てた者たちが書き残した文字を見て、読むに値すると思うだろうか。とはいえ、ファイリング・キャビネットと比べたら、まだ頼りになるかもしれない。正直に答えてもらいたい。キャビネットにしまいこまれた書類がもう一度読まれることはあるか。むろん、どこかの事務員が整理番号を頼りに抜き出すことはあるかもしれないが、それは別の話だ。だいいち、そういった書類をぜひ読みたいと追い求める人がいるとも思えない。

図体がでかくて、石のように固く、鉤形に曲がった口先を持つ嚙みつき亀が、この土手の下に住みついている。そして、春がきて、水鳥たちが巣作りをして卵がかえるころ、亀は雛が浮かんでいるところの真下を、影よりもひそやかに泳いでゆく。亀に脚をくわえられると、雛は一声、ぴいと鳴くこともある。要するに、それでもなお生命《いのち》が残っているということで、こうした書類の場合は、郵便受けの鋳鉄製のあごに嚙みつかれたら、もう終わりだ。

あなたは気がついているだろうか。そのあごは、すぐに閉じようとする。手を引き抜いたら、たちまち、ばたんだ。封筒の宛先に「未来」と書くことはできない。郵便受けはその箇所を線で消し、代わりに「配達不能郵便物課行き」のスタンプを押すだろう。

だが、私には語るべき話がある。語らないのはある種の罪にほかならない。

軍隊に入って朝鮮半島に行っていたとき、父が死んだ。まだ北が攻め込んでくる前のことで、私の任務は、爆薬を使って建物を壊す方法を韓国兵に向かってある大尉《キャプテン》が教える《ティーチ》のを補佐することだった。父の容態が悪いという電報がバッファローの病院から届いたとき、特別休暇がおりた。誰もがてきぱきと事を運んだし、私が時間を無駄にしなかったことは自分自身よくわかっているが、私を乗せた飛行機が太平洋上にあったとき、父は死んだ。棺を覗き込むと、内張りの青い絹が固くなった父の褐色の頰を取り囲み、働きづめだった両肩のあたりで襞をつくっていた。私は朝鮮に戻った。父がただ一人の肉親だったので、それ以来すべてが一変した。

そのあとの出来事をくどくどと語っても仕方がない。知りたければ軍法会議の議事録で読むことができる。私は中国に残った兵士の一人で、後にも先にも同じことをした者はいたが、私もまた宗旨換えをして故国に戻った。そしてまた、裁判にかけられた兵士の一人でもある。いわせてもらえば同じ捕虜収容所にいた兵士でも、人によって憶えていることが違う。別に賛同してもらわなくてもいい。

フォート・レヴェンワースの連邦刑務所にいたころ、よく考えるようになったのは、母が死ぬ前のことだった。父は太い釘を指で曲げることができたし、そのころ一家はカッソンズヴィルの町に住んでいて、私は週に五日、〈無原罪の御宿り校《イマキュレイト・コンセプション》〉に通っていた。引っ越したのは、五年生になる一か月前のことだったと思う。

出所したとき、まずその町を訪ねてから職探しをしようと思った。戦争の前、軍人貯金に四百ドル預けてあったし、安上がりに暮らす方法ならいくらでも知っていた。中国にいるとそんなことを覚えるものだ。

カナケシー川は昔のようにまだ穏やかに流れているか、一緒にソフトボールをした子供たちは仲間うちで所帯を持ったか、今、どうしているか、そんなことを知りたかった。私の人生の古い部分は、どういうわけか、ひび割れて崩れているようだった。あの町に戻って、そのかけらをこの目で見てみたい。舌足らずのしゃべり方をする太った男の子がいて、何を見てもげらげら笑っていたが、名前は忘れてしまった。今でも憶えているのはソフトボールのチームでピッチャーをやっていたアーニー・コーサだ。学年は私と同じで、歯が出ていて、そばかすがあった。アーニーの妹は人が足りないときにセンターを守っていて、ボールが飛んでくると目をつむり、自分の前にぽとんと落ちるまでそのままだった。ピーター・パルミエリはバイキングごっこか何かをいつもやりたがって、私たちもよく仲間に入れられた。ピーターの姉のマリアは、十三歳らしい威厳を発揮して、その高みから私たちを指図したり、母親の役を務めたりした。うしろのほうでは、もう一人のパルミエリ、ポールという名前の幼い弟が、よちよち歩きでついてきて、私たちのすることをなんでもかんでも大きな茶色の瞳で見つめていた。そのころは四つだったと思う。何もしゃべらなかったが、私たちにはお荷物でしかなかった。

ヒッチハイクがうまくいって、カンザス州から抜け出すのは簡単だった。二日たつと、次の晩はカッソンズヴィルだと皮算用をしたが、とある小さなハンバーガー・ショップの前で、ついに運が尽きたようだった。そこから連邦高速道路は枝分かれして、州道になる。三時間近く親指を上げつづけたあと、古いフォードのステーション・ワゴンに乗った男がやっと乗せてくれた。口の中で「どうも」とつぶやき、後部座席に大型の手提げ鞄を投げ込んでから、その男の顔をじっくり見てみた。アーニー・コーサだった。一目で、あのアーニーだとわかった——ただし、歯科医がどうにかしてくれたのか、突き出ていた歯はもう上唇を押し上げてはいなかった。しばらく相手を困らせて、にやにやしているうちに、こっちのことを思い出してくれたので、私たちは旧友再会の雰囲気になり、昔のことをあれこれ話し合った。

今でも憶えているが、小さな裸足の男の子が道ばたに立っているのを見かけたとき、アーニーはいった。「ポールはいつもおれたちにまとわりついてきて、邪魔だったよな。髪の毛に牛のくそをこすりつけてやったこともあったっけ。憶えてるかい。おまえ、パルミエリのママに、こっぴどく叱られたんだってな」

記憶になかったが、いわれると、すぐ思い出した。「でもな」私はいった。「あれはこっちが悪かったんだ。あの子がおれたちをおにいちゃんだと思ってるのをいいことに、いじめたんだからな」

「あいつだったら平気だよ」アーニーはいった。「会ってみればわかるさ。今じゃ、おれたちはどっちも、あいつにはかなわない」

「まだ一家で町にいるのか？」

「ああ、そうだよ」アーニーが何かしたのか、車のタイヤはアスファルト道を少し離れ、土埃と砂利とをまきあげてから、またもとに戻った。「カッソンズヴィルから出て行くやつなんかいないんだ」アーニーは道路から目を離し、ちらっとこちらを見た。「知ってたか？　マリアは今、あのウィッテの老医師《せんせい》のところで看護婦をやってるんだ。マリアの親は催し物広場のそばでモーテルを経営している。そこで下ろそうか、ピート？」

宿賃を訊くと、かなり安いといわれたし、どうせどこかに泊まらないといけないので、そうしてもらおうか、といった。そのあと五、六マイルのあいだ、二人とも黙っていた。やがて、アーニーがまた話し始めた。

「そういえば、憶えてるか、おまえら二人、大喧嘩したよな。川のそばでさ。おまえが蛙に石をゆわえつけて川に放り込もうとしたら、マリアが止めに入って喧嘩になったんだ。ありゃすごかったな」

「マリアじゃないよ」私はいった。「あれはピーターだった」

「頭がどうかしたのか」アーニーはいった。「二十年前の話だぞ。ピーターはまだ生まれてなかったよ」

「そりゃピーター違いだろう」私はいった。「おれがいってるのは、マリアの弟、ピーター・パルミエリのことだ」

アーニーはじっとこちらを見つめていた。側溝に車が突っ込むのではないかと思った。「おれがいってるのも、そのピーターだよ」と、アーニーはいった。「ピーターはまだ八つか九つの子供だぞ」そういって、一瞬、道路に目を戻した。「おまえ、たぶんポールと勘違いしてるんだろう。でもな、おまえが喧嘩したのはマリアだ。ポールはまだちっちゃかったんだから」

するとと、私たちはまたしばらく黙り込み、そのあいだに川べりでの喧嘩の記憶がはっきりしてきた。たしか、四人か五人いたのだと思う。私たちは小型のボートを繋いである場所まで歩いていた。そのボートに乗れば、水路の真ん中にある、なんの役にも立たない岩だらけの小島に渡ることができる。私たちは海賊ごっこか何かをするつもりだったが、舫《もや》い綱が外れ、ボートはなくなっていた。ピーターは私たちを使って川下を探そうとしたが、そんな気力は誰にもなかった。風の吹かない暑い夏の日で、空中にはほこりが浮かんだままになっている。そんなときに考えるのは水遊びだ。蛙を一匹捕まえた私は、ちょっと変わった水遊びをしようと思った。

そのとき、また少し記憶がよみがえった。アーニーの話も全部が全部、間違っていたわけではない。たしかにマリアが私を止めようとしたので、石で目のあたりを殴った。しかし、それで大喧嘩が始まったわけではない。やってきたのはピーターだった。マリアの仕返しをしようとしたのだ。そのピーターを相手に、とっくみあいをした。歯をむき出してうなったり、爪を立てたりしながら、汗で滑るピーターの体をつかもうと、ちくちくする雑草の上を転げ回った。アーニーがいったように、ポールはまだ小さな子供だったし、マリアと一悶着あったことも間違いない。だが、喧嘩の相手はピーターで、最後に私は蛙の脚に結んでいた紐を切って逃がしてやった。私たちは横並びになって、その小さな緑色の生き物が跳躍しながら川に戻ってゆくのを見つめていた。そして、あと一跳びで安全な場所にたどりつけるというそのとき、私は飛び出して、間髪を入れず、ボーイスカウトが使うナイフの広い刃を素早くやつに突き立て、泥に串刺しにした。

パルミエリ一家のモーテルは、〈カッソンズヴィル・ツーリスト・ロッジ〉という名前だった。白塗りの独立したコテージが十棟あり、母屋は正面が突き出た作りで、その部分がカフェになっていて、釈迦がバッタに命じるように、〈EAT《たべろ》〉という大きな看板が載っている。

ママ・パルミエリは意外なことにすぐ私を思い出し、息もつけないほどキスを連発した。見た目はまったく変わっていない。こめかみに白髪が混じっているものの、それ以外は昔と同じ艶のある黒髪だった。前から太っていたものの、あの当時以上には太ってはいない。ぱんぱんに張った感じは、もうなくなったかもしれない。パパのほうは憶えていなかったと思うが、珍しくにっこり笑いかけてくれた。

髪の黒い、どこか達観したところのある小柄な人で、めったにしゃべることもなかったので、初めて二人に会った者は、ママが夫を尻に敷いていると思うかもしれない。事実は大違いで、危機に瀕したとき、彼女は夫に全幅の信頼を置いていた。現実面でママのその判断はまず間違っていなかった。パルミエリのパパはどこまでも忍耐強く、シシリア島のロバを思わせる揺るぎない常識の持ち主だった――シシリア島のロバは、そういう性質から、頑丈な小型の家畜として、托鉢修道士や砂漠の住人に代々重宝されてきたものだ。

パルミエリ夫妻からはマリアの部屋に泊まるようにいわれ（マリアは看護婦の大会か何かでシカゴに行っていて、週明けまで帰らないという）、食事も母屋でとるように誘われた。私はそれを固辞し、一晩五ドルで――安いが、通常料金だそうだ――コテージを借りた。しかし、食事のほうは甘えることにした。こういう場合に誰でもするような、どこかちぐはぐな会話をつづけていると、ポールが入ってきた。

通りで会ってもきっと気がつかなかっただろうが、私は一目でポールが気に入った。大きくて、髪が黒い、まじめそうな若者で、横顔はなかなかハンサムだが、自分では絶対に気がついていないはずだし、これからも自覚することはないかもしれない。

私たちを引き合わせたあと、ママは夕食の心配をはじめ、ピーターはいつ帰ってくるのだろうといった。すると、ポールは安心させるように、さっき町から戻ってくるときに車でピーターとすれ違ったことを話した。ピーターは子供たちを引きつれて歩いていたという。車に乗らないかといっても断られたらしい。

その話し方に、私はどこか気味の悪いものを感じた。ピーターはポールより若いというアーニーの話を思い出し、ポールの口ぶりからも同じような印象を受けたのだ。ポールは大学の名前が入ったセーターを着て、生意気そうな、それでいて自信なさげな、まだ大人になりきっていない青年につきものの雰囲気を漂わせていたが、まるでずっと年下の者のことを話しているような感じだった。

しばらくすると、スクリーン・ドアの閉まる音が響いて、軽い足取りで誰かがすたすたと入ってくる足音が聞こえた。その姿を見たとき、私は悟った。これは最初から予期していたことだったのだ。それはピーターで、まだ八つくらいだった。どこにでもいるイタリア系の子供ではない。ピーターは、あごの線が鋭く、黒い瞳をしていた。私のことはまったく憶えていないようだった。五十で健康な息子を授かる女はめったにいるものではない、とママは自慢した。その夜は早寝をした。

当然ながら、パルミエリ家の人たちは私のしでかしたことを知っているかもしれないと思い、宵のうちはずっと神経をとがらせていたが、寝るときにはピーターのことを考え、長いあいだほかのことは何も考えなかった。

翌日は土曜日で、夏のアルバイトが休みだったポールが車で町を案内してくれた。ポールは自分であちこち改造した五十四年型のシボレーに乗っていて、愛車を自慢していた。

ひとわたり見てまわるのに、カッソンズヴィルのような町ではあまり時間はかからないが、そのあと私は、子供のころみんなで遊んだ川の中の小島に連れていってもらうことにした。一マイルほど歩かなければならなかったのは、そのあたりでは道路と川との距離が離れているからだった。しかし、子供たちが足繁く通ってできた小道がある。前方の枯れ草のあいだをバッタの群れが波のように飛び交った。

川岸に着くと、ポールがいった。「変だな、いつもならここに小舟があって、子供たちが島に渡れるようになってるのに」

私は島を見ていた。水際の茂みに、小型のボートが一艘つながれているのが見えた。私が子供のころに使ったのと同じように思えたが、ひょっとすると、本当に同じだったのかもしれない。それよりも興味を惹かれたのは島のほうだった。記憶にあるのとは違って岸との距離は近く、それをいうならカナケシー川の幅もずっと狭く見えたが、それはとっくに予想していたことで、カッソンズヴィルにあるものは、町も含めて、みんな小さくなっていた。意外だったのは、何よりも島が大きくなっていたことだ。ほとんど丘のような小高い場所が島の真ん中にあって、川上ではその斜面が崖につながり、川下では広い荒れ地になっていた。全部で四エーカーか五エーカーの広さがある。

何分かたつと、一人の少年の姿が島に見えた。ポールは川越しに声をかけて、ボートをこいで戻ってこい、といった。少年がいわれたとおりにすると、今度はポールがボートをこぎ、三人で島に渡った。小さな船が私たちの重みで沈むのではないかと怖くなったのを憶えている。物いわぬ水は、船縁を越えて中に流れ込むまで、あと一インチ足らずにまで迫っている。少年が、錆びた空き缶で船底に溜まった水をかきだしていた。

島に着くと、あと三人、少年がいた。その一人がピーターだった。細長い板きれに短い板きれを釘で横に留めた木の剣が、いくつか地面に突き刺してあったが、少年たちは誰もそれを手にしていなかった。子供だったころと同じように、ピーターがそこにいるのを見て、私はほかの少年たちの顔を探っていた。その中に知った顔がないかと思ったのだ。だが、そんな顔はなく、どこにでもいるような子供ばかりだった。私が今いおうとしているのは、次のようなことだ。そこにいると大きくなりすぎた自分が偽物になったような気がしたこと。本当に自分がいたい、ただひとつの場所なのに、そこが私のいる場所ではないような気がしたこと。それはたぶん、少年たちが不機嫌で、遊びの邪魔をされて腹をたて、目下扱いされるのをいやがっていたからだろう。あるいは、どの木も、どの岩も、どの茂みも、絡み合ったどの木苺の蔓も、みんな懐かしく、ちっとも変わっていないのに、実際にそれを見るまで、思い出しもしなかったせいかもしれない。

川岸から見たこの島は、記憶していたよりも近く、大きく感じられた。ところが、今になると、岸とのあいだには、もっと多くの水が流れているように見えた。不思議な感覚だったので、私はポールの肩を叩き、こういった。「ここからだと、きみが石を投げても川岸には届かないだろうな」

ポールはにやりと笑った。「何を賭ける?」

ピーターがいった。「できっこないよ。誰にもできないんだ」少年たちの誰かが、つぶやくのではなく、はっきりしゃべったのはこれが初めてだった。

もともとポールにガソリン代を払うつもりだったので、もしもできたら、帰りに通りかかった一軒目のガソリン・スタンドで車を満タンにしてやろう、と私はいった。

石は弧を描いて遠くまで飛んでゆき、最後には小石というより、矢のように見えたが、そのうち水しぶきを上げて川に落ちた。私の目測では、岸までまだ三十フィートはあった。

「ほらね」ポールはいった。「いったとおり、できただろう」

「届かなかったように見えたよ」私はいった。

「太陽が目に入ったんだろう」ポールは確信に満ちていた。「岸に届いて、四フィートくらい先に落ちたはずだよ」もうひとつ石を取り、一方の手からもう一方の手へと、自信たっぷりに受け渡しながら、彼はつづけた。「なんだったら、もう一回やってみようか」

一瞬、私は耳を疑った。ポールが賭けでいんちきをするような人間だとは思えない。私は四人の少年のほうを見た。いつもなら、賭けや賞品の話を聞くと、男の子は熱くなるものだが、遊びの邪魔をされたのを今でも恨みに思っているのか、みんな口をつぐんでいた。とはいえ、全員がポールを見ていて、その視線には、当たり前の子供だったらずるをした相手に必ず感じるような深い軽蔑がこめられていた。

私は、「わかったよ、きみの勝ちだ」と、ポールにいって、少年を一人連れて小舟に乗り、その子がまたボートをこいで島に戻れるようにした。

車に戻ると、午後に野球の試合がある、とポールがいった。郡庁所在地で、マイナー・リーグのワンエーの試合があるらしい。私たちは出かけ、試合を見た。といっても、私はすわって球場を見つめていただけで、終わったあと、〇対〇だったのか、二〇対五だったのか、最後の点差さえわからないくらいだった。帰り道でポールにガソリン代を払った。

戻ると夕食の時間だった。夕食のあと、ポールとパパ・パルミエリと私との三人で、ポーチの椅子にすわり、缶ビールを呑んだ。しばらく野球の話をしてから、ポールは席を外した。ポールが小さかったころ、私たち年上の子供によく付きまとっていた、という話をパパにして、蛙を巡るピーターとの喧嘩の話をした。そして、相手がその間違いを正すのを待った。

彼はすわったまま長いこと黙っていた。やがて、私はいった。「どうかしたんですか?」

吸いさしの葉巻に火をつけ、彼はいった。「きみは何もかも知ってるんだろう」それは質問ではなかった。

本当に何も知らないのだ、と私はいった。ついさっきまで、自分は頭がおかしくなったのではないかと思いはじめていたのだ、と。

彼はいった。「聞きたいかね?」その声はまったくの無表情で、かすかにイタリア訛りがあるだけだった。私は、聞きたい、と答えた。

「おれは、マリアがまだ赤ん坊だったころ、家族でシカゴから引っ越してきた。知ってるだろう?」

その話なら聞いたことがある、と私はいった。

「ちゃんとした勤め口もあった。だからこの町にきたんだよ。煉瓦工場の作業長だ」

それも知っている、と私はいった。私がカッソンズヴィルで子供だったころ、彼はその仕事をしていた。

「フロント通りのほうに、ちっちゃな白い家を借りて、家財道具の入った荷を解いた。新しく買ったのだってある。みんなが知ってる堅い勤め先だから、信用があって、後払いでもよかったんだよ。ここにきて二か月ほどたったときだったと思う。ある晩、仕事から帰ると、ママと赤ん坊のほかに、見たことのない男の子がいた。ママは赤ん坊のマリアを膝に抱いて、こういっていた。『ほらほら、マリア、あなたのお兄さんよ』気でも違ったのか、それとも悪ふざけか、とっさにそう思った。その晩、男の子はごく当たり前のことをしているような顔で、うちのみんなと食事をした」

「そのあとどうしたんです?」私は尋ねた。

「何もしなかった。物事が十あれば、そのうちの九つまでは何もしないのが一番いい。ただ待って、しっかり目を見開いていることだ。男の子は、夜が更けると、使う予定がなくて空けていた二階の狭い部屋に入って眠る。そこには折りたたみ式の小さなベッドがあって、クローゼットには着替えがあるし、教科書も何もかも揃っている。おれがその部屋を覗いているのを見ると、近いうちに本物のベッドを買ってあげなくちゃね、とママはいう」

「それはママだけが……?」

パパは新しい葉巻に火をつけた。気がつくと、もう暗くなりはじめていて、私たち二人はいつもより声をひそめて話をしていた。

「みんながそうだった」パパはいった。「次の日、仕事帰りに学校に寄ってみた。うちにこんな男の子がいるんだが、と修道女に話してみたら、心当たりのある者が出てくるんじゃないかと思ってね」

「みんなどういってました?」私は尋ねた。

「まあ、ピーター・パルミエリのお父さんですか、あの子はほんとにいい子ですよ。名乗ったら、いきなりそういわれたよ。みんなそんな調子だった」長い沈黙があって、最後にぽつりといった。「故国《くに》にいるおれの父親も、そのあと届いた手紙で、『私のかわいいピーターは元気かね』と書いてよこしたよ」

「それで全部ですか?」

親父さんはうなずいた。「ピーターはおれたちと一緒に暮らしている。とてもいい子だ――ポールやマリアより出来がいい。ところが、いつまでたっても子供のままだ。最初はマリアの兄だった。次には双子の片方になった。そのあとは弟。今じゃポールの弟だ。このままだと、じきにママやおれには似合わないほど歳が離れる。そのときには出て行くんじゃないかと思う。おれ以外に気がついているのはきみだけだ。子供のころ、みんなと遊んでたんだよな」

私はいった。「そうです」

そのあと三十分ばかり二人でポーチにいたが、どちらもそれ以上話をする気は失せていた。私が立ち上がって戻ろうとしたとき、パパはいった。「あと一つ。三度、司祭のところで聖水をもらってきて、眠っているあの子に振りかけたことがある。何も起こらなかった。水ぶくれも、悲鳴も、何もなかった」

翌日は日曜日だった。私は、洗い立てのスポーツ・シャツに見苦しくないズボンという一張羅を着て、ヒッチハイクで町に向かった。乗せてくれたのは、早朝のコーヒーを飲もうとカフェに立ち寄ったトラックの運転手だった。私にもわかっていたが、〈無原罪の御宿り校〉の修道女たちは、教会で行われるミサのうち最初の二つに出るため、みんな学校を留守にする。しかし、パルミエリ一家に連れられて教会に行くのがいやだったので、その前にモーテルを出ようと、早いうちに出発した。町をぶらついて三時間ほど時間を潰し――どこもみんな閉まっていた――そのあと小さな女子修道院に行って、呼び鈴を鳴らした。

これまで見たことのなかった若い修道女が現れて、院長のところに案内してくれた。今の院長はシスター・レオナだった。三年のときの先生だ。シスター・レオナはほとんど変わっていなかったが、修道女はみんなそうしたもので、たぶん髪を布で覆っていたり、化粧をしていなかったりするせいではないかと思う。とにかく、たった今、授業を受けたばかりのように、見た瞬間、記憶がよみがえってきたが、相手には私のことがわからなかったと思う。素性を告げたのに、思い出せなかったのだ。説明を終えて、ピーター・パルミエリの記録を見せてもらえないだろうか、と頼んだが、断られた。ファイル用の引き出し一つにカードや成績表がぎっしり詰まっていて、それが同じ一人の児童の二十年間の記録だ、などということが本当にあるかどうか知りたかった。だが、丁重に頼んでも、声を張り上げても、最後には脅すようなことをしても、院長の返事は変わらなかった。児童の記録は極秘事項であって、両親の許可がないかぎり、見せることはできないという。

そこで、私は攻め方を変えることにした。記憶にはっきり焼きついているが、四年生のとき、クラス全員で記念写真を撮った。どんな日だったかも、よく憶えている。とても暑かったこと、写真屋が背中を丸めて掛け布から出たり入ったりしていたこと、写真機を構えたときの格好が腰の曲がった修道女そっくりだったこと。その写真を見せてもらえないか、と私はシスター・レオナに頼んだ。しばらく迷っていたようだが、最後には了承して、さっきの若い修道女に、アルバムを持ってくるようにいった。その大きなアルバムには、学校創立以来、すべてのクラスの記念写真が収められているという。一九四四年の四年生のクラスを頼むと、ページをめくって見つけ出してくれた。

私たちは男子と女子が交互に並んでいた。憶えていたとおりだ。男の子の両わきには女の子が並んでいるが、前とうしろには男の子が並んでいる。ピーターは、学校の階段の一段上で、私の真うしろに立っているはずだったし、名前は思い出せないものの、両側にいたはずの女子の顔はどちらも完璧に憶えていた。

写真は色あせ、画像も少しぼけていたが、この女子修道院にくるときに校舎の現状を目にしていた私は、写真の校舎がとても新しく見えることに驚いた。自分が立っていた場所はすぐにわかった。うしろから二列目、担任のシスター・テレーズから三人ほど離れたところだ。だが、私の顔はそこになかった。女子二人にはさまれて、写真の中で小さく見えているのは、黒っぽく見える、彫りの深い、ピーター・パルミエリの顔だった。うしろには誰も立っていない。前にいるのはアーニー・コーサだった。写真の下にある名前を目で追ってみると、彼の名前はあったが、私の名前はなかった。

シスター・レオナに何をいったか、女子修道院からどうやって帰って行ったか、私は憶えていない。憶えているのは、ほとんど人のいない日曜の町を足早に歩いたことだけだった。やがて、新聞社の看板に目を惹かれた。金色の社名が太陽の光を反射し、一枚ガラスの窓はまぶしいほど輝いていたが、二つの人影が中で動いているのはおぼろげに見てとることができた。ドアを蹴っていると、一人が出てきて、インキのにおいがする部屋に入れてくれた。どちらも知らない顔だったが、奥に置いてある、油を差されたまま沈黙した印刷機の、どこかわくわくするようなたたずまいは、カッソンズヴィルにあるものすべてと同じで、私には馴染み深かった。父に連れられて家を売る広告を出すためにやってきたときから、ちっとも変わっていない。

疲れていたので、きわどい言葉のやりとりをする気力はなかった。女子修道院で私の中の何かが抜き取られたようだった。饐えたコーヒーが少しだけ入った空っぽの胃袋がきゅっと縮むのを感じることができた。私はいった。「聞いてください。昔、ピート・パーマーという男の子がいました。この町の生まれです。板門店で捕虜交換があったとき、現地に残って、中国に向かい、繊維工場で働いていました。国に戻ってくると、刑務所に入れられました。ここを離れてから名前を変えていますが、それは関係ありません。この町の出身ですから、いろいろな記録が残っているはずです。一九五九年八月と九月の新聞を見せてもらえませんか。お願いします」

二人の男は顔を見合わせ、私を見た。一人は老人で、合っていない入れ歯をつけ、映画に出てくる新聞記者のように緑色のひさしがあるだけの帽子をかぶっていた。もう一人は鈍感そうな太った男で、生気のない、頭の悪そうな目をしている。やがて、老人のほうがいった。「カッソンズヴィルの出身者で、共産圏に残った兵士はおらん。そういうこたあ忘れんよ」

私はいった。「見せてもらえますか？」

相手は肩をすくめた。「閲覧料は一時間五十セント。記事を切り取ったり、何かを持ち出したりするのは禁止だ。わかったね？」

二十五セント硬貨を二枚渡すと、老人は資料室まで案内してくれた。何もなかった。一切残っていなかった。捕虜交換が行われた一九五三年の新聞にも載っていない。出生告知欄に自分の名前が出ているはずだと思って探してみたが、一九四五年以前の新聞そのものが見当たらなかった。戸口にいた老人によると、「旧社屋が火事になったときに焼けた」のだという。

そのあと外に出て、しばらく太陽の光の中に立っていた。それからモーテルに戻り、バッグを持って島に行った。この前と違って、子供は一人もいなかった。とても淋しい、とても平和なところだ。少し歩きまわると、南側でこの洞窟が見つかり、私は草に腰を下ろし、最後の煙草二本を吸って、川の音に耳を傾け、空を見上げた。気がつかないうちに、あたりは暗くなりはじめていた。もう家に帰ったほうがいいのはわかっている。川を越えた向こうの堤が見えなくなるほど暗くなったとき、私はこの洞窟に入り、眠ることにした。

自分でも最初から予期していたのだと思う。この島から二度と離れるつもりはなかった。翌朝、ボートの舫い綱を解いて、川に流した。もちろん、倒れ木か何かに引っかかっているのを子供たちが見つけ、いずれ島に戻すのはわかっていた。

私はどうやって生きているか。人がいろいろな物を持ってきてくれるし、しょっちゅう釣りもしている——水面に氷が張ったときも割れ目から釣る。おまけに、島ではブラックベリーやくるみも採れる。私はいつも思索にふけっている。そして、正しい思索は、私のところにやってくる人たちが、何々なしでは生きていけないといったりする、その何々よりも、はるかに役に立つものだ。

その数を聞いたら驚くだろうが、たくさんの人が私と話をするためにやってくる。ほぼ毎週やってくる者も一人か二人いる。そんな人たちは釣り針を持ってきてくれるし、毛布とか大袋入りのじゃがいもを持ってきてくれることもあって、中には神さまにお願いしてでも、あんたみたいになりたい、という者もいる。

少年たちは、もちろんまだやってくる。さっきの一人か二人の中に、少年は含まれない。パパのいったことは間違っていた。ピーターはいつもどおり今でも同じ名字を名乗っているし、これから先も変わりはしないだろう。だが、少年たちが彼をその名字で呼ぶことはあまりない。

ハロウィーン

住処《すみか》多し

宮脇孝雄訳

Many Mansions

（老いた女が語る）　じゃあ、あなたが母星からきた新しい人ね。さあ、入ってちょうだい。おかけなさいな。見てたわよ、マシンに乗って、やってくるところ。

ええ、そう。トッドもわたしも、あなたの星の人たちとは、ずっと仲よくしてきたの。とはいえ、このあたりでは、まだ戦争のことを憶えてる人も多いわね。だって、前はここも豊かな地域《ほし》だったもの。数は多くはないにしても、まだ恨みに思ってる人だっているのよ。

でも、わたしたちには、みんな昔のこと。どっちみち自分がやったことじゃないし。当事者といえば、わたしの父とか、トッドのお父さんとか――たぶん、あなたのおばあさんも。たとえ瓶から生まれてきたとしても、あなたにはおばあさんがいるはずよ。そのおばあさんがわたしたちと戦っていたかもしれないわね。でも、今はありがたいわ。人を送りこんで、復興に協力してもらってるんですものね。ただ、ごらんの有様で、うまくいってるとはいえないけど。

いえいえ、そうじゃなくて、この家は戦争の前からあったわけじゃないの――これからあなたが見て回るはずのものは、そのほとんどがみんなそう。この家だって、三十年前にトッドが建てたんだから。トッドも若かったし——今だったらとてもできないわ。それにしてもあなた、とっても可愛いわね——一杯いかが？　お茶だけど、それはここでの呼び方。あなたたちはこれをお茶とはいわないでしょうね。あなたの前にここにきた女性は、ほんとのお茶がどんなにおいしいか、いつも話してたわ。なのに、一度も飲ませてもらえなかったけど。

味見したことはあるの、たった一度。あまりおいしくなかった。小さいころから、ここのお茶で育ってきたんですもの。お口に合わないなら、ワインはどう？　このケーキ、ちょっとぱさついてるみたいだから。

ええ、わかるわよ。どんなに大変だったか。今日はここ、明日はあそこと訪ね歩いて、「この女《ひと》を見ませんでしたか？　どうなったかご存じありませんか？」でも、返ってくるのは冷淡な視線だけ。これも戦争のせいね。母がいつもいってたわ。戦争の前はこんなじゃなかったって。でもねえ——口はばったいようだけど、みんな知ってるのよ。あなた、みんなに力を貸すためにきたんでしょ？　戦争の埋め合わせをするために、ここにきたのよね。それなのに、何もしてないんじゃない？　お友だちを捜してるだけで。

でも、二度と会えないかもしれないわ。その人、取り込まれたのよ。あなた、知らないでしょう——昔の家のこと。彼女もここにきたときは知らなかったわ。わたしたちが教えてあげたの。とっくに教わってると思ってたのよ——そのことを書いた小冊子、配ってるはずだけど。もらわなかった？　とぼけなくてもいいのよ——わたし見たんだから。ええ、何を隠そう、彼女が持ってたのをね。あの人、とっても可愛かったの。あなたと同じ。

でもまあ、わたしはかまわないから、教えてあげる——昔の家というのはね、戦争の前に建てられた家のこと。トッドの家族はブレーカーに一軒、わたしの家族はここに一軒持っていた。聞いた話だと、あなたたちが住んでる家は違うそうね――卵の形をした金属製のぴかぴかの家とか、釘を逆さに立てたような家とか。わたしたちの家はそんなものじゃなかった。昔はぜんぜん違ってたし、今ではもう造れない。あなたが今すわってるものと似てたわ――木で出来てたの。そうじゃなくても、木のように見えるもので。あなたたちには負けたけど、わたしたちの父や祖父は――それをいうなら、母や祖母もね。この星の女性はあなたたちが思ってるのとは違うのよ。あなたたちにはなんにもわかってない。でも、そう、負けたのはたしかだけど、機械を操る力にかけては、あなたたちよりずっと進んでたのよ。でも、機械を使ってほかの機械を作ろうとはしなかった。その代わり、家に持ち込んで、役立ててもらおうとしたの。みんな自分の家が好きだったから、家にも好かれたいと思ったのね。

聞いた話によると、人間の脳を使って家に考える力を持たせたんですって。頭から取り出した脳を、壺に入れて秘密の部屋に保管する。そこから何本もの電線が伸びて、核融合発動機を操作する。別の話だと、頭は残っていて、それに胴体もあって、脳の世話をしているんですって。でも、家はそんな事情は知らないし、関心もない。家に入って、どこかの部屋の扉を開けると、今でもベッドに横たわっている人がいる。ベッドはぼろぼろ、そばにはたくさんの絵があって、そこに描かれた目がじっとこちらを見つめている。

そう、まだ残ってるのよ――何軒かはね。ほとんどはあなたたちの星の女性に焼かれた――なぜそんなことをしたか、わたしにはさっぱりわからない。とってもきれいなものだった。母がよくそういってたわ。うちのは白い四階建て。どの家も身だしなみにはとても気を遣っていた。女性と同じ。もし人間の脳が入っているとしたら(ほんとかどうか、わたしにはわからないけど)、ほとんどは女性の脳だったと思う。身だしなみに気を遣っていたから。蔓薔薇を壁に伝わせるのは、女性が髪に花を飾るのと同じ。うちの家は、コサージュのように藤の花をピンで留めていた。屋根はいつだって雨漏りなんかしないで、窓が割れたら、人をわずらわせることなく、家が自分で修理をする。今はもうそんなふうにはできないとか。

といっても、わたしは見たことがないの。トッドはあるって。自分ではそういってるわ。トッドが戻ってきたら、話してくれるでしょう。あなたさえよければね。あら、ちっとも気がつかなくて。あなたのグラス、さっきから空だったのね。

いいのよ、いいの――よその人を持てなすのは、ここの礼儀。あなたたちはそんなことしないでしょう。でも、ここはわたしの家なの。ほらほら、怒らないで。わたしは老いぼれの頑固な女《レディ》よ。ずっと自分の流儀を通してるんだから。

その言葉、あなたたち使わない？　今でいう「女性《ウーマン》」と同じ意味よ。これ飲んで。よかったら、もっとケーキ切るわ。

いらない？　じゃあ、無理にとはいわないわ。ええそう、今でも見かける人がいるの――数は減ったけど、まだ残ってるんだから、目撃者がいてもおかしくないでしょう。わたしたちが住んでいる区域は、一日じゅう歩いて、やっと行き着ける先の、川のそばまでよ。南は町はずれまで、北は山の際《きわ》まで。それが昔の境界線だった。平地には鋤や鍬を入れて耕作地にして、森の木は切り倒した。そのあと、戦争が始まったの。原住民の半分は死んだわ。わたしたちも一緒。生き残った原住民はわれ先に湿地に逃げ込んだり、町の周辺に隠れて通りかかった人から金品を奪ったりした。あと百年、時間があったら、そんな原住民も、わたしたちの手で文明化できたのにね。

そうそう、あなたが知りたいのは家のことだったわね。あそこのカーテン、引いてくれない？　暗くなってきたし、トッドが留守だといつも心配になるの。いいえ、遠回しに帰れっていってるんじゃないのよ——あなたのマシン、前に明かりがついてるわよね。あなたのような女の子——女性——は、何も怖くないし、暗い中を家に帰るのだって平気でしょ。それにね、あなたがいてくれると、落着くの。慰められるの。

それでね、戦争が始まったとき、家には隠れてもらうことにしたの。まだわたしたちが戦いを続けるつもりでいたとき、あなたたちは家に爆弾を落とした。降伏したら、家を焼いた。だから、家は隠れたの。持っているだけの力を使って。

ええ、そう、家は歩きまわれるのよ。戦前の人たちには、とっても便利だったでしょうね——夏には川べりに住んで、冬はたきぎのあるところに移動する——といっても、たきぎを燃やして暖を取ってたわけじゃないのよ。さっきもいったように、核融合発動機があったんだから。みんな木の炎を見るのが好きだったの。

そんなわけで、家は姿を隠した。何年も隠れているあいだに、あなたたちの女兵士は田舎を調べてまわり、オーニソプターは一日じゅうぱたぱたと飛びまわった。おおかたの家は、森の一番深いところに隠れていた。太陽の光が一度も届いたことのないクレバスの中に隠れていたものもいる。屋根に苔がびっしり生えたおかげで助かった家も多かったそうよ。小さな山の湖まで移動して、水の底に身を潜めたものもいるらしいわ——聖シンクレチカ教会だった家なんか、まだケル湖の底に沈んでるのよ。嵐のとき、湖に船を出すと、どこからともなく鐘の音が聞こえるとか。

釣り好きにはいい湖だけど、道路が通ってないから、歩いていかなくちゃいけないの。道路はあなたたちの巡察隊が使ってるわよね。だからわたしたちは、人の歩いた跡が道になって、その道がまた森の中にたくさんできるのを待ってるの。でもね、家が偽物の道をつくることもあるんですって。茂みの中を、家がずりずりと歩いていって、跡が残る。そんな話を聞いたわ。トッドが深い森で猟をしていると、道なんかあるはずもないのに、あったって先には何もないはずなのに、この部屋とポーチの幅を合わせて、二倍、三倍したような広い道に出くわしたりする。道は藪の中をうねうねといつまでも続いている。聞いた話だと、そんな道を歩いて行った人がいるそうよ。でも、いつまでたってもどこにも行きつかなかったらしいわ。でもね、うちのトッドは、あたりが暗くなるころまで、そんな道を歩いて行ったことがあるの。そしたら、道の先に、破風窓に明かりを灯した、丈の高い、それはそれは見事なお屋敷があったんですって。それ、わたしの家族の家だと思う。きっとそう。父がよくいってたわ。馬に乗って出かけていって、真夜中か、もっと遅くになって、ようやく帰ってきたとき、一番高い窓に明かりが灯って、父を待っていてくれたって。たぶん、あれは今でも父を待ってるんだと思う。

中に誰か住んでるかって？　人によって、答えはまちまちね。さっきもいったように、わたしはそんな家を一度も見たことがないから、答えようがないわ。この先、窓から顔が覗いているのを見たという人に会うこともあるでしょう――ただ、本当のことをいってるかどうかは誰にもわからない。もしかしたら、顔に見えたのは壁に映る影だったのかもしれないし、そうではなかったのかもしれない。

そりゃもう大勢が捜してるわよ。家の中にはお金がある。いいえ、お金じゃなくて、宝物ね。お札や硬貨にはもうなんの値打ちもなくなったんだから。そういう大邸宅の持ち主は、宝石も持っていたし、白金《しろがね》の食器も持っていた――そんなものが流行《はや》った時代もあったって、これも聞いた話。貴重品を預けるんだったら、当の家に預かってもらうのが、いちばん安心よね。家は人間狩りをしてるんだという人もいて、そんな人たちは、こんな話をしてるの。あるところに小さな男の子がいて、その子はシダの茂みの中でスプーンが一本、きらきら光っているを見つけた。そばには別のもの、クリーム入れか何かがあって、男の子はそちらに近づいた。次々に物を拾いながら、道を進んでいく。その先で、男の子は家に食べられそうになる。でも（というのが、こういうお話の決まりね）、その寸前に、男の子は怖くなって、拾った物をみんな捨てて逃げていく。こんなの、まったくの作り話だと思うわ。わたしはトッドに話してるの。もしも森の中で白金の食器を見つけたら、噂の黄金や猫目石のアクセサリーを見つけたら、そのまま回れ右して家に持って帰ってくるのよって。でも、そんなものを持って帰ってきたことなんか一度もないわ。

まだ帰らないで――あなたは大事な話し相手よ。ここに人がくることなんか、めったにないから。一軒だけぽつんと離れたこんなところに住んでるんですものね。リリーの話、しましょうか？　聞いたことない？　あなたの前にここにきた人の消息と何か関係があるかもしれないわ。

あなたが道徳というものをどう考えてるのか、わたしにはわからない――あなたたちって、心の底が見えないから。ああいう女は赦してやらなくちゃいけない、とトッドはいう。でも、男たちはいつも最初から赦す気でいる。可愛い娘で――きれいな、といってもいいわ――このご時世、女が一人で生きていくのはたやすいことじゃない。あんまり責めちゃいけないのかもしれないわね。リリーは、受け取ったものに対して、充分なお返しをしてたんだから。可愛い顔。男はみんなそれが好き。あなたみたいな丸顔じゃなくて、面長な顔立ち。ウェストはこれくらいの細さで、豊かな胸――これまでちょくちょくやっていたことを日々の仕事にして、食べ物やお酒に不自由しなくなってからは、胸のあたりにふっくらと肉がついてきたわ。それから、クリームのように滑らかな肌――わたしなんか、撫でたくって、つい手が出そうになって、困ったものよ。

わたしがどういう女か、少しは理解できたでしょうから、わかってもらえると思うけど、リリーは決して家に招きたくなるような人じゃなかった。でもね、これは慈善行為といってもいいでしょうけど、ときおり声をかけていたの。同性の話し相手がいなくて寂しがっているかもしれないと思ってね。そのころはしょっちゅう町に出かけてたから、もしもリリーを見かけて、まわりに人がいなかったら、世間話でもしてやろう。そう思ったのが間違いだった。二度か三度、そんなことがあって、リリーがここに訪ねてきたの。あそこに椅子が二つあるの見える？　ほら、窓の向こう側。わたしね、あのポーチの椅子に、一時間、リリーをすわらせて、中にお入りなさい、とも、何か食べない、ともいわなかったわ。帰っていったときには、わかったはずよ。わたしがどう思っているのか、どこまでなら踏み込んできてもいいのか。缶詰づくり手伝おうか、なんていってね。近所の人じゃあるまいし。

でもね、そのときに聞いた話がこれ。セトル一家の農場がある場所なんて、あなた、知らないでしょう？　そのセトル農場の先に、ドード・ベケットという人が住んでるの――森の中の掘っ立て小屋みたいな家にね。ある春の日の午後、リリーはその家に向かっていた。ドードに呼ばれたのかもしれないし、誰かをカモにしようと考えてただけかもしれない。男がいるところに、女が一人でやってきて、ドアを叩く……それも、あんな女が――別にあなたのことをいってるわけじゃないのよ、気にしないでね――そんなときには、自然の成り行きで、行きつくところまで行っちゃうものじゃない？　リリーは一杯きこしめしていた。この言い方、わかるかしら。彼女が自分でそういってたわ。外は冷えてたし、前の晩の客がボトルを一本置いてってたのかもしれない。でも、彼女が見たのは、幻覚じゃなかったと思う。お酒には慣れっこだったし。人より強いのよ。鼻歌が出る程度ってところかしら。町外れや町なかの道ばたで、そんなふうによく歌ってたわ。歌の材料になるような人生を送ってこなかった人にかぎって、歌をうたう。それがわたしの持論。

リリーが道を曲がって最初に目に飛びこんできたのは、一軒の家だった。セトル農場でもなく、ドードの掘っ立て小屋でもない――もっと大きなお屋敷だったんですって。リリーにいわせれば、まるで宮殿だったそうだけど、それはちょっとおおげさだと思うわ。たとえるなら、ホテルじゃないかしら。手入れは行き届いてなくて、あちらこちらでペンキが剝げ、ベランダの手すりは壊れている。長いあいだ隠れてたものだから、つい油断したんでしょうね。狩りたてられるものはときどき妙なふるまいをするものよ。あなたたちは気がついてないでしょうけど。

明かりがついていた、とリリーはいった。トッドが見たような高いところの明かりではなくて、一階正面の部屋があるあたりが、ぼっと明るくなってたんですって。最初は黄色い光。近づくと、だんだん薔薇色がかってきて、まるで誰かがランプに赤いショールをかけたみたいだ、と思ったそうよ。音楽も聞こえていた。うきうきするようなダンス音楽。男が好きそうな音楽ね。そのときリリーは、そこが何をするところかわかった。わたしにもわかったわ。リリーは、そのままポーチを上がって、中に入って、ずっとそのお屋敷で暮らしたかったといったわ。やろうと思えばできたのに、最後の最後になって、リリーは恐ろしくなった。

もうリリーはいない。でも、またその家と会ったからじゃない。リリーは死んだの。

かわいそうにねえ。ただ、ほかの人が死んだときほど、かわいそうだとは思わないけど。ピアスト・ロックの裏側の溝で見つかったのよ。きっと、誰かがお金を踏み倒そうとしたんでしょうよ。首の骨が折れてたわ。

あら、トッドが帰ってきた。足音、聞こえない？


（老いた男が語る）　お客さんかい？　おや、あんたは、あれだ、町からきたお嬢さんでしょう。なんといったかな、そう、〈復興担当局〉だ。ノーアはちゃんとお相手をつとめましたか？　こんなところに住んでいると、人付き合いも億劫になるが、お客さんがきたら、精一杯もてなしてさしあげますよ。わしらだって人に威張れるような人間じゃない。父親抜きの生殖過程で生まれてきたお客さんだって、決して見下したりしませんやね。ケーキはもうノーアが差し上げたようだから、そのワインよりちょっと強いものをみんなで飲むことにしましょう。あったまりますぜ。

いかがかな。鼻につーんとくるでしょう。でも、とろりとした甘さが舌に広がる。

あの音ですか？　家がみしみしいってるだけですよ。何しろ古い家だもんでね。夜になったら、きしむこと。こいつは、ノーアの親父さんが、自分で建てた家なんですよ。戦争が終わってすぐのころにね。日が沈んで気温が下がると、こんなふうになる。さあ、どうぞぐいっと――なあに、かえって精がつく。

おや、そうですか？　わしはなんにも。まあ、察しはつきますな――ノーアがあの歩き回る家たちの話をしたんでしょう。だからびくついていなさる。

そうですとも、本当のことですよ。あんたの女連中にはあまり話さないようにしとりますがな。わしだってこの目で見ましたよ――きっとノーアがお聞かせしたでしょう。あいつらのことをえらく怖がる者もいる――中に足を踏み入れたら最後、姿が消えてしまうだの、食われちまうだの。まあ、たしかに、消えちまう者はよくいる。ですがの、みんながみんな、必ず消えるわけではない。で、こんな話がある。このあたりに、以前、ピム・ピンティという男がおっての。わしらの中には酒好きが多いが、そいつもまた、ご多分にもれず酒飲みで。将来、ろくなことにはならんだろうというのが大方の見立てだったが、酒が入っていようがいまいが、いいやつだということはまぎれもない事実。隣近所の者が困っているときには、真っ先に駆けつける――といっても、力仕事をするだけ。こういう連中はみんなそうだが、金はなかった。よく一緒に釣りにいったもんですわ。猟にご一緒するのは願い下げ――猟銃を持ったら、人の脚一本ぐらい、うっかり吹っ飛ばしそうな男でしたからな。脚は二本そろってこそ脚という。くわばらくわばら。

ともかく、そのピムも、あの家たちを見かけるようになった。町中《センター》でばったり会うと、よくその話を聞かされた。なんでも、あとをつけられるんだそうな――いや、ほんとにそういってたんです。「あいつら、おれのことをつけ回してるんだよ、トッド。なぜか知らんが、そうなんだ。おれのあとをつけてるんだ」あんたの出身地にも、酒はあるでしょう。でも、こっちのはだいぶ違う。〈第一植民者〉たちは、違う、これは自分たちが馴れている味じゃない、と思ったんでしょうな――酵母菌が違うんだとかなんとか、少なくともそう聞いとりますがね。そこで、あれこれ珍しいものを入れて酒を醸《かも》し、それがいまだに続いとるわけで。たとえば――そう、薬草や草木の根っこ、あれこれを二、三十種類ばかり、あとは、白っぽい緑のミミズがおりましてな、そいつを一匹。芋の木が生えているところの、泥の中に棲んでいるやつで、その木の根っこに巣があるのが珍重される。それから、山奥の洞穴で採れるキノコをひとつ。原住民の手の形によく似た模様が傘についていて、干し草を作っているときみたいな匂いがする。毒キノコだが、すっかり成長するとそうなるんで、まだ若いうちに切り刻んで、一週間ばかり塩水に漬けてから、甕に放り込む。すると、仕上がりが一変して――まあ、なんというか、一口呑めば若返り、もう絶対に死なないような気分、楽しきかな人生、町を歩いていて、次の角を曲がれば、親でも誰でも、もう死んでしまった、本当に好きだった人たちが、ひょっこり現れそうな、そんな気分になる。

何がいいたいかというと、ピムという男は、酒が入ると――まあ、抜けることなんかめったにないが――おや、こいつは何者だろうと、妙な異彩を放つ人間に変わっちまうんですな。そんな酒飲みだから、ありもしない家が見えたんだ、とおっしゃりたいんでしょうな。みんなそういいますがね。でも、逆に考えたらどうでしょう。つまり、いつも酒を呑んでいるせいで、あの家たちにはやつが見えたんじゃないか、とね。

それはともかく、ネポ越えの山道に差しかかったときのこと。ピムがふと目を上げると、高い岩山のてっぺんに、家があるのが見えた。というのがやつの弁です。ほんとだったのかもしれませんよ。やつによると雪が降っていたそうだから、これは想像だが、家もこう思ったんでしょう。ここにいれば、ぼた雪にさえぎられて、オーニソプターに見つかる恐れはない。屋根に積もろうが、岩山に積もろうが、雪は同じ。斜めにそそり立つ岩も、屋根の勾配も、雪をかぶれば見分けがつかない。

あの山道の近辺には、遠い昔にできた人工の建造物がいくつもありました――何百年前、何千年前にできたものか、わかる人間は、わしの知り合いにはおらんようですがね。右を見ても、左を見ても、山の峰には、はるか遠くまで建物やら壁やらが連なってるし（今じゃすっかり荒れ果てて、指先でつまんだだけで、砂みたいに崩れてしまうところもあるんです）、四方を壁で囲んだだけの廃墟もある。天井や床は最初からなかったらしい。戸口のようなものも残っていて、山にいくつもある洞穴の入口をふさいでいる。夏になって、ピクニックをしたくなると、人はよくそこに行きます。たいまつを手にして洞窟に入ったりもします。天井に、煙の跡がついている。でも、ずっと奥に行くと、あのムチウチコウモリが隠れとるのです。心当たりがあるでしょう。日が暮れると、あんたらの飛行マシンにちょっかいを出す、あの生き物ですよ。冬になったら、ほかの生き物も洞窟に転がり込んできて、寒さをしのぐ。ピクニックにきた連中が、前の年には何もなかったはずの洞窟で、頭蓋骨のかけらや骨を見つけるのは、そういうことがあるからです。岩を切り出して壁を造り、建物を造ったのは原住民だという者もいれば、原住民は建造者を殺しただけだという者もいる。

それは、まあ、どっちでもいいことでしょうな。誰が造ったにせよ、今はもういない。異世界からきて、この星に住みつこうとした、わしらのような連中だったかもしれないし、この星に前からいた種族だったかもしれないし、そのあとで繁栄した今の原住民が造ったのかもしれない——あいつらがこれほど惨めじゃなかったころにね。わしらだって、今に死に絶える——わしらというのは、最初の植民者の子孫のことだ。そのうち、あんたらは、仲間をここに呼び寄せようとするだろう。わしらがいなくなった穴を埋めるためにね。そうするに決まっとる。どうぞ、やってみなされ。じゃが、うまくいくかな。

ピムが見たのは一軒の家だった。三階建てで、広い屋根裏部屋があるのがわかる。窓という窓には明かりが、それも、ほんの薄明かりが、灯っていたそうだ。どういうわけか——たぶん酒のせいだと思うが——ピムは背を向けてそのまま引き返す気になれず、前に進むしかなかった。チャッカーヴィルまで遠出して、家に帰ろうとネポ越えの道を歩いていたところでね。しこたま呑んできたもんだから、どこかでつい眠り込んでしまわないか、それも雪の中で、と心配していたところに、その家が見えた。渡りに船とはやつの弁。今やぱっちり目も覚めた。このあとピムから聞いた話は、わしも一生忘れんでしょう。山の尾根の窪んだところまで、必死になって向かったこと。雪にもめげず、ずっと目を開けていたこと。というのも、目を離したら、あの家が飛びかかってくると思ったそうで。家はそんなことはしやしません。飛んだり跳ねたりすることはできないんです。やろうものなら、ひびが入る。それでも、気心の知れない相手であることに変わりはなく、なぜ引き返さなかったのか、自分でも不思議だとか。

自分で行ったことがあればわかりますよ、あそこがどんなところか――両側に山がそびえる、そのあいだの窪みみたいな場所で、右と左は急傾斜の坂。その窪地に沿って、その昔、古い道が一本、通っていた。あのあたりの建物を造った連中が敷いた道でしょうな。そのあと、〈第一植民者〉がこのあたりの探検をはじめたとき、古い道の上に、新しい道路を敷いた。新しいとはいえ、もうかなりぼろぼろになっていて、皮一枚へだてて、下の骨組みが見えそうな有様。ピムが歩いていたのは、溶岩の塊を切り出した大きなブロックを敷き詰めた、そんな道だった。上向きがひとつ、下向きがひとつ、横向きがひとつ――わしにはいつもブロックがそんなふうに並んでいるように見える。七つごとにひび割れの入ったブロックがあるという話もあるが、本当かどうか、わしにはわからん。

ピムによれば、ブロックに氷が張っていたので、とにかく足もとに気をつけたという。それでも、なるべく顔を上げて、岩山にちょこんとすわったあの家から目を離さないでいた。それを見ているうちに、聖書の一節をふと思い出した。岩の上に家を建てた男の話だ。あそこに入ろうと、そのことばかり考えていた。向こうに着けば、家に帰ったも同然だ。あそこには火が燃えている――煙突から煙が出ている――その火の前にすわり、炉格子に足を乗せて、酒瓶に口をつけ、ぐいっと呑んで、あとは一眠りだ。

もちろん、実際にそうしたわけではない。だからこそ、センターであいつに会って、この話を聞けたわけだ。ただ、ピムはこんなこともいったんです。いつも気になっているんだが、ひょっとしたら、自分の中にいるもう一人の自分が、実際にあの家に行ったんじゃないか。ネポ越えの途中で、どういうわけか自分が二つに分かれて、その半分が今でもあの家にいるんじゃないか——場所はわからないが、別のところに移ったはずで、だからこそほかにあれを見た者はいないのだ——でも、いったい何をしているのか、それは自分でもわからない。

妙なことが起こったのは、家に着いて、そのまま通りすぎようとしたときだった。家がうなった。顔に雪が吹きつけていたが、風のせいではない。なぜ立ち寄らないんだと、家が文句をいっている、そんな感じがしたとか。そのあと坂を下りながらピムが見ていると、道はだんだん見えなくなり、窓の明かりも一つひとつ消えていったという。

本当にお代わりはよろしいか？　日が落ちて寒くなってきたし、見たところ、あんたが乗ってきたマシンには、風よけがついていないらしい。それでも、自分のことは自分が一番よくご存じだ。お好きなように、帰りたいのなら帰ってください。ノーアもわしも、ご期待に添えずに、すまんことでしたな。

おっと、危ない。この人なら大丈夫、ちゃんと支えてやったよ——おまえはすわっていなさい、ノーア。

お嬢さん、この家では、足もとに気をつけたほうがいい。床板があちこち歪んでますからな。うちの家具にもご注意を。ひょろ長い脚がついてましてね。ほら、あのテーブルみたいに。今ので身に染みたでしょうが、足を引っかけると転びますよ。

ピムの話は、実に締まりのない終わりかたをしておりましてな——実はこれでおしまいなんですわ。その後、ピムはしばらく姿が見えなくなった。しかし、それはいつものこと。おいぼれウォルターがセンターにきて、こんな話をしましたよ。ある夜、外を見たら、自分の家の隣に、別の家が一軒ちょこんとすわっていて、その窓を覗いてみたら、なんとピムがいて、誰か別の人間と並んで横たわっていた、と。二人とも生きているのか死んでいるのかわからなかったそうです。しかし、ウォルターのいうことも、鵜呑みにはできませんからな。どういう意味か、まあ、察してやってください。

え？　そんな、動くわけないでしょうが、お嬢さん。この酒瓶の中身が、お口に合わなかったのかもしれませんよ。馴れていない人にはきつかったのかもしれん。どっちみち、レディの飲み物じゃありませんからな。この家を建てたときには、わしも手伝いましたよ。岩みたいに頑丈な家ですぞ。

そちらじゃありませんよ、お嬢さん。ドアは向こうの——。

なるほど、銃をお持ちで。それが何をするものか、わしだってちゃんと知っとりますよ。そんなものはお仕舞いなさい。あんたは自分のやっていることがわかっていない。ノーアに向けて、もしものことがあったら大変だ。そんなことになったらあんたも困るでしょうが。とにかく、そのドアを開けるのはおやめなさい。

そら！　いやいや、返しませんぞ。こっちで預からせてもらいます。そのほうが安全だ。あんたは、今夜のことを忘れる。憶えていたとしても、わしらを見つけることはできない。

あんたにはこれを見せたくなかった——それだけのことですよ。見ないほうがよかったと後悔するでしょう——さっきみたいな大きな声を出さなくてもすんだでしょうしな。これは、ノーアの祖母さんの妹だった人です。だった、というより、今でもそうですがね。イーニッドという、ノーアの大叔母に当たる人です。今でもわしらに話しかけてくれるんですよ――あっちこっちの部屋に、いくつも口があるんです。信じられますか？　最初の移民船が出発する前に生まれた人のことを憶えてるなんて。遠い昔のことだ。そのころはきっと――。

(老いた女が語る)　これであの人ともお別れね、トッド――とりあえず、今のところは。ほら、あのマシンが砂利を跳ね上げる音がする。あの人、外に飛び出したとき、あなたに止めてもらいたかったのよ。止めてくれたらよかったのに、と思うはずよ。表の道を走り出したときにね。木にぶつからないといいんだけどねえ。

さあ、そろそろ行きましょうか、イーニッド。

ええ、そうね。まだその時がきていないんでしょう、さっきの人には。でも、時期がきたら――たぶん、その気になると思うわ。あそこの人を見てごらんなさいよ。さっきの人だって、きっと安らぎを求める気持ちが芽生えてくるはずよ。そう、一人前の女になるの。前にもいったけど、何度だっていいますよ――だからこそ、わたしたちはみんな、ここで穏やかに暮らしていけるの。昔からずっと続いてるやり方だもの。感じる、トッド？　大叔母さまが動きだしたわ。その足取りの軽やかなこと！

休戦記念日

ラファイエット飛行中隊《エスカドリーユ》よ、きょうは休戦だ

酒井昭伸訳

Against the Lafayette Escadrille

フォッカー三葉機のレプリカを造りあげたのは、もうずいぶん前のことになる。羽布《はふ》に塗る防水・強化塗料《ドープ》が強燃性でないことを除けば、それはまさに完璧なレプリカだった。全長五メートル七十七センチ、翼幅は七メートル十九センチで、オリジナルと寸分変わらない。発動機はオーバーウルゼルUr.IIの、これも本物を忠実に再現した複製品。旋盤とフライス盤を持っているので、発動機の部品はおおむね自作した。一部はここクリーブランドの企業に、電気系統についてはほぼすべてをケンタッキー州ルイヴィルの会社に発注せざるをえなかったが、あとはほぼ自作といってよい。

　当初は、オリジナルの発動機を入手できるのではないかとの期待から、ドイツ各地に問い合わせの手紙を書き送ったのだが、なかなか思いどおりには運ばなかった。現存する発動機がもう数えるほどしかなく、自分に見つけられる範囲では、個人所有のものが一基もなかったのである。オーバーウルゼル製造会社《ヴェルケ》自体、もう存在していないのだから、そう簡単に話が進むはずもない。それでも複製計画を続行できたのは、ひとえにドイツのクラシック機愛好家諸氏のおかげといえる。辞書と首っ引きでドイツ語と格闘しつつ、新たに図面を起こすことができたのも、彼らがクリーブランドに送ってくれた資料あったればこそだ。フォッカーが完成に近づき、もうじき大空を舞おうかというころ、新聞記者が写真を撮りにきた。この時点で、フォッカー制作にかけた時間は三千時間を超えていたと思う。もちろん、木製の骨組み造りも羽布張りもぜんぶ自力でやっている。プロペラの削り出しもだ。

複製にあたっては、すべてをできるだけ本物に近づけるよう心がけた。コックピットの前には、マキシム機関銃系の七・九二ミリ・シュパンダウ機関銃二挺を取りつけてある。銃弾は当然装塡していないが、フォッカーの開発になる発動機連動型のプロペラ＝機関銃同調射撃装置もちゃんと取りつけておいた。ちなみにこの装置は、回転するプロペラが機関銃の射線と重なるたびに射撃を停止するシステムのことを指す。

唯一本物と異なるのはドープ塗料で、これについてはひと悶着あった。オレゴン在住で、複葉のニューポール戦闘機《スカウト》を飛ばしている男が、レプリカのありかたについて苦言を呈してきたのである。おそらくもうごぞんじと思うが、本物のドープ塗料は非常に燃えやすい。先方が〝強燃性塗料を使っているか〟とたずねるので、〝いない〟と答えると、オレゴンの男は、〝それでは本物とはいえない〟といってきた。それに対する答えを、ここでもういちどくりかえそう。――わたしはフォッカーを溺愛しているので、本物のドープ塗料を塗ったがために燃やしてしまう危険はとても冒せない。それに、開発者であるアントニー・フォッカーとラインホルト・プラッツも、当時、不燃性のドープ塗料があったなら、きっとそれを使っていたにちがいない――。

この論旨に対して、オレゴンの男がちっとも納得しないものだから、以後は文通をやめてしまった。ドープ燃料に関する判断は正しいといまでも信じているし、もういちど同じ問いをつきつけられても、わたしの決意は変わらないだろう。

フォッカーの移動用には、必要機材や予備の部品も格納できる大型の専用トレーラーをあつらえた。自家用車と交換で、牽引用のトラックも手に入れた。ただし、これでフォッカーを運搬をすることは、いまではもうめったにない。そう遠くないところにある小さな飛行場に格納庫を借りて、なるべくそこから動かさないようにしているからである。道路を運搬するとなると、重量の関係でゆっくり走らざるをえないし、走れるコースも限定されてしまうため、必然的に経路上のあちこちで注目を浴びることになる。頻繁に運搬していた時期は、フロントポーチで荷物の正体に気づいた者たちが、屋内の家人へ、「おーい、出てきてみろよ」と呼びかける声を耳にすることもしばしばだった。フォッカーの三枚翼が珍しくてしかたなかったのだろう。ごくまれに、一次大戦従軍経験者の目にとまることもあった。たいていは、パイプをくゆらし、ステッキをついた老人だった。たまに聞こえる彼らの感想は、ほとんどはばかげたものだったが、老人たちの目に宿る輝きを見るたびに、こちらもうれしくなったものである。

いまはもう、おおむね先述の飛行場の格納庫に預けっぱなしで、わざわざトレーラーを引っぱりだす必要がないので、牽引用のトラックに乗って出かけていっても、だれにもわたしの目的はわからない。トラックのドアには黒十字《シュヴァルツエス・クロイツ》が描いてあるが、それを見てピンとくる者はまずいないだろう。たとえあの日――あの気球と出会った日――飛行場へ向かうわたしを見ていたとしてもだ。

あれはまだ空気のきりっと冷たい早春の日のことで、大気はなんとも名状しがたい息吹にあふれていた。これより三日前、わたしは同年初のフライトに飛び立っている。仕事をおえたあとのこととて、すでに陽も傾きかけ、天候もよろしくなかったものだから、空は暗く、あまりよいフライト日和ではなかった。典型的な冬のフライトといえるだろう。しかし、三日後のこの土曜日には、なにもかもが一変していた。飛行場に立って整備士と話をしているあいだ、首のスカーフがはたはたと風になびいていたことを思いだす。

風は良好。滑走路の前方からまっすぐに吹ききたり、翼の下を力強くすりぬけていく。おかげでフォッカーは、走りだして三十メートルもいかないうちに、凧のようにふわりと浮きあがっていた。そこでゆっくりと機体をかたむけた。草萌える飛行場の緑が眼下の視界をおおいはじめる。ゴーグルを調整した。

オープン・コックピットから外を見た経験はおありだろうか？　振動する翼間支柱、はるか下方を流れゆく大地。これほどすばらしい光景を、わたしはほかに見たことがない。絶景に耽溺しつつ、操縦桿を引き、スロットルを開いて、機体をぐんぐん上昇させる。やがて、どんな鳥の背をも見おろす高度にまで駆けあがった。眼下に広がる家々の屋根もちっぽけになり、どれが自分の家でどれが自分の働いている工場か、もはや見わけなどつくものではない。この高度に達すると、のんびり眼下など見ている場合ではなくなる。目を配るべきは上方と周囲だ。とくに、背後に注意しなくては。英国陸軍飛行隊のS.E.5aは、太陽の光輝にまぎれ、トンボのようにぴったりと背後に食らいつくのを得意とするからである。

そうして、目を遠くへ転じたわたしは、そのとき、見た――地平線すれすれに浮かぶ、赤みの強いオレンジ色の点を。この時点では、もちろん、まだ正体はわかっていない。それでもわたしは、〝周囲を飛ぶ駆逐戦闘中隊《ヤークトシュタッフェル》の僚機〟に手をふって、〝続け〟の合図を出し、オレンジ色の点へと急行した。未知の脅威へ馳せ向かうフォッカーの図だ。オレンジ色の点は風に乗って移動していた。これはつまり、フォッカーから遠ざかる方向へ進んでいるということだが、それはフォッカーも追い風を受けているということであり、彼我の距離はみるみる縮まっていった。

近づいてみると、遠くから見えたのとはちがって、その物体は赤みの強いオレンジ色一色ではなく、無数の色彩で構成されていた。なかでも、赤系と黄色系の各色――それと白がよく目立つ。操縦桿をぐっと引き、失速すれすれで急上昇したので、はじめは見落としていたのだが、その物体からは籠がぶらさがっていることがわかった。それが気球であると気づいたのは、機体を水平にもどし、距離をとって、物体の周囲を旋回しだしてからのことだった。まもなく、その気球はかなり旧式のタイプで、下にぶらさがったゴンドラは籐を編んだものであり、なかにひとり、人が乗っていることもわかった。この時点で、なによりも興味を引かれたのは、気球の色の豊富さだ。その配色をもっとよく見ようと、わたしはすこしずつ旋回半径をせばめていった。やがて、赤と白と黄だけでなく、イースターエッグのようなブルーや黒い小斑も見えてきた。

自分が見ているものの正体に気づいたのは、気球のゴンドラに乗った娘が識別できるようになってからのことである。驚くほど美しい娘だった。堅い布で仕立てたペティコートを着ており、むきだしの肩にかかるカールした長い栗色の髪が印象深い。手をふる彼女を見て、わたしはようやく理解した。

南北戦争当時、南部連合の首都であったリッチモンドの淑女たちは、シルクのドレスを軍に拠出し、偵察用気球を縫いあげたという伝説を読んだことがある。これはその気球のレプリカにちがいない。ゴンドラの娘は投げキッスを送ってよこした。わたしは手をふってそれに応え、自分の指揮下にあるどの機も危害を加えないこと、はじめはフランス軍かイタリア軍の偵察気球だと勘ちがいしたこと、以後、当該気球がドイツ帝国陸軍の飛行機乗り《フルークツォイクマイスタライ》から銃撃を受ける恐れはないことなどを伝えようとした。そののち、気球の周囲を旋回することしばし――フォッカーの動きに合わせて、ゆっくりとゴンドラ内で回転する気球の娘とわたしは、延々と語りあった。しぐさと笑顔で可能なかぎり、たがいの意思を伝えあった。やがてついに燃料が乏しくなると、わたしは娘に合図を送った。〝そろそろ引きあげなくてはならない〟。それを受けて、娘はゴンドラの縁に隠れていた容器から、コルク栓をした、妙な形の茶色い瓶をとりだした。よく見ようと、わたしは機体をかたむけ、いっそう緊密な輪を描いて気球のまわりを旋回しだした。それでやっと、瓶に貼られたボロボロの黄色いラベルが見えた。ソフトドリンクというものが世に誕生した当時の、そうとうに古いしろものだ。オリジナルの瓶にちがいない。わたしの見ているまえで、娘はコルクの栓を抜き、わたしに向かってなにかを象徴するようにかかげてみせた。

ここでついに、タイムリミットがきた。わたしは涙を呑んで引き返した。飛行場へはなんとか帰りついたものの、燃料の最後の一滴を滑走路の五百メートル手前で使いはたし、エンジン停止着陸を余儀なくされたほどだった。それにもかまわず、ただちにフォッカーへ給油し、あわただしく空へ舞いあがった。だが、もはや彼女の気球を見つけることはできなかった。

それ以来、天候がゆるすかぎり、毎日のように飛んでいるが、ついぞあの気球に出会えたためしはない。あるのはただ、広大な蒼穹《そうきゅう》と、まれに通りかかるジェット機だけだ。折にふれて思うのだが――もしもフォッカーを仕あげる段階でオリジナルの強燃性ドープ塗料を使っていたら、事態はちがう展開を迎えていたのではなかろうか。彼女はほんとうにあの時代から抜け出てきたように見えた。本物に見えた。ときどき、日暮れも近づくころ、彼方の雲の上に彼女の姿を見かけた気がして、矢も盾もたまらなくなり、フォッカーの機体がびりびり振動するのもかまわず、スロットル全開で夕空へ駆け昇ることがある。だが、そこにはいつも、夕陽が輝いているのみだった。

感謝祭

三百万平方マイル

宮脇孝雄訳

Three Million Square Miles

「おい」ある八月の午後、リチャード・マーカーは妻のベティにいった。

「おい、アメリカ合衆国のうち、九十パーセントには人が住んでいないんだぞ」二人は日曜版の新聞を読んでいた。

「そのとおりよ」ベティはいった。「駐車場なんだから」

「いや、真面目な話だ。ここにそう書いてある。「アメリカ合衆国の陸地部分のうち、少なくとも九十パーセントは農業にも道路用地にも建設用にも使われていない土地である」

「テキサスがそんなに広かったなんて知らなかったわ」

「おい、ふざけてるんじゃないんだぞ。そんな場所、いったいどこにあるんだ?」

「ディック、あなたそんな馬鹿ばかしい話、信じてるの?」

「ここに書いてあるんだ」

「この百貨店では高級平織綿布《パーケール》の敷布を二割引で販売しています、とも書いてあるわ」

リチャードは自分が読んでいたほうの新聞のページを下に置き、本棚に近づいた。鉛筆と紙を使って五分間作業をしたあと、彼はいった。「ベット」

「何？」

「ちょっと計算をしてみたんだが、アメリカ年鑑によると――」

「それ、古いから。一九六八年版よ」

「古くたって数字は間違ってないはずだ。これによると――いいか、よく聞けよ――合衆国の収穫面積は、二億九千七百八十三万六千エーカー。六百四十エーカーが一平方マイルだから、これはおよそ四十六万三千平方マイルに当たる。ところが、合衆国の総面積は、三百六十二万八千百五十平方マイルだ」

「それのどこが九十パーセント？　墓穴《ぼけつ》を掘ったわね」

「数字が正確かどうかという問題じゃなくて、広さを見てくれよ。建物の敷地や裏庭や農場に半分が取られているとしても、どうなっているかわからない土地がまだ三百万平方マイルもある。国の総面積の四分の三以上だ」

「リチャード？」

「なんだ」

「リチャード、あなた、そんなものがほんとにあると思ってるの？　もしあったら、みんな黙ってないで、さっさと手をつけてるはずよ」

「でも、事実は――」

「ディック、これは言葉の上での事実――現実とは違うの。あれと同じよ、ほら、車を買ったとき、あなた、距離がわかるあの小さなメーターのことで何かいってたでしょ」

「走行距離計か」

「思い出した？　あんなの意味がないっていったわね。一万三千マイルとか表示されてるけど、ほんとは一万五千か二万かもしれないんだって。市の所得税が上がったときもそうだったわよね。インフレのせいだという話だったけど、インフレだったらみんなの所得も上がって市の税収も増えてるはず――ところが、実際にはまた〇・五パーセント税率が上がった。上げなくてもいいことをちゃんと証明してみせることができたのに、そんなの関係なかった」

「しかし、どこかにあるはずなんだ」

「本当にあると思うの？　鹿とか熊とかがいたりして？　ディック、馬鹿みたいな話じゃない」

「三百万平方マイルなんだ」

「去年の夏、ボルチモアまで実家の母に会いにいったわよね。そのときに、見えた？」

リチャードは首を振った。

「出張であなたがクリーヴランドまで飛行機で行ったときも――」

「霧が出てたんだ。空港が閉鎖されるくらい濃い霧で、なんにも見えなかった」

「工場の煙よ！　わかった？」ベティは新聞に視線を戻した。

その夜、テレビで『オズの魔法使い』の二百回目の放送があった。ジュディ・ガーランドが「虹の彼方に」を歌った。

リチャードはよくドライブに出かけるようになった。ときには仕事が終わってから二時間、三時間、四時間もドライブして家に帰った。土日にも車に乗った。ベティが母の家に泊まりにいった週末などは、土曜の朝六時から日曜の夜十二時まで乗りっぱなしで、車の走行距離は千六百マイル増えた。街から出たり、街に入ったりするときの一番楽な順路もわかったし、食事やコーヒーを出すいい店も覚えた。最初の通報者として州のハイウェイ・パトロールに事故を報せたこともあれば、女子大学生のタイヤ交換を手伝ったこともあった。

道路わきのとある動物園で、リチャードは囲いに入った三頭の鹿と仲よくなった——そのうちの一頭は立派な枝角がある牡鹿で、リチャードの掌に鼻先を押しつけてポップコーンをねだった。リチャードは静かに語りかけた。「もし外に出してもらえたら、たぶんおまえはあの場所のどこかに行き着くよ」あとになって、動物園の経営者に、これまで脱走した動物はいるか、と訊いてみた。

「どうかご心配なく」（経営者は五十がらみのしょぼくれた男で、チェックのスポーツ・シャツを着ていた）「絶対に逃げられないように気をつけていますからね。だって、私の立場になってみてくださいよ——ここにいる動物は大切な資産なんです。外に出すと思いますか？　人間を傷つけるかもしれないのに」

リチャードはいった。「別にあなたを非難しているわけじゃないんです。これまで逃げたのがいたかどうか、ちょっと気になりましてね」

「私がここを買い取って以来、そんなことはありませんでしたね。もう八年になりますが」

そのあと、鹿の囲いに干し草を放り込んでいた少年にも訊いてみると、こんな答えが返ってきた。

「去年、いたよ。ちっちゃな牡鹿。でっかいのにいじめられてたんだろうな。囲いを跳び越えちゃった」

「その鹿、どうなった？」

「ハイウェイに入って、車に轢かれたよ」

リチャードは農場の植林地を通りかかると測量をするようになり、狭い荒廃地もその広さを測った。長さ百フィートのテープを車に用意して、ヒッチハイクをする者がいれば乗せてやり——たいがいは男子大学生で、ビーズで飾られたヘッドバンドを巻き、房飾りがついたバックスキンのシャツを着ていた——手伝ってもらった。相手がテープの端を持っているあいだに、リチャードは小走りになって並木五、六本分先まで進み、もう一方の端を道路の縁に当てた。

動物の死体を調べるために車を停める機会もだんだん増えていった。ベティは試験別居を提案し、リチャードはそれを承諾した。

新しいタイヤを四本買い、ホイール・ベアリングも締め直してもらった。

幹線道路沿いのナイトクラブで、彼は三ドルのカバー・チャージを払い、七十五セントのビールを注文して、頭に羽根を挿した黒髪で黒い瞳の若い娘が、調教されたアライグマに一枚ずつ服を脱がされていくのを見物した。娘はプリンセス・ランニング・ベアと呼ばれていた。リチャードがウェイトレスにあと五ドル払うと、娘は彼の席にきて、三十分ほどかけてカフェ・ロワイヤルをちびちび飲んだ。「わたしたちインディアンはみんなアル中なの」と、プリンセス・ランニング・ベアはいった。フランス系カナダ人とクリー族のハーフで、モントリオールのスラム街の生まれだという。リチャードはカウンターの横の公衆電話からベティの実家に電話をかけたが、誰も出なかった。ナイトクラブを出て、夜どおし車を走らせた。

ある製鉄の町の郊外を通りかかったとき、先が三つに分かれた高速道路の出口で車線を間違え、気がつくと、百台ほどの車と一緒に、自分では行く気がなかった方角へと突進していた。サービス・ステーションで車を停めると、係員に尋ねた。

「みなさんよく間違えるんです」緑色の帽子のひさしをひっぱりながら、係員はいった。「行きたいのはあっちでしょう――」と、手を振って、リチャードがやってきた方角を示した。

「そうです」リチャードはいった。そして、乗り入れるつもりだった州間道の名前を口にした。いまいる場所の名前ではなかった。「南東の方角です」なんのつもりか、彼は付け加えた。「家に帰りたいんですよ」時刻は九時近かった。

「やっぱりね」係員はそういうと、何かをたくらむようにあたりを見まわした。「いいこと教えてあげましょうか。あそこを四分の三マイルほど進んだら、東に向かう車線に出ます」彼は片手を上げ、サービス・ステーションの裏手を示した。そこはでこぼこした下り坂で、枯れ葉がうずたかく積もっていた。「わかりますか? この道路は四車線で西に向かっています。それと逆方向に走っているのがあちらの道なんです。西にまっすぐ進んだら、十七マイル先まで行かないと、そちらの道には移れません。でもね、ときどきこのステーションの裏手で土手を突っ切って、あっち側の道路に入る人がいるんです」

「なるほど」と、リチャードはいった。

「ただ、当たり前ですが、追い越し車線に乗り入れることになります。違法だということをお忘れなく」

「用心しますよ」

「私なら、まずあそこまで歩いていって、地面がぬかるんでいないかどうか調べますね。だいたいいつも乾いてますが、タイヤを取られて立ち往生すると厄介だ」

足の下で、地面は柔らかかった。だが、危険なほどではない。千ヤードほど先にあると思われる東に向かう車線はまだ見えず、ゆるやかな坂を下るにつれて、西に向かう車線は背後に埋もれ、ついにはサービス・ステーションの赤い屋根さえ見えなくなった。遠くから聞こえる車の音に、風の音が混じった。「ここだ」と、彼は思った。「ここなんだ」

モグラの掘ったもろいトンネルが靴の下で潰れた。見上げると、鷹ではないかと思われる鳥が輪を描いていた。裏を上にして落ちている古い錆びたホイールキャップに水が溜まり、ぼうふらが湧いていた。リチャードは、車の車輪から外れて、ごろごろ、ごろごろと、はるか遠くまで転がり、この何もない場所にやってきたホイールキャップのことを思った。こんなところまでよくきたものだ。

次の坂をのぼりきると、東に向かう車線が見えた。ここから先は地面も乾いていて、タイヤが空回りすることはなさそうだ。彼は振り返り、戻ろうとしたが、気がつくと、帰り道が少しわからなくなっていた。車を残してきたサービス・ステーションまで、少なくとも四百ヤードは離れている。彼は、州間道の路肩に沿って戻りはじめた。だが、ほんの数フィート右のところを、時速九十マイルで次から次へと車が走っているのだから、どうも不安で落ち着かなかった。路肩を離れると、地面はずぶずぶにぬかるみ、靴に泥がへばりついて、一歩足を踏み出すごとに、羽虫がわっと飛び立った。そこで彼は、またハイウェイの路肩へと戻った。いまだに不安は癒えなかった。

クリスマス・イヴ

ツリー会戦

柳下毅一郎訳

The War Beneath the Tree

「今夜はクリスマス・イヴです、ロビン司令官」とスペースマンが言った。「そろそろ寝ないと、サンタが来ませんよ」

ロビンのママは「そうよ、ロビン。もうおねむの時間よ」

青いパジャマの子供はうなずいたが、起きあがろうとはしなかった。

「キスしてよ」と熊が言った。熊はよたよた、いつものようにおかしな歩き方でツリーをぐるりとまわってきて、ロビンに腕をまわした。「ベッドに行かなきゃ。ぼくも一緒に行くよ」毎晩セリフは同じだった。

ロビンの母親はうんざりしながらも面白がっているように首をふった。「言うことをお聞き。ごらんなさい、バーサ。王子様が家来にとりかこまれてるみたい。大きくなって、電子お追従屋さんたちに甘やかしてもらえなくなったら、どうするつもりかしら」

ロボメイドのバーサは人間そっくりの首をかしげ、火かき棒をスタンドに戻した。「そうでございます、奥様。ほんにそのとおりで」

ダンシング・ドールはロビンの手をとり、片足で立ち、両腕をひろげる優雅なアラベスクパンシェをした。ようやくロビンは起きあがった。衛兵たちは整列し、ささげ銃の姿勢をとった。

「でもまあ、いつまでも子供でいられるわけじゃないし」

バーサはまたうなずいた。「さようです、奥様。子供時代は一度きりと申しますし。ロビン様がお休みになったら、可愛いおもちゃに片づけを手伝わせてもええですか？」

衛兵隊長が銀のサーベルで敬礼し、いちばん大きな衛兵が帰営太鼓を打ち鳴らし、残りは二列縦隊を作った。

「ロビンは熊と一緒に寝るけど」と母親が言った。

「熊抜きでもかまいません。残りで十分でごぜえます」

スペースマンは反重力ベルトのバックルに触れ、肩幅広く優美な風船よろしく一メートルの高さに浮かびあがった。ダンシング・ドールを左に、熊を右にしたがえ、ロビンは衛兵のあとについてよちよち歩いた。ロビンの母親はその晩最後の煙草をもみ消し、バーサにウィンクして言った。「あたしももう休みます。着替えの手伝いはいらないわ。朝になったら服を片づけといてちょうだい」

「かしこまりました。ご主人がいらっしゃらなくて残念でごぜえますな、クリスマス・イヴですのに」

「来週にはブラジルから戻るわ――こないだ言ったでしょ。あとバーサ、あなたのしゃべり方ひどくなる一方ね。この際、しばらくフランス人のメイドになってみないこと？」

「お断りですだ、奥様。フランス人だとお客に迫られて面倒なんでごぜえます」

「今度旦那様が昇進なさったら、運転手を買うつもりよ。イタリア人にして、そこから変えないことにする」

バーサは母親が出ていくのを見送った。「はいはい、ぐうたらおもちゃども！　さっさと灰皿なりを暖炉にあけて、全部片づけるんだよ。あたしはもうスイッチ切るけど、次に電源を入れたときに部屋が片づいてなかったら、壊れたおもちゃがゴロゴロ転がることになるよ」

バーサの監督下でギンガムの犬がいちばん大きな灰皿をパチパチいう丸太の上にあけ、スペースマンが浮き上がってコーヒー・テーブル上の雑誌を片づけ、ダンシング・ドールは暖炉の灰をならした。「箱に片づきな」とスペースマンに命じて、バーサは自分の電源を切った。


狭い狭いベッドルームで、熊はロビンの腕に抱かれていた。「じっとしてて」とロビンは言った。

「してるよ」と熊。

「眠れそうになると、もぞもぞするんだもん」

「してないよ」

「してるもん」

「ロビン、きみだってときどき眠れないことあるだろ」

「今夜は眠れないよ」ロビンは意味ありげに言った。

熊は腕の中から滑りだした。「また雪が降りだしたかな」そうつぶやいてベッドから引き出しによじのぼり、開いた引き出しからドレッサーの上に飛び乗った。雪が降っていた。

「熊さん、回路がゆるんでるよ」母親がしょっちゅうバーサに言う言葉をまねてみた。

熊は返事をしなかった。

「熊さんたら」ロビンは眠たそうに言った。「なんで落ち着かないのかわかってるよ。明日はきみの誕生日なのに、ぼくがプレゼントを用意してないって思ってるんでしょ」

「してるのかい？」と熊が尋ねた。

「するよ。ママにお店に連れてってもらうし」一分もしないうちに息は規則的な寝息に変わった。

熊はドレッサーの上に腰掛けて、ロビンの寝姿を見下ろした。それから小声で「ぼくはクリスマス・キャロルを歌えるよ」と言った。一年前、ロビンに向かって初めて喋った言葉も同じだった。熊は両腕を広げた。〈きよし　この夜〉熊はツリーに点滅する明かりと、居間の暖かい炎のことを思った。スペースマンはそこにいる。でも唯一空を飛べるおもちゃなので、他からはあまり良く思われてはいなかった。ダンシング・ドールも向こうだった。ダンシング・ドールは頭がいい、だけど、その……正確にどう表現すればいいのかよくわからなかった。

熊は引き出しのロビンの下着の中に飛び降り、それから引き出しを這いだし、暗い、カーペットの床にそっと降りた。

「限界がある」と熊は一人ごちた。「ダンシング・ドールは限定品だから」熊はまた暖炉の炎のことを、それから古いおもちゃのことを思った。ロビンが以前、自分やダンシング・ドールやみんなが来る前に持っていた積み木のことを――黄色い自転車〈歌う長靴〉号に乗っていた木の人形だ。

居間ではダンシング・ドールが衛兵を整列させ、スペースマンはマントルピースの上からそれを監督していた。「本棚の裏に三、四人配置できるな」

「そんなところじゃ何も見えないぞ」と熊がうなった。

ダンシング・ドールがピルエットで回り、お辞儀の拍子にスパンコールがキラキラ輝いた。「もう来ないんじゃないかって心配したわよ」

「コーヒー・テーブルの脚の陰に一人ずつ配置するんだ」と熊が指示した。「ロビンが寝るまで待ってたんだよ。みんな、よく聞くんだ。ぼくが『突撃！』って叫んだら、いっせいにあいつらに飛びかかれ。これは大事だからな。なんなら前もって練習しておこうか」

いちばん大きな衛兵が言った。「突撃太鼓を叩こう」

「敵をぶっ叩くんだ、さもないとみんな揃って火の中だぞ」

ロビンは氷の上を滑っていた。足下から地面が消え、足が宙に浮かんで、すさまじいドシンという音がして衝撃が全身に走った。顔をあげると、そこは凍りついた池ではなかった。自分のベッドにいて、月が窓から差しこんでおり、今夜はクリスマス・イヴ……いや、もうクリスマスの夜だ……サンタがやってくる、もう来ているかもしれない。屋根の上で音がしないかと思ったが、トナカイの足音は聞こえなかった。それから、暖炉のそばの石造りの棚に置いてあるクッキーをサンタが食べていないかと耳を澄ました。パリパリも、ムシャムシャも聞こえなかった。ロビンはベッドカバーをはがし、ベッドから滑りだして床に足をついた。薪のはぜる心地よい香りがした。ロビンは匂いを追いかけて、忍び足で広間に入った。

サンタが居間にいて、ツリーの前にかがみこんでいる！　ロビンの目はパジャマのボタンみたいに大きくまん丸になった。そのときサンタが立ち上がった。と、そこにいたのはサンタではなく、新品の真っ赤なバスローブをまとったロビンのママだった。サンタと同じくらい太っている。息をつきながら、膝に手をついて苦労しいしい立ちあがるのを見て、ロビンはこぶしを嚙んで笑いをこらえた。だけどサンタは来ていた！　おもちゃが――新しいおもちゃが――ツリーの下に山と積まれていた。ママは棚のクッキーをひとつとって半分だけかじった。それからコップのミルクも半分飲んだ。そして寝室に戻ろうとふりむいたので、ロビンは部屋の暗がりに引っ込んでやりすごした。もう一度ドアから中を覗きこむと、おもちゃ――新しいおもちゃ――が動きはじめた。

おもちゃたちは身震いし、動きだし、周囲を見まわした。クリスマス・イヴだからかもしれない。暖炉の炎に回路が反応しただけかもしれない。いずれにせよ、ピエロは体をはらって伸びをし、ぼろ人形は（ハートマークのついた）ぼろエプロンのしわを伸ばし、お猿は高くジャンプしてクリスマス・ツリーの下から二番目の枝に飛びついた。ロビンはじっと見つめた。熊も、ロビンのパパの椅子のクッションの陰から見つめた。カウボーイとインディアンは箱の蓋を持ち上げ、騎士は別の箱（石造りに似せている）の段ボールのドア（木目が描いてある）を開け、ドラゴンに外を覗かせてやっている。

「突撃！」と熊が叫んだ。「突撃！」クッションの向こう側から本物の熊みたいに四つんばいで、ぎこちなく、だがすばやく走り、ピエロの広いウエストにタックルした。それから持ち上げ、暖炉に向けて放り投げた。

スペースマンは空からお猿に襲いかかった。危なっかしくバランスをとりながら、プラスチックの三輪車の上でとっくみあう。

ダンシング・ドールの突撃は誰よりも、熊よりも早かった。息をのむような連続ジュテで飛び、迫ったが、ぼろ人形は一枚上手で、彼女を抱きかかえると暖炉に走った。熊はピエロをさらに殴りつけた。だが二人のインディアンが衛兵を——衛兵隊長を——持ち上げ、暖炉に向かって運んでゆく。インディアンの片割れは隊長のサーベルに貫かれて回路を傷めたらしく、足元がおぼつかなかった。だけど一瞬のちには隊長に火がまわり、真っ赤な制服が燃えあがり、両手は炎のように差しあげられ、黒い目はうつろになって爆《は》ぜ、真っ赤な金属が汗のように流れだして丸太の下の灰を固めた。

ピエロは抵抗したが熊は相手を押さえこんだ。ドラゴンの歯が左かかとに食いこむ。だが、熊はそれもふりほどいた。キャラコ猫は燃えに燃えていた。ギンガムの犬が引っ張りだそうとしたが、もろともお猿に押しこまれた。一瞬、熊は天井裏にのぼる階段と、暗く奥深い屋根裏のことを考えた。そこには箱と荷物と誰も知らない隠れ場所がたくさんある。逃げ出して隠れてしまえば、新しいおもちゃにも見つからないかもしれない。探そうともしないかもしれない。何年もしてから、ロビンがほこりまみれの自分を見つけてくれるかもしれない。

ダンシング・ドールが甘く甲高い悲鳴をあげ、熊がふりむくと目の前に高くふりあげられた騎士の剣があった。

クリスマスの朝、母親が起きたときにはもうロビンは目を覚ましていて、カウボーイたちに囲まれてツリーの下に座り、インディアンの雨乞いの踊りを見ていた。肩にはお猿さんがとまり、ぼろ人形(ロビンの性教育をはじめるようプログラムされている、と店員は保証した)は膝に乗り、足下には騎士とドラゴンが控えている。「サンタさんが持ってきてくれたおもちゃは気に入った?」

「インディアンが一人動かないよ」

「だいじょうぶ。交換してもらうから。あのねえ、大事なお話があるのよ」

ロボメイドのバーサがコーンフレークとミルクとビタミン錠、それに母親にカフェオレを運んできた。「古いおもちゃはどこですだか？　まともに片づけもできやしねえんだから」

「ねえ、ロビン、おもちゃはしょせんおもちゃなんだし――」

ロビンはうわのそらでうなずいた。赤い子牛が斜面を駆けおりてきて、暴れ馬にまたがったカウボーイがそのあとを追った。

「奥様、古いおもちゃはどこにいきましたんで？」

「勝手に壊れるようにプログラムされてるはずよ。それよりね、ロビン、新しいおもちゃがこうやって、騎士とドラゴンとカウボーイとみんな魔法みたいにして来たでしょ？　あのね、人間もやっぱり同じなのよ」

ロビンは怯えた目でママを見上げた。

「同じことが、とってもすてきなことがもうすぐ起こるのよ、この家でも」

クリスマス

ラ・ベファーナ

宮脇孝雄訳

La Befana

ゾズは採掘坑から家に戻り、長い体毛を舐めてきれいにしてから、ジョン・バナーノの家の前でひと声吠えた。ジョンの妻、テレサは、ドアを開けてゾズを招き入れた。テレサは三十から三十五の痩せた猫背の女で、黒い髪には白髪が混じりはじめている。テレサはにこりともしなかったが、ゾズは自分が歓迎されていることを感じ取っていた。

テレサはいった。「うちの人、まだ帰ってないのよ。中で待つ？　火が燃えてるわ」

ゾズはいった。「では、待たせてもらいます」そして、六本の足で礼儀正しく敷居をまたぎ、一家と仲よくなったばかりのころにバナーナス家の人々がごろごろ転がして運んできた石にぞろりと腰をおろした。土の床に線を引いて四角く区切り、瓶の王冠で何かの遊びをしていたマリアとマークが、「こんばんは、ゾズおじさん」というと、ゾズも「こんばんは」と返した。きのうゾズは、バナーナスの老いた母を、発着場からこの家まで、錆びた動力四輪車に乗せて連れてきたが、その母親は射るような目で彼を見ると、ぷいと奥の部屋に入っていった。テレサが緊張を解き、ほっと息をつくのが聞こえた。

なかばおどけて、ゾズはいった。「きのう、わざとおれがでこぼこ道を走ったと思ってるんです」

「お義母《かあ》さんはまだあなたに馴れてないのよ」

「そうですね」ゾズはいった。

「わたしだって、いったのよ。ねえ、バナーノのお義母さん、ここはあ、、、、の人たちの世界で、実はあの人たちのほうがお義母さんに馴れていないんですよってね」

「わかります」ゾズはいった。急に風が強くなり、寒気が部屋に入ってきて、ゴグを飼っている厩《うまや》のにおいが左の壁の向こうから漂ってくるのを吹き飛ばしてくれた。

「旦那さんのお母さんと、狭いところで一緒に生活するのは、ほんとに大変なのよ」

「わかります」またゾズはいった。

そのとき、マリアが声を上げた。「父さんが帰ってきた！」

がたごと音をたててドアが開き、くたびれていながらも機嫌のいい様子で、バナーナスが入ってきた。バナーナスは屠畜市場で働いていて、頬は寒さのために色を失っていたが、ズボンの裾は血で赤かった。テレサにキスをして、子供たちの髪の毛をくしゃくしゃにすると、彼はいった。「やあ、ゾッジー」

ゾズはいった。「やあ。おつかれさん」そして、バナーナスが背中を温めることができるように、体の位置をずらした。そのとき、うめき声が聞こえ、バナーナスは不安げに尋ねた。「なんだ、あれは」

テレサがいった。「隣よ」

「え？」

「隣。知らない女の人」

「なんだ。母さんかと思ったよ」

「お義母さんなら元気よ」

「今どこにいる？」

「奥の部屋」

バナーナスは眉をひそめた。「あっちには火がないだろう。凍えて死ぬぞ」

「わたしが行けっていったわけじゃないわ。毛布にでもくるまってればいいのよ」

ゾズがいった。「おれのせいです――おれが嫌な思いをさせたからなんです」ゾズは立ち上がった。

バナーナスはいった。「すわってろよ」

「いや、そろそろ帰らないと。ちょっと顔を見にきただけですから」

「まあ、すわれ」バナーナスは妻のほうを見た。「それにしても、おまえ、あっちの部屋に母さんを一人で置いておくのはまずかったな。こっちにくるようにいってきてくれないか」

「ジョニー……」

「テレサ、いわれたとおりにしろ！」

「わかったわ、ジョニー」

バナーナスは外套を脱ぎ、火の前にすわった。マリアとマークはさっきの遊びをまた始めている。その二人の注意を惹かないくらいに声を落として、バナーナスはいった。「厄介なもんだよな」

ゾズはいった。「あなたのお母さんのせいで、テレサは気が立っているようですね」

バナーナスはいった。「たしかにそうだな」

ゾズはいった。「この星で生きていくのは楽じゃありません」

「おれたち二本足が生きていくのは、だろう。それはそのとおりだが、よそに移るつもりはないぞ」

ゾズはいった。「それはよかった。なんといっても、ここには職があります。ちゃんと働けます」

「ああ、そうとも」

思いがけず、マリアが口をはさんだ。「食べるもんだって足りてるもん。マークと一緒に薪《たきぎ》を拾ってくることだってできるし。前にいたところは食べ物もなかったわ」

バナーナスはいった。「憶えてるんだね、おまえは」

「うん、ちょっとだけ」

ゾズはいった。「ここで暮らしている人は貧しいんです」

バナーナスは靴を脱ぎ、道を歩いているうちにこびりついた泥をそぎ落として、火にくべた。彼はいった。「人というのがおれたちのことなら、どの世界にいる人間も貧しい暮らしをしてるよ」彼はあごの先で奥の部屋を示した。「おれたちの星のことをおふくろに訊いてみろよ」

「あなたのお母さんに？」

バナーナスはうなずいた。「ああ、話を聞くといい」

マリアがいった。「父さん、おばあちゃんはどうやってここにきたの？」

「おれたちがきたときと同じように、だよ」

マークがいった。「じゃあ、何か紙に名前を書いたの？」

「労働契約を結んでってことか？　違う。もう年だから、それは無理だ。おばあちゃんは切符を買ったんだよ――ほら、おまえだって、お店で何か買うだろう？」

　マリアがいった。「あたしもそういいたかったんだ」

「もう何もいわないで遊ぶんだ。大人の話には首を突っこまないこと」

　ゾズはいった。「仕事はうまくいってますか？」

「まあまあだな」バナーナスはまた奥の部屋のほうを見た。「おふくろは何かで儲けたようだが、それはおれたちとは関係のないことだ――子供たちにもそのことは話したくない」

「わかります」

「ここにくるために、稼いだ金を最後の一ドルまで使ったそうだ――地球でも五、六十年前から、ドルなんてものはなくなってるんだが、ついその言葉を使っちまうらしい。おかしいよな」彼は笑い、ゾズも笑った。「どうやって帰るつもりか訊いてみたら、帰らないという。この家で死にたいんだぞうだ。そんなこといわれて、どう返事すりゃいいんだよ」

「さあ」ゾズはバナーナスが何かいうのを待っていたが、言葉が返ってこなかったので、こう続けた。「でも、あなたのお母さんでしょう？」

「まあ、そうだが」

　薄い壁越しに、具合の悪そうな女のうめき声がまた伝わってきて、誰かが動きまわる物音も聞こえた。ゾズはいった。「お母さんとは、もう長いこと会ってなかったんでしょう？」

「ああ――ニュートン時間で二十二年かな。なあ、ゾッジー」

「はい」

「正直にいおうか。おれ、おふくろとは二度と会いたくなかったんだよ」

ゾズは何もいわず、手と手と手と手と手と手をすりあわせた。

「ひどい言いぐさだよな」

「いいたいことはわかります」

「切符が買えるだけの金があったら、こっちに来ないで、死ぬまで楽に暮らせたはずなんだ」バナーナスはふと黙りこんだ。「おれがちっちゃかったころ、おふくろは太った大女だったんだぞ。体もでかかったが、声もでかかった。今じゃどうだ――すっかり萎びて、腰も曲がっている。まるで、おれのおふくろじゃないみたいだ。それでも昔から変わらないものが一つある。あの黒い服だよ。あれだけは見覚えがある。変わってないのはあの服だけだ。ほかは赤の他人といってもおかしくない――おれのことをいろいろ話してくれたが、こっちは憶えていないことばかりだったよ」

マリアがいった。「おばあちゃん、今日、お話をしてくれたよ」

マークが続けた。「父さんが帰ってくる前にね。魔女の話だったよ」

マリアがいった。「子供たちにプレゼントを持ってきてくれる魔女だって。ラ・ベファーナといって、クリスマスの魔女なの」

ゾズは、二列に並んだ犬歯にかぶさっていた唇をめくり、小刻みに首をゆすった。「おれ、お話、好きです」

「おばあちゃんはね、クリスマスがすぐそこまできてるっていうの。クリスマスに三人の賢い人が赤ん坊を捜しに出かけて、その年とった魔女の家にやってきて、道を訊いたの。魔女が道を教えたら、三人は一緒にこないかって誘ったんだって」

奥の部屋のドアが開き、テレサと一緒にバナーナスの母親が出てきた。バナーナスの母親はやかんを持っていて、ゾズを避け、小さな歩幅で横歩きをしながら、自在鉤《じざいかぎ》にやかんをかけると、火にかざした。

「でも、魔女は掃除をしていたから、一緒に行けなかったの」

マークがいった。「用事がすんだら行くっていったんだよ。よぼよぼの、とっても醜いおばあさんなんだ。見て、どんな歩き方するか、やってみるから」マークは元気よく席を立ち、小さな歩幅で足を引きずりながら部屋を歩きはじめた。

バナーナスは妻を見て、壁の向こうを示した。「どうなってるんだ、あそこは」

「知らない女の人よ。いったでしょ」

「あんなところにいるのか？」

「慈善施設の人が、あそこを使うようにいったのよ。施設はどの部屋も男ばかりで、使えないから」

マリアがいっていた。「掃除がすんで、魔女は赤ん坊を捜しにいきましたが、どうしても見つけられませんでした。そして、今でも見つけられないでいます」

「その女、病気なんだろう？」

「妊娠してるのよ、ジョニー、それだけのこと。心配しなくてもいいわ。男の人が一人、付き添ってるらしいから」

マークが尋ねた。「ゾズおじさん、おさな子イエスのこと知っている？」

ゾズは、どう答えるべきか、言葉を探した。

「ジョヴァンニや……」

「なんだい、母さん」

「あんたの友だちのことだがね……あの人たちにも信仰はあるのかい、ジョヴァンニ？」

出し抜けにテレサがいった。「ユダヤ人よ、隣の二人」

ゾズはマークの質問に答えた。「おさな子イエスは、私の世界には一度もきたことがありません」

マリアがいった。「こうして魔女はプレゼントを持って、ありとあらゆる場所に出向き、赤ん坊を捜しました。子供と会うたびに、魔女はプレゼントを渡しましたが、それはその子がおさな子イエスだったからではありません。その子こそイエスかもしれない、と思う人もいましたが、魔女は仮のイエスにすぎないことを知っていたのです。魔女は死ぬことができません。永遠にこんなことを続けていなければならないのです。そうでしょ、おばあちゃん？」

腰の曲がった老婆はいった。「永遠にじゃないよ。明日の夜までのことさ」

大晦日

溶ける

宮脇孝雄訳

Melting

私は空に落ちてゆく風船の響き、
夏の川に浮かぶ氷塊の汗。

世界一のカクテル・パーティだった。舞台は誰かのペントハウス（誰なのかは、気にしなくてよい）。パーティは外の庭へと流れ出し、噴水や大理石の廃墟に広がって、その建物に繋いである飛行船の腹部に達した。すると、今度は飛行船が街へと流れ出す。ときおり離陸しては、物干しロープとネオンサインの峡谷を巡航したり、月の縁《へり》を目指して浮かび上がったりする。大勢が酒を呑んでいた。何か所かの噴水にはワインが流れている。大勢がハシッシュを吸っていた——甘い煙は渦を巻きながら男たちのポケットに入り、女たちのスカートに忍び込む。やがて、そのせいで誰もがほんの少し眩暈《めまい》を覚え、ほんの少し軽薄になる。中には阿片を吸っている者もいた。

ジョン・エドワードは酒を呑んでいたが、一時間前にハシッシュを吸っていたことはたしかに憶えていた。阿片を吸っていたかもしれないが、これは世界一のパーティ、知っている人ばかりの、それでいて、知らない人ばかりのパーティだった。

左にいる男は英国人で、先を切りそろえた口ひげや、筋肉質の痩せた体から、ジョン・エドワードは長距離砂漠挺進隊のバグノルド少佐を連想した。正面にいるのは、チベット人、あるいはネパール人で、深紅のローブをまとっている。横にいる若い女は（たびたび席を立って、ほかの者に飲み物を運んだり、自分の飲み物を取ってきたり、頭上を旋回する飛行船のバルコニーからパーティの参加者が紙吹雪を散らすのを見て手を振ったりしている）長身で、鳶色の髪をして、裾から腋の下まで片側にスリットが入った白いドレスを身にまとっていた。ジョン・エドワードの右側にいる娘はブロンドの美人で、生きた小鳥が入っているものの小さすぎて作り物めいて見える鳴鳥《めいちょう》の籠を髪に編み込んでいる。

「いいパーティですね」ジョン・エドワードは左側の男にいった。

「実に素晴らしい。ところで、なぜ私がここにきたか、わかりますか？」

ジョン・エドワードは首を振った。しかし、英国人が答えを口にする前に、僻遠星域からやってきた異星人、人間というより、人間を模した彫像に似ていて、洗濯機の属性もいくらか備えている男が、話に割って入り、煙草の火を借りたいといった。チベット人が身を乗り出し、掌に青い炎をともした。僻遠星域の男は穏やかにぷかぷかと煙の輪を吐きながら去っていった。水流はデリケートな衣類用の「手洗い」になっていた。

髪に鳥籠を編み込んだ娘がいった。「ここには過去からやってきた人たちもいるわね。人類が時間の法則を自由に操れるようになって、昔の人をパーティに誘ったのよ。だから、こんなに盛況なのね」

鳶色の髪の、スリットが入ったドレスを着た娘がいった。「じゃあ、ピアノのそばにいるナポレオンのそっくりさん、あの人、きっと本物のナポレオンね」

「違うわ。あれ、お兄さんのジュゼッペよ。ナポレオンは今いないみたい」

チベット人（身を乗り出すとローブの前が開き、体毛のない胸と、いくつもの古傷があらわになった）がいった。「時間制御機《テンポラル・アレスター》を使うことで――これは私の意見ですが――こういうお祝い、とても楽しくなりました」チベット人は、なかば鳶色の髪の娘に、なかば鳥籠娘に、そして、全体としてジョン・エドワードに話しかけていた。「つまり、それなりのものを支払う。すると、ちっちゃな機械、カード型の機械、届きます。それ使って、出席する。でなければ、退席する。どっちでもかまわない。退席すると、もといた時間に戻ります」

「めっぽう役に立ちますよ」と、英国人がいった。「調子に乗って、あることないことぺらぺらしゃべりつづけても大丈夫。時間は無限にあるわけですからね。カードを持っていれば、の話だが」

「私は持っていない」ジョン・エドワードはいった。

「持っているとは思っていませんでしたよ」

鳥籠女はもう髪に鳥籠を編み込んでいなかった。代わりに、三つ編みにした髪を奥ゆかしく巻き上げている。その女がいった。「このカードさえあれば、あなたにも機知のきらめきが――さあ、ダイヤのクィーンになりましょう！　このカードとかけて、人生ゲームの〈チャンス・カード〉と解きます。そのこころは、〈監獄に入れられる〉こともあるでしょう」女はジョン・エドワードの手を取り、左右の乳房にあてがった。「わたしの〈共同募金箱〉、いかが？」

「とても気に入ったよ」ジョン・エドワードはいった。鳶色の髪の娘が立ち上がり、グラスを振りまわしながら叫んだ。「みんな、一時的《テンポラル》に逮捕《アレスト》しちゃうぞ！」誰も取り合わなかった。

「カードを持っていると、かかるコストも大きい」と、チベット人が続けた。「とても大きいです。持っていない参加者は、興味深い人物かどうかという基準で選ばれます。私みたいに。あるいは、美しいかどうか」彼は（元）鳥籠の女に向かって軽くお辞儀をした。

その女がジョン・エドワードにいった。「あなた、闇の中でも美しい？」

「そう思う。常夜灯でもついていたらもっといいが」

「そうでなければ、ろうそく」と、チベット人がいった。

鳶色の髪の娘がいった。「あるいは、外にある酒場の看板に照らされたとき。わたし、宝瓶《ほうへい》の宮《しるし》のもとに生まれたの。でも、母親のお腹に宿ったのは〈笛を吹く豚〉亭の看板《しるし》の上」ジョン・エドワードは、何か変わったかと思って娘の髪を見たが、変わっていなかった。

「昼間から毛布の下にもぐりこんだものだ」英国人がいった。「あるとき、そんなふうに、ベルギー娘を〈シェパード・ホテル〉の部屋に連れこんでね。当時、私はアレンビー元帥の配下だったが……」

「トゥルパがたくさんいますよ」僻遠星域の男が一言いった。もう一度そばを通りかかって、チベット人から火を借りて恩を受けたことを思い出したようだった。「少なくとも一割はいる」（その声は岩に砕ける水の音）

「ねえ、暗闇の中にきてもらえる？」ブロンドの巻き上げ髪の女がふたたびジョン・エドワードにいった。「もしわたしが頼んだら」

彼はうなずいた。

「ベルギー娘か」英国人は続けた。「あの子は亡命者だったよ。ドイツ兵どもがベルギーから出ていったかどうかわからなくて――そんなこと、誰もわからなかったが――なんでもする気になっていた。ある晩は大佐、次の晩は軍曹。この女はきみを取って置くつもりなのさ。苦境《ベーコン》を救うという表現があるが——この場合はソーセージを取って置くわけだ。はっはっは！」彼はジョン・エドワードの肩を叩いた。

「トゥルパって何？」鳶色の髪の娘がチベット人に訊いた。

「ほんの数分でいいの」ブロンドの女がいった。今では髪はストレートになっていて、それはジョン・エドワードがもっとも好むヘアスタイルだったが、この女には少し若すぎるような気がした。

「あなたがいやがるようなことはしないから」

何をいっているか理解できず、彼は相手を見つめた。

「十年よ。たった十年なの。ねえ、あなた。なんでもないことだわ。今ではいろんなやり方が発明されてるし——わたし、お金だってあるわ——だから、あなた、ほんとになんでもないの。ね、暗闇の中にいて。約束して、愛しい人」

英国人がいった。「こいつはトゥルパなんだよ、婆さん。なんでそんなに執着する。いいやつだが、トゥルパなんだ。すぐにわかったよ。あの肩を見てみろ。目鼻立ちも規格どおりだ。なかなかハンサムじゃないか。少なくとも、脂ぎったところはない。こういうのは、みんなそうなんだが」

「トゥルパって何？」鳶色の髪の娘がジョン・エドワードに訊いた。

「私にはわからない」ジョン・エドワードは英国人のほうに向き直った。「さっきの言葉はどういう意味なんですか、彼女が私を取って置こうとしている、というのは」

「自分が婆さんになったときに相手をさせるつもりで、きみを待たせておくんだよ。そんなこともわからんのか。きみが明かりを消す。すると彼女は四半世紀ほどどこかに消える。やがてどの男からも相手にされなくなったら、彼女は戻ってくる。暗闇の中ではなんにもわからない。違うかね。よっぽど長いあいだいなくなっていたのじゃなければな」

「ねえ、やめて」ブロンドの女が英国人にいった。「そんなことまでしゃべらなくてもいいじゃないの」

「だからいっただろう、こいつはトゥルパなんだ。トゥルパが欲しければ、錬金術師を雇って、いつでも好きなときに造ればいいじゃないか」

「そうじゃないの。わたし、若いころに知ってたのよ、この人のこと」

「ラマ僧の中には」と、チベット人が鳶色の髪の娘に話していた。「悉地《しっち》を成就して、精神物質を実体化することができるようになった者がいます。トゥルパは幽霊みたいなものですが、実際には一度も生きていたことはない。この術、西洋に盗まれ、悪用されました。なんでもそうです」

「そんなことができるのなら、きみたちの国があのべらぼうな中国人どもに征服されることもなかったんじゃないかね」と、英国人がいった。「術を使えば兵隊が無限に湧いてくるわけだから」

鳶色の髪の娘の肩越しに覆いかぶさっていた僻遠星域の男は（そうやってドレスの中を覗いているのだ、とジョン・エドワードは思った）、調子を取るように首を左右に振りはじめた。「太陽の黒点です」彼はいった。「太陽の黒点がトゥルパを滅ぼす」

ジョン・エドワードはいった。「でも、黒点が出たり消えたりする合間には——」

僻遠星域の男は首を振り続けた。「太陽にはいつも黒点が出ているのです。どこかに《サンウェア》、かならず」

鳶色の髪の娘が立ち上がり、僻遠星域の男の白い大理石のあごの下から離れた。「なんだか気分が悪くて」彼女はいった。「お手洗いに連れていって」

彼女はジョン・エドワードを見ていた。彼も立ち上がり、娘の手を取って話しかけた。「こっちだ」

自分がどこにいるのか見当もつかなかったが、ふと見ると、ソファーの向こう側に、サイドテーブルではなく、薔薇の茂みがあった。ここは庭園なのだ。酔いを覚ませ、と彼は思った。自分自身に命じた。酔いを覚ませ、酔いを覚ませ、気をたしかに持て。トイレを探すんだ。

鳶色の髪の娘はいった。「これであのいやな連中から逃げることができたわね」

「気分が悪いんじゃなかったのか？」

「ええ、そうよ、悪いわ。ほんと、吐きそう」娘は彼の腕にしがみついた。「それに、酔ってるの。みんなわたしをじろじろ見てるんじゃない？　見られてるかどうかさえわからないの」

飛行船のタラップが目の前にあった。中には便所があるだろう。ないはずはない。

「このあいだなんか、髪が垂れて、トイレに浸かっちゃったわ。髪、持っててくれる？　あとで一緒に横になりましょう。わたし、あとで横になりたいの。ベッドに入りたいの」

どこかで雄鶏が鳴いた。

そんなものが聞こえるはずはない。鶏は百マイルも先の田舎にいるのだ。だが、鶏は鳴き、太陽が出て、人々は風前のろうそくのように消えていった。

タラップの一番上で振り返ると、誰もいなくなっていた。グラスは敷石の小道や煉瓦敷きのパティオに砕け、煙草は毒を撒かれた蛍のように落ちていった。

「あなたのこと、愛してたわ」と、娘はいった。「少なくとも、好きだった。一瞬であなたはいなくなるのに、わたしはキスをせがむこともできない。吐いちゃうから」

「ぼくたちはまだここにいる」ジョン・エドワードは娘にいった。「二人ともここにいる」すると、彼女は消えた。

彼はタラップをおり、目についた煙草を一つひとつ足で踏んで消しながら、自分のアパートメントに戻った。日の光が壁にくっきりとした影を投げている。飛行船は霧のように消えた。「おい、この億万長者め」と、彼は自分にいった。「あんなにたくさんトゥルパを造らせて、いったいどれだけ金がかかったんだ」

庭園が消え、代わりにアパートメントの壁面が迫り出してきた。はっきり見えてくるにつれて、汚れも多くなる。彼は起き上がった。頭が割れそうに痛み、今にも嘔吐しそうなほどの吐き気が込み上げてきた。本はドレッサーに立てかけたまま置いてあった。最後に読んだときのままだ。目がしょぼしょぼして今はとても読めないが、内容は頭に入っていた。「反復句。〈私は梟《ふくろう》の翼の響き、バニヤン樹の鼓動〉」本を閉じたとき、手の甲の毛に白髪が混じっているのに気がつき、本当は自分は何歳だろうと思ったが、もう考えないことにした。

隣のアパートメントで洗濯機が「サンウエア、サンウエア、サンウエア」と音をたてていた。〈すすぎ〉が始まると、「黒点《サンスポット》、滅ぼす《デストロイ》、トゥルパ」と音が変わった。

「よおし」と、ジョン・エドワードはいった。「あと一日か二日して、気分がよくなったら、ぜったい、もういっぺんやるぞ」そして、彼は消えた。私はもう彼に飽きたのだ（あなたたちみんなにも飽きてきた）。

解説

宮脇孝雄

ジーン・ウルフが商業誌に発表した最初の短篇は、The Dead Manというファンタジーで、一九六五年、ポルノっぽい小説が売り物のパルプ雑誌〈サー!〉に掲載された。ウルフは三一年生まれなので、三十四歳のデビュー。多作なウルフは現在までに二百五十篇ほどの短篇を発表しているが、本書(一九八一年)には一九六八年から一九八〇年にかけて発表された作品十八篇が収められている。連作長篇の『ケルベロス第五の首』(一九七二年、邦訳は二〇〇四年、柳下毅一郎訳、国書刊行会)を勘定に入れなければ、*The Island of Doctor Death and Other Stories and Other Stories*(一九八〇年)に続く第二短篇集ということになる。ご承知のように、すでに邦訳がある『デス博士の島その他の物語』(浅倉久志・伊藤典夫・柳下毅一郎訳、国書刊行会、二〇〇六年)は、第一短篇集と第三短篇集 *The Wolfe Archipelago*(一九八三年)をもとにした独自編集の作品集である。

雑誌に発表した短篇を順にまとめて本にする作家もいるが、さすがにジーン・ウルフはそんな安易なやり方はとらず、趣向を凝らした短篇集が多い。本書もそうで、祝祭日や記念日をからめ、Book of Daysの形式にまとめている。

では、Book of Daysとは何か？　有名なのは、『チェンバーズ百科事典』を出している出版社の創業者でもある、スコットランドのロバート・チェンバーズが、一八六四年に著したChamber's Book of Daysという本だろう。ジーン・ウルフの頭にあったのはたぶんその本で、題名もGene Wolfe's Book of Daysと、チェンバーズ版のもじりになっている。

元版のBook of Daysは、一月一日から十二月三十一日まで、三百六十六の項（二月二十九日を含む）に分かれていて、その日にあった歴史上の出来事や一口知識が記されている。たとえば、五月七日（ジーン・ウルフの誕生日）の項を見ると、まずその日に生まれた有名人（オランダ出身の医学者ゲラルド・ファン・スウィーテン）と、その日に死んだ有名人（ローマ教皇ベネディクトゥス二世など）の名前が挙げてあり、五月七日にちなむ聖人の伝記や歴史トリビアがあとに続く。つまり、新聞などによくある〈今日はなんの日？〉のコラムを一冊にまとめたものがBook of Daysなのである。ただし、十九世紀の本らしく、見かけ上は聖人伝が記述の中心になっている。

したがって、本書の題名を文字どおりに訳せば『ジーン・ウルフの〈今日はなんの日？〉』となるが、小説集らしくないので、今、あなたが手にしている本の表紙にある題名が採用された。

「まえがき」で作者が述べているように、本書は一気読みしないほうがよさそうである。そこで、老婆心ながら、じっくり読むときの参考になりそうな情報を、各作品ごとに書いておくことにする（邦訳初出情報がないものはすべて本邦初訳）。

■鞭はいかにして復活したか

初出は*Orbit 6*（一九七〇年）。ご存じのかたも多いように、*Orbit*は一九六六年から刊行が始まったデーモン・ナイト編のオリジナル・アンソロジーで、ジャンルSFの枠をはみ出した作品を率先して採用したことで知られる。ジーン・ウルフはケイト・ウィルヘルムやR・A・ラファティと並ぶ*Orbit*の看板作家で、本書の収録作の三分の一は*Orbit*が初出である。

リンカーン誕生日は二月十二日で、多くの州で祝日になっている。題名の「鞭」はリンカーンが廃止した奴隷制の象徴でもあるが、辞書によれば、政治的な集まりで投票行動を指図し、ある意図のもとに票をまとめる人物のことも「鞭（whip）」というらしい。

■継電器と薔薇

初出は隔月刊のSF誌〈ワールド・オブ・イフ〉の一九七〇年九月・十月号。アーシュラ・K・ル・グィンはウルフの第一短篇集を「Humane, outrageous, forever unexpected（心優しく、度外れで、永遠に予測不可能）」と評した。今やここに出てくるコンピュータ社会（継電器が使われているらしいし、パソコンの使用が想定されていない）はナイーブに見えるが、作者の心優しい一面を賞味すべき作品だろう。

■ポールの樹上の家

初出は*Orbit 5*（一九六九年）。植樹の日は州によって違うらしいが、作者の本拠地であるテキサス州では四月の最終金曜日。しかし、それだと次の聖パトリックの日のあとになる。テネシー州なら三月の第一金曜日、ジョージア州なら二月の第三金曜日だそうである。

背景で暴動が起こっていることが示唆されているが、大人たちはその危機に鈍感で、子供だけが破滅に備えている。

■聖ブランドン

この掌篇は、長篇『ピース』（一九七五年、邦訳は二〇一四年、西崎憲・館野浩美訳、国書刊行会）に含まれる「お話」のひとつ。

なぜほかの単行本、それも長篇の一部をわざわざ組み込んであるのか、不審に思われるかもしれないが、これはBook of Daysの形式を整えるための方策であると考えられる。先ほど触れたように、元ネタのチェンバーズ版は聖人に関する逸話集でもあるので、最低一つは聖人伝が必要だったのだろう。

アイルランドの守護聖人、聖パトリックの日は三月十七日。この奇想天外な聖人伝の主人公、聖ブランドン（St. Brandon）が、定説どおり聖ブレンダン（St. Brendan）のことであるなら、アメリカ大陸を発見したという伝説を持つ聖人である。

■ビューティランド

初出はロジャー・エルウッドとヴァージニア・キッドが編纂した *Saving Worlds*（一九七三年）。当時流行した環境保護テーマのオリジナル・アンソロジーである。地球の日は、一九七〇年に制定された環境保全を目的とする記念日で、四月二十二日。

登場人物名のダイヴィーズ（Dives）は聖書の「ルカによる福音書」十六章にちなむ富豪の名前。

■カー・シニスター

初出は〈ファンタジー&サイエンス・フィクション〉誌の一九七〇年一月号。母の日は国によって違うが、アメリカは日本と同じで五月の第二日曜日。邦訳初出は『世界カーSF傑作選』(講談社文庫、一九八一年、安田均訳)。

題名の「カー・シニスター(Car Sinister)」は、紋章用語の「バー・シニスター(bar sinister)」に引っかけた言葉遊び。貴族の子女にも、当然、非嫡出子(私生児)がいて、そういった人たちは、嫡出子の帯線とは逆に、紋地の左《シニスター》の上から右の下に帯線《バー》が入った紋章を使う。その帯線をバー・シニスターという。

■ブルー・マウス

初出はベン・ボヴァ編のオリジナル・アンソロジー *The Many Worlds of Science Fiction* (一九七一年)。軍隊記念日は五月の第三土曜日。軍をたたえ、戦死者を追悼する日である。ジーン・ウルフは朝鮮戦争に従軍し、功績を挙げて、戦闘歩兵徽章を受けている。戦功をたたえる勲章でもっとも有名なのは、旧プロイセン王国のプール・ル・メリット勲章。第一次大戦後に廃止されたが、ドイツでは Blauer Max、英語圏では Blue Max という通称で語り継がれている。題名のブルー・マウス(Blue Mouse)は、その勲章名の、皮肉を込めたもじりでもある。

■私はいかにして第二次世界大戦に敗れ、それがドイツの侵攻を防ぐのに役立ったか初出は〈アナログ・サイエンス・フィクション／サイエンス・ファクト〉誌の一九七三年五月号。戦没将兵追悼記念日は五月の最終土曜日。南北戦争の終結後に北軍が始めたものだが、今ではすべての戦争における軍事行動で命を落としたアメリカ人兵士全員を追悼する日になっている。

政治家を失職してジャーナリストになっているチャーチルと、ドイツの総統ヒトラーとのやりとりが愉快な歴史改変ＳＦだが、最後に語り手の名前が明かされる。チャーチルと協力してヒトラーの侵攻を食い止めたアメリカ人で、このファースト・ネームの持ち主といえば……。

■養父
初出は〈アイザック・アシモフズ・サイエンス・フィクション・マガジン〉の一九八〇年十二月号。父の日は六月の第三日曜日。

舞台は強権的な未来の警察国家。主人公は記憶を改変されている。あるいは自分ではそう思い込んでいる。最後が〈スタートレック〉ネタだと気がつくのは、ある年齢以上の読者だけかもしれない。

■フォーレセン
初出は *Orbit 14*（一九七四年）。労働者の日（レイバー・デーともいう）は九月の第一月曜日。
本短篇集中最長の小説で、建物や道路は普請中、印刷物は誤植だらけ、という間に合わせに作ったとしか思えない世界で生まれ、死んでゆくビジネスマンの一生（一日？）を描いた不条理でこっけいな作品。翻訳ではわかりにくいと思われるので、ひとつだけ種明かしをしておけば、登場人物の名前にはある種の命名規則がある。老人（第一世代？）の名前はイニシャルがＡＢ（たとえば、会社創立者のアダム・ビーン＝Adam Bean）で、次の世代はＢＣ、第三世代はＣＤ、そのあとはＤＥ、ＥＦ、ＧＨのイニシャルを持つ。エマニュエル・フォーレセン（Emanuel Forlesen）のイニシャルはＥＦなので、第五世代に当たる。ネッド・フランクリン（Ned Franklin）、ジーン・ファイン（Gene Fine）などという、一見、規則に沿っていない名前をちりばめて、作者は煙幕を張っているが、Nedはエドワード（Edward）の通称であり、ジーンはユージン（Eugene）の通称だから、イニシャルはいずれもＥＦで、フォーレセンと同世代（日本風にいえば、同期入社）の人物になる。

■狩猟に関する記事
初出は「ビューティランド」と同じ*Saving Worlds*。狩猟解禁日は州によってまちまちで、獲物によっても違う。

この作品における作者の趣向は、能力の低いノンフィクション・ライターがレポートを書いたらどうなるか、というもの。猟犬の数を勘定できず、ラテン語を間違え、説明力、描写力に欠けている書き手なので、ここで描かれている獲物が本当に熊かどうか、決して鵜呑みにはできない。テーマが「ビューティランド」と同じ環境保護であることを考えれば、あの動物は農薬によって突然変異を起こした何か（人間？）であったのかもしれない。

■取り替え子
初出は*Orbit 3*（一九六八年）。ホームカミング・デイは、卒業生が母校を尋ねる日。だいたい十月ごろに行われる行事だという。邦訳初出は『ザ・ベスト・フロム・オービット（上）』（ＮＷ-ＳＦ社、一九八四年、乗越和義訳）。

朝鮮戦争がこの作品にも影を落としている。「養父」と同じく、記憶操作、ここでは洗脳が取りあげられていて、ピーター・パン由来の死のイメージが全体にちりばめられ、不気味さを盛り上げている。舞台は長篇『ピース』と同じ町だろう。

■住処《すみか》多し

初出は*Orbit 19*（一九七七年）。

題名はヨハネによる福音書第十四章から。口語訳で引用すれば、「わたしの父の家には、すまいがたくさんある。もしなかったならば、わたしはそう言っておいたであろう。あなたがたのために、場所を用意しに行くのだから」となる。

お爺さんやお婆さんが語るおとぎ話風のイノセントな雰囲気と、わけのわからない不気味さとの混交が味わい深い。これがなぜハロウィーン（十月三十一日）か、明白なつながりは示されていないが、動く家そのものが魔女なのだろう。

■ラファイエット飛行中隊《エスカドリーユ》よ、きょうは休戦だ

初出はハーラン・エリスン編のアンソロジー、*Again, Dangrerous Visions*（一九七二年）。Math-oms from the Time Closet（ざっくり訳せば、「時間の押し入れから取り出した捨てるのが惜しい品々」）という短篇三部作の一篇である。邦訳初出は〈SFマガジン〉二〇〇四年十月号、酒井昭伸訳。

休戦記念日は十一月十一日で、第一次世界大戦の休戦を記念するもの。作者には古いものへの愛情、というか、今や古くなって忘れられた最先端技術に対する哀惜の念のようなものがあって、それが結晶すると、このような珠玉の作品が生まれる。

■三百万平方マイル

初出はトマス・M・ディッシュ編の *Ruins of Earth*（一九七一年）。これも環境保護テーマのアンソロジーである。

感謝祭（サンクスギビングともいう）は北米の祝日で、アメリカでは十一月の第四木曜日。平凡社の世界大百科事典第二版の「感謝祭」の項では次のように説明されている。

「一六二一年にプリマス植民地のピルグリム・ファーザーズが移住後初めての収穫を神に感謝したことを記念する。三日間続いた祭典にはインディアンも招かれ、七面鳥や鹿肉のご馳走が出された」

作者がこの短篇と「感謝祭」とを結びつけた意図は明らかで、今や鹿は自動車に轢かれ、「インディアンはみんなアル中」になっている。

■ツリー会戦

初出は、日本版も出ていた科学雑誌〈オムニ〉の一九七九年十二月号。邦訳初出は〈SFマガジン〉一九九七年十二月号、柳下毅一郎訳。

見事なクリスマス・ストーリーで、最後は受胎告知に終わる。作者は、一九八九年の短篇集 *Endangered Species* にもこの作品を収録しているが、そのときにこんな「はしがき」を添えている。

「私は折に触れて思い出してきた。私の物語に耳を傾けてくれるあなたは子供ではないが、あなたの中には子供が一人まだ生きている。その子供が死んでいる人は、決して物語に耳を傾けることはないだろう」

■ラ・ベファーナ

初出は隔月刊のSF誌〈ギャラクシー〉の一九七三年一月・二月号。短いながら名作の誉れ高く、さまざまな傑作集に採録されている。

主要登場人物の名字がバナーノになったり、バナーナスになったりしているのは原文どおり。名前もジョン（ジョニー）とジョヴァンニが混在しているが、生まれたときに「ジョヴァンニ・バナーノ」と名づけられたイタリア系の人物が、アングロサクソン系の植民星で英語名のジョン・バナーナスを名乗っている、と考えたい。

■溶ける

初出は *Orbit 15*（一九七四年）。

時間旅行者や宇宙人やタルパが人間に混じって参加する年越しパーティの狂騒が描かれ、やがて宴のあとの覚醒が訪れる。小説の最後で、夢でした、メタフィクションでした、といわれると、たいがいはむっとするものだが、この話は不思議に腹が立たない。

著者　ジーン・ウルフ　Gene Wolfe
1931年アメリカ・ニューヨーク生まれ。兵役に従事後、ヒューストン大学の機械工学科を卒業。72年からPlant Engineering誌の編集に携わり、84年にフルタイムの作家業に専心するまで勤務。65年、短篇“The Dead Man”でデビュー。以後「デス博士の島その他の物語」(70)、「眼閃の奇跡」(76)、「アメリカの七夜」(78)などの傑作中短篇を次々と発表、70年代最重要・最高のSF作家として活躍する。『ケルベロス第五の首』(72)を筆頭に、長篇作『ピース』(75)など、その華麗な文体、完璧に構築し尽くされた物語構成は定評がある。80年代に入り〈新しい太陽の書〉シリーズ(全5部作)を発表、80年代において最も重要なSFファンタジイと称される。

訳者　酒井昭伸(さかい　あきのぶ)
1956年生まれ。早稲田大学政経学部卒。翻訳家。訳書にクライトン『ジュラシック・パーク』、マーティン〈氷と炎の歌〉シリーズ(以上早川書房)、シェフィールド『マッカンドルー航宙記』(東京創元社)、ヴァンス『奇跡なす者たち』(国書刊行会、共訳)などがある。

宮脇孝雄(みやわき　たかお)
1954年生まれ。早稲田大学政経学部卒。翻訳家・エッセイスト。訳書にダニング『死の蔵書』、ニール『英国紳士、エデンへ行く』(以上早川書房)、マグラア『失われた探険家』(河出書房新社)、著書に『英和翻訳基本辞典』(研究社)、『書斎の旅人』(早川書房)などがある。

柳下毅一郎(やなした　きいちろう)
1963年生まれ。東京大学工学部卒。翻訳家・映画評論家。訳書にバラード『クラッシュ』(東京創元社)、ラファティ『地球礁』(河出書房新社)、ムーア『フロム・ヘル』(みすず書房)、著書に『興行師たちの映画史』(青土社)、『新世紀読書大全　書評1990－2010』(洋泉社)などがある。

ジーン・ウルフの記《き》念《ねん》日《び》の本《ほん》

2015年5月7日初版第1刷発行

著者　ジーン・ウルフ
訳者　酒井昭伸　宮脇孝雄　柳下毅一郎
発行者　佐藤今朝夫
発行所　株式会社国書刊行会
〒174-0056　東京都板橋区志村1-13-15
電話03-5970-7421　ファックス03-5970-7427
http://www.kokusho.co.jp
印刷所　株式会社シナノパブリッシングプレス
製本所　株式会社ブックアート

ISBN978-4-336-05320-6
落丁・乱丁本はお取り替えします。